Friedrich Dürrenmatt

Justiz

Roman

Diogenes

Umschlagillustration:
Ausschnitt aus ›Die Astronauten‹ von
Friedrich Dürrenmatt

Originalausgabe

500/85/8/1
ISBN 3 257 01692 1

*Dieser Roman beruht nicht auf Tatsachen.
Namen, Personen, Orte und Handlung sind vom Autor
frei erfunden. Irgendwelche Ähnlichkeiten
mit tatsächlichen Begebenheiten,
Orten oder Personen, seien sie lebend oder tot,
sind rein zufällig.*

I

Gewiß, ich schreibe diesen Bericht der Ordnung zuliebe nieder, aus einer gewissen Pedanterie heraus, damit er zu den Akten komme. Ich will mich zwingen, noch einmal die Ereignisse zu überprüfen, die zum Freispruch eines Mörders und zum Tode eines Unschuldigen geführt haben. Ich will noch einmal die Schritte durchdenken, zu denen ich verführt worden bin, die Maßnahmen, die ich getroffen habe, die Möglichkeiten, die ausgelassen worden sind. Ich will noch einmal gewissenhaft die Chancen ausloten, die der Justiz vielleicht doch noch bleiben. Doch vor allem schreibe ich diesen Bericht nieder, weil ich Zeit habe, viel Zeit, zwei Monate mindestens. Ich komme eben vom Flughafen zurück (die Bars, die ich dann noch aufsuchte, zählen nicht, auch mein gegenwärtiger Zustand ist unwesentlich. Ich bin stockbetrunken, doch morgen werde ich wieder nüchtern sein). Die gigantische Maschine hob sich mit Dr. h. c. Isaak Kohler in den Nachthimmel hinein, heulend, brüllend, ab nach Australien, als ich aus meinem Volkswagen sprang, den Revolver entsichert. Es war eines seiner Meisterstücke, mich noch anzurufen, vermutlich wußte der Alte, was ich beabsichtigte; daß ich kein Geld habe, ihm nachzureisen, wissen alle.

So bleibt mir nichts anderes übrig, als zu warten, bis er wiederkommt, einmal, im Juni vielleicht oder Juli, zu warten, hin und wieder zu saufen, oder öfters, je nach Finanzlage, und zu schreiben, die einzige Tätigkeit, die einem nach Strich und Faden ruinierten Rechtsanwalt noch angemessen ist. In einem aber täuscht sich der Kantonsrat: die Zeit wird sein Verbrechen nicht heilen, mein Warten es nicht mildern, meine Betrunkenheit es nicht auslöschen, mein Schreiben es nicht entschuldigen. Indem ich die Wahrheit darstelle, präge ich sie mir ein, befähige ich mich, einmal, im Juni, wie gesagt, oder Juli oder wann auch immer er zurückkehrt (und er wird zurückkehren), bewußt zu tun, ob ich dann betrunken bin oder nüchtern, was ich jetzt nur im Affekt tun wollte. Dieser Bericht ist nicht nur die Begründung, sondern auch die Vorbereitung zu einem Mord. Zu einem gerechten Mord.

Wieder nüchtern in meinem Arbeitszimmer: Die Gerechtigkeit läßt sich nur noch durch ein Verbrechen wiederherstellen. Daß ich daraufhin Selbstmord zu begehen habe, ist unvermeidlich. Ich will mich damit nicht der Verantwortung entziehen, im Gegenteil, nur so ist mein Vorgehen zu verantworten, wenn auch nicht juristisch, so doch menschlich. Im Besitze der Wahrheit, kann ich sie nicht beweisen. Für den entscheidenden Augenblick fehlen mir die Zeugen. Durch meinen Freitod wird es leichterfallen, mir auch ohne Zeugen zu glauben. Ich gehe nicht wie ein Wissenschaftler in den Tod, der sich durch ein Selbstexperiment dem Wissen zuliebe hinrichtet, ich sterbe, weil ich meinen Fall zu Ende denke.

Tatort: er spielt schon früh eine Rolle. Das ›Du Théâtre‹ ist mit seiner Rokokofassade eines der wenigen Renommierstücke unserer hoffnungslos verbauten Stadt. Das Restaurant ist auf drei Etagen untergebracht, was nicht jeder weiß, den meisten sind nur zwei bekannt. Im Erdgeschoß sind an den langen Vormittagen – alles steht in unserer Stadt früh auf – verschlafene Studenten, aber auch Geschäftsleute zu finden, die dann oft über Mittag bleiben, später, nach dem Kaffee Kirsch, wird es still, die Serviertöchter werden unsichtbar, erst gegen vier kehren erschöpfte Lehrer ein, lassen sich müde Beamte nieder. Der Gewalthaufe freilich zieht zum Abendessen auf und dann noch nach halb elf, neben Politikern, Managern und Finanzexistenzen sonstige Vertreter der freien und freiesten Berufe, aber auch leicht erschrockene Fremde, unsere Stadt liebt es, sich international zu geben. Im ersten Stock wendet sich denn auch alles ins Stinkfeine. Das Wort ist passend: In den beiden niedrigen, rot tapezierten Räumen herrscht tropische Hitze, aber dennoch hält man aus, die Damen in

Abendkleidern, die Herren oft im Smoking. Die Luft ist durchsetzt mit Schweiß, Parfüm und der Hauptsache nach mit dem Geruch der kulinarischen Spezialitäten unserer Stadt, geschnetzeltes Kalbfleisch mit Rösti usw. Man trifft sich hier (im wesentlichen die gleiche Gesellschaft wie unten, nur eben festlich kostümiert) nach Premieren und nach den großen Geschäften, nicht um Dinger zu drehen, sondern um gedrehte Dinger zu feiern. Im zweiten Stock darauf verändert sich der Charakter des ›Du Théâtre‹ aufs neue. Man nimmt erstaunt einen Zug ins Liederliche wahr. Ungeniertheit macht sich breit. Die Räume sind hier hoch und hell, ähneln nun mehr jenen eines billigen Wirtschaftssaales, gewöhnliche Holzstühle, auf den Tischen karierte Decken, überall Bierteller, gleich neben der Treppe ein halbleeres Kabarett mit mittelmäßigen Zauberkünstlern und noch mittelmäßigerem Striptease, im Saal wird Karten und Billard gespielt. Da sitzen die Gemüse- und Früchtehändler unserer Stadt, die Bauunternehmer und Warenhausbesitzer, die Großgaragisten und Abbruchspezialisten, oft stundenlang, die Einsätze sind phantastisch, und um sie herum scharen sich die Kiebitze, ausgefallene und zwielichtige Zeitgenossen, aber auch einige Dirnen warten, drei, vier, immer am gleichen Tisch beim Fenster, mehr als nur geduldet, sie gehören zur Ausstattung und sind wohlfeil. Relativ. Wirklich reiche Leute achten auf ihr Kleingeld.

Als ich dem Kantonsrat zum ersten Mal begegnete, hatte ich eben das Staatsexamen abgeschlossen, die Dissertation geschrieben, den Doktortitel und das Anwaltspatent erhalten, aber arbeitete noch, wie schon während meines Studiums, als besserer Laufbursche bei Stüssi-Leupin. Dieser war durch die Freisprüche, die er in den Mordfällen der Gebrüder Ätti, Rosa Pick, Deubelbeiß und Amsler erreicht, und durch den Vergleich, den er zwischen der Hilfswerkstätte Trög und den Vereinigten Staaten erzielt hatte (sehr zum Vorteil der Trögener), weit über die Grenzen unseres Landes bekannt geworden. Ich hatte Stüssi-Leupin ein Gutachten über einen jener dubiosen Fälle ins ›Du Théâtre‹ zu bringen, wie nur er sie liebte. Ich fand den Staranwalt im zweiten Stock bei einem der Billardtische, wo er mit dem Kantonsrat eine Partie beendet hatte, am anderen Tisch spielten Dr. Benno und Professor Winter, und erst jetzt, beim Niederschreiben, wird mir bewußt, daß damals die Hauptpersonen der späteren Handlung versammelt waren: wie bei einem Vorspiel. Draußen war es kalt gewesen, November oder Dezember – das genaue Datum ließe sich leicht feststellen –, ich war durchfroren, weil ich aus Gewohnheit keinen Mantel trug und meinen Volkswagen einige Straßen vom ›Du Théâtre‹ entfernt hatte parkieren müssen.

»Leisten Sie sich einen Grog, junger Mann«, sprach mich der Kantonsrat an. Er musterte mich aufmerksam und winkte einem Kellner. Ich gehorchte unwillkürlich, auch hatte ich auf eine Anordnung Stüssi-Leupins zu warten, der sich mit dem Gutachten zurückgezogen hatte und es an einem der Tische durchblätterte.

Vorne im Saal spielten die Gemüsehändler, dunkle Silhouetten vor der Fensterfront. Von der Straße her drang das dumpfe Rollen der Straßenbahn. Der Kantonsrat betrachtete mich noch immer, ungeniert, ohne seinen Blick zu verbergen. Er mochte gegen die Siebzig gehen. Er hatte als einziger den Rock nicht ausgezogen, schwitzte nicht einmal. Ich stellte mich endlich vor, ahnte, einem Mann von Prominenz gegenüberzustehen, kam aber nicht auf den Namen.

»Verwandt mit Oberst Spät?« fragte er, ohne seinen Namen zu nennen, sei es nun, daß er darauf keinen Wert legte, oder in der Annahme, daß ich ihn schon kenne. (Oberst Spät: martialischer Landwirt, heute Bundesrat. Fordert Atomwaffen.)

»Kaum«, antwortete ich. (Um diesen Punkt ein für allemal zu erledigen: Ich bin 1930 geboren. Meine Mutter, Anna Spät, habe ich nicht gekannt, mein Vater ist unbekannt. Aufgewachsen bin ich in einem Waisenhaus, an das ich mich mit Vergnügen erinnere – besonders an den unermeßlichen Wald, an den es grenzte. Die

Leitung und die Lehrerschaft waren vorzüglich, meine Jugend glücklich, ist es doch durchaus nicht immer ein Vorteil, Eltern zu besitzen. Mein Unglück begann mit Dr. h. c. Isaak Kohler, vorher war ich zwar in Schwierigkeiten, aber nicht in hoffnungslosen.)

»Sie wollen Stüssi-Leupins Partner werden?« fragte er.

Ich schaute ihn verwundert an: »Ich denke nicht daran.«

»Er hält viel von Ihnen.«

»Das hat er mich bis jetzt nie merken lassen.«

»Stüssi-Leupin läßt nie etwas merken«, meinte der Alte trocken.

»Sein Fehler«, antwortete ich unbekümmert. »Ich will mich selbständig machen.«

»Das wird schwer sein.«

»Möglich.«

Der Alte lachte: »Sie werden noch Ihre Wunder erleben. Es ist nicht leicht, in unserem Lande allein hochzukommen. – Spielen Sie Billard?« fragte er dann unvermittelt.

Ich verneinte.

»Ein Fehler«, sagte er, betrachtete mich aufs neue nachdenklich, die grauen Augen voll Verwunderung, doch ohne Spott, wie es schien, humorlos und hart, und führte mich zum zweiten Tisch, wo Dr. Benno und Professor Winter spielten, die mir beide bekannt waren, der Professor von der Universität her – er war Rektor, als ich immatrikulierte –, Dr. Benno von der Welt des Nachtlebens her, das in unserer Stadt herrschte, zwar damals nur bis Mitternacht, doch dafür nicht ohne Intensität. Sein Beruf war unbestimmt. Einmal war er Olympiasieger im Fechten – weshalb man ihn den Olympia-Heinz nannte –, einmal Schweizermeister im Pistolenschießen gewesen und war immer noch ein bekannter Golfspieler, einmal hatte er eine Galerie geführt, die nicht rentierte. Jetzt hieß es, er solle der Hauptsache nach Vermögen verwalten.

Ich grüßte, sie nickten.

»Winter ist ein ewiger Anfänger«, sagte Dr. h. c. Kohler.

Ich lachte. »Sie sind wohl ein Meister?«

»Gewiß«, antwortete er ruhig, »Billard ist meine Passion. Geben Sie das Queue mal her, Professor, den Stoß schaffen Sie nicht.«

Professor Adolf Winter gab ihm den Billardstock. Er war ein sechzigjähriger, schwerer, doch eher kleingewachsener Mann, mit leuchtender Glatze, goldener randloser Brille, gepflegtem schwarzem Vollbart mit weißen Strähnen, den er würdevoll zu streichen pflegte, stets sorgfältig, nicht unraffiniert konservativ gekleidet, einer der humanistischen Schwadroneure, die unsere Universität bevölkern, Mitglied des PEN-Clubs und der Usteri-Stiftung, Autor des zweibändigen Schmökers ›Carl Spitteler und Hesiod oder Schweiz und Hellas. Ein Vergleich‹, Artemis 1940 (als Jurist geht mir seit jeher die philosophische Fakultät auf die Nerven).

Der Kantonsrat bearbeitete die Lederkuppe sorgfältig mit Kreide. Seine Bewegungen waren ruhig und sicher, und so schroff auch seine Sätze fielen, wirkte doch nichts an ihm arrogant, nur bewußt und gelassen, alles deutete auf Macht und Unbeirrbarkeit. Er betrachtete den Billardtisch mit leicht geneigtem Kopf, tat dann den Stoß entschlossen und schnell.

Ich folgte dem Rollen der weißen Kugeln, ihrem Aufprallen und Zurückstoßen.

»*A la bande.* So muß man den Benno schlagen«, meinte der Kantonsrat, indem er den Billardstock Professor Winter zurückgab. »Kapiert, junger Mann?«

»Ich verstehe nichts davon«, antwortete ich und wandte mich dem Grog zu, den der Kellner auf ein Tischchen gestellt hatte.

»Einmal werden Sie es schon begreifen«, lachte Dr. h. c. Isaak Kohler, nahm eine Zeitungsrolle von der Wand und entfernte sich.

Der Mord: Was sich dann drei Jahre später ereignete, ist bekannt und kann schnell erzählt werden (auch nüchtern brauche ich dabei nicht unbedingt zu sein). Dr. h. c. Isaak Kohler hatte sein Mandat niedergelegt, obschon seine Partei ihn zum Regierungsrat vorschlagen wollte (nicht zum Bundesrat, wie einige ausländische Zeitungen schrieben), hatte sich überhaupt aus der Politik zurückgezogen (von seiner Anwaltspraxis schon längst), verwaltete einen Ziegeltrust, der immer weltweitere Dimensionen annahm, linkerhand, amtete als Präsident verschiedener Verwaltungsräte, wirkte auch in einer Kommission der UNESCO, man sah ihn manchmal monatelang nicht in unserer Stadt, bis er an einem ungebührlich frühlingshaften Märztag im Jahre 1955 den englischen Minister B. durch unsere Stadt führte. Dieser Minister war privat gekommen, man hatte in einer Privatklinik sein Magengeschwür behandelt, nun saß er neben dem Alt-Kantonsrat in dessen Rolls-Royce und ließ sich, bevor er zurückflog, widerwillig doch noch die Stadt zeigen, vier Wochen hatte er sich standhaft geweigert, um sich nun zu fügen, sah gähnend nach den Sehenswürdigkeiten, die sich vorbeischoben, nach der Technischen Hochschule, der Universität, dem Münster, romanisch (der Kantonsrat lieferte Stichworte), der Fluß zitterte in der weichen Luft (die Sonne ging eben unter), der Quai war voller Menschen. Der Minister nickte ein, auf den Lippen noch den Geschmack der unzähligen Kartoffelpürees und der Birchermüeslis, die er in der Privatklinik genossen hatte, während er nun schon von Whisky pur träumte und die Stimme des Kantonsrats wie von weitem hörte, das Rollen des Verkehrs als ein noch ferneres Rauschen; eine bleierne Müdigkeit war in ihm und vielleicht schon die Ahnung, daß die Magengeschwüre doch nicht so harmlos seien.

»Just a moment«, sagte Dr. h. c. Isaak Kohler und ließ den Chauffeur Franz vor dem ›Du Théâtre‹ anhalten, stieg aus, wies ihn an, eine Minute zu warten, deutete noch mit dem Schirmstock mechanisch auf die Fassade *»eighteenth century«*, doch reagierte Minister B. überhaupt nicht, döste weiter, träumte weiter. Der Kantonsrat begab sich ins Restaurant, gelangte durch die Drehtüre in den großen Speisesaal, wo ihn der Chef de Service ehrfürchtig begrüßte. Es ging gegen sieben, die Tische

waren schon vollbesetzt, man saß beim Abendessen, ein Stimmengewirr, Schmatzen, Besteckgeklimper. Der Alt-Kantonsrat schaute sich um, schritt dann gegen die Mitte des Speisesaales, wo an einem kleinen Tisch Professor Winter saß, mit einem Tournedos Rossini und einer Flasche Chambertin beschäftigt, zog einen Revolver hervor und schoß das Mitglied des PEN-Clubs nieder, nicht ohne vorher freundlich gegrüßt zu haben (überhaupt spielte sich alles aufs würdigste ab), ging dann gelassen am erstarrten Chef de Service, der ihn wortlos anglotzte, und an verwirrten, zu Tode erschrockenen Kellnerinnen vorbei durch die Drehtüre in den sanften Märzabend hinaus, stieg wieder in den Rolls-Royce, setzte sich zum dösenden Minister, der nichts bemerkt hatte, dem nicht einmal das Anhalten des Wagens zum Bewußtsein gekommen war, der, wie gesagt, vor sich hin döste, vor sich hin träumte, sei es von Whisky, sei es von Politik (die Suezkrise schwemmte dann auch ihn weg), sei es von einer bestimmten Ahnung hinsichtlich der Magengeschwüre (vorige Woche stand sein Tod in den Zeitungen, nur kurz kommentiert, und die meisten gaben seinen Namen orthographisch nicht ganz gewissenhaft wieder).

»Zum Flughafen, Franz«, befahl Dr. h. c. Isaak Kohler.

Das Intermezzo seiner Verhaftung: es kann nicht ohne Schadenfreude erzählt werden. Einige Tische vom Ermordeten entfernt tafelte der Kommandant unserer Kantonspolizei mit seinem alten Freund Mock, der, ein Bildhauer, taub und in sich versunken, vom ganzen Vorgang auch später nicht das geringste wahrnahm. Die beiden aßen einen Potaufeu, Mock zufrieden, der Kommandant, der das ›Du Théâtre‹ nicht mochte und es nur selten besuchte, mürrisch. Nichts war nach seinem Geschmack: die Fleischbrühe zu kalt, das Siedfleisch zu zäh, die Preiselbeeren zu süß. Als der Schuß fiel, sah der Kommandant nicht auf, das ist möglich, so wird es jedenfalls erzählt, denn er war gerade dabei, das Mark kunstgerecht aus einem Knochen zu saugen, dann erhob er sich aber doch, stieß dabei sogar einen Stuhl um, den er jedoch als ein Mann der Ordnung wieder auf die Beine stellte. Bei Winter angekommen, lag dieser schon auf dem Tournedos Rossini, die Hand noch um das Glas mit dem Chambertin geschlossen.

»Ist das vorhin nicht der Kohler gewesen?« fragte der Kommandant den noch hilflosen Geschäftsführer, der ihn verstört und bleich anglotzte.

»Jawohl. In der Tat«, murmelte der.

Der Kommandant betrachtete den ermordeten Germanisten nachdenklich, schaute dann finster auf die Platte mit der Rösti und den Bohnen nieder, ließ seinen Blick über die Schüssel mit dem zarten Salat, den Tomaten und Radieschen gleiten.

»Da kann man nichts mehr machen«, sagte er.

»Jawohl. In der Tat.«

Die Gäste, erst wie gebannt, waren aufgesprungen. Hinter der Theke starrten der Koch und das Küchenpersonal herüber. Nur Mock aß ruhig weiter. Ein hagerer Mann drängte sich vor.

»Ich bin Arzt.«

»Rühren Sie ihn nicht an«, befahl der Kommandant ruhig, »wir müssen ihn zuerst mal fotografieren.«

Der Arzt beugte sich zum Professor, befolgte jedoch den Befehl.

»Tatsächlich«, stellte er dann fest. »Tot.«

»Eben«, antwortete der Kommandant ruhig. »Gehen Sie zurück an Ihren Tisch.«

Dann nahm er die Flasche Chambertin vom Tisch.

»Die ist requiriert«, sagte er und reichte sie dem Geschäftsführer.

»Jawohl. In der Tat«, murmelte der.

Darauf ging der Kommandant telefonieren.

Als er zurückkehrte, befand sich der Staatsanwalt Jämmerlin schon bei der Leiche. Er trug einen feierlichen dunklen Anzug. Er beabsichtigte, in der Tonhalle ein Symphoniekonzert zu besuchen, und hatte eben im Französischen Restaurant im ersten Stock zum Nachtisch eine

Omelette flambée verzehrt, als er den Schuß hörte. Jämmerlin war unbeliebt. Jedermann sehnte seine Pensionierung herbei, die Dirnen und ihre Konkurrenz vom anderen Lager, die Diebe und Einbrecher, die ungetreuen Prokuristen, die Geschäftsmänner in Schwierigkeiten, aber auch der Justizapparat, von der Polizei bis zu den Anwälten, ja selbst seine Kollegen ließen ihn im Stich. Jedermann riß Witze über ihn: es sei kein Wunder, daß es in der Stadt jämmerlicher denn je hergehe, seit man Jämmerlin habe, jämmerlicher als in der Justiz könne es nicht mehr zugehen usw. Der Staatsanwalt stand auf verlorenem Posten, seine Autorität war längst untergraben, die Geschworenen widersetzten sich immer häufiger seinen Anträgen, die Richter desgleichen, und besonders hatte er unter dem Kommandanten zu leiden, der im Rufe stand, den sogenannten kriminellen Teil unserer Bevölkerung für den wertvolleren zu halten. Doch Jämmerlin war ein Jurist großen Stils, der durchaus nicht immer den kürzeren zog, seine Anträge und Repliken waren gefürchtet, seine

Kompromißlosigkeit imponierte, sosehr sie verhaßt war. Er stellte einen Staatsanwalt der älteren Schule dar, von jedem Freispruch persönlich gekränkt, gleich ungerecht gegen reich und arm, ledig, von keiner Versuchung angefochten, ohne je eine Frau berührt zu haben. Beruflich seine schlimmsten Nachteile. Die Verbrecher waren für ihn etwas Unverständliches, geradezu Satanisches, die ihn in eine alttestamentarische Wut versetzten, er war ein Relikt einer unbeugsamen, aber auch unbestechlichen Moralität, ein erratischer Block im »Sumpfe einer Justiz, die alles entschuldigt«, wie er sich ebenso schwungvoll wie grimmig ausdrückte. Auch jetzt war er ungemein erregt, um so mehr, als er den Ermordeten und den Mörder persönlich kannte.

»Kommandant«, rief er empört aus, in der Hand noch die Serviette, »man behauptet, Doktor Isaak Kohler habe diesen Mord begangen!«

»Stimmt«, antwortete der Kommandant mürrisch.

»Das ist doch einfach unmöglich!«

»Kohler muß verrückt geworden sein«, antwortete der Kommandant, setzte sich auf den Stuhl neben dem Toten, zündete sich eine seiner ewigen Bahianos an. Der Staatsanwalt trocknete sich mit der Serviette die Stirn, zog vom Nebentisch einen Stuhl heran, setzte sich ebenfalls, so daß der riesige Tote nun zwischen den beiden massigen, schweren Beamten über seinem Teller lag. So warteten sie. Totenstille im Restaurant. Niemand aß mehr. Alles starrte auf die gespenstige Gruppe. Nur als eine Studentenverbindung den Raum betrat, entstand Verwirrung. Sie nahm singend vom Lokal Besitz, begriff nicht gleich die Lage, sang aus Leibeskräften weiter, verstummte dann verlegen. Endlich kam Leutnant Herren mit dem Stab des Morddezernats. Ein Polizist fotografierte, ein Gerichtsmediziner stand hilflos herum, und ein Bezirksanwalt, der mitgekommen war, entschuldigte sich bei Jämmerlin für sein Erscheinen. Leise Befehle, Anordnungen. Dann wurde der Tote aufgerichtet, Soße im Gesicht, Gänseleber und grüne Bohnen im Vollbart, auf die Bahre gelegt und in den Sanitätswagen geschafft. Die goldene randlose Brille entdeckte Ella erst in der Rösti, als sie abräumen durfte. Darauf wurden vom Bezirksanwalt die ersten Zeugen einvernommen.

Mögliches Gespräch 1: Wie nun wieder Leben in die Serviertöchter kam und die Gäste sich langsam und zögernd setzten, wie nun einige schon wieder zu essen begannen, wie nun auch die ersten Journalisten anrückten, zog sich der Staatsanwalt mit dem Kommandanten zu einer Besprechung in die Vorratskammer neben der Küche zurück, wohin man sie geführt hatte. Er wollte einen Augenblick mit dem Kommandanten allein sein, ohne Zeugen. Ein Weltgericht mußte organisiert und abgehalten werden. Die kurze Besprechung neben Regalen mit Broten, Konserven, Ölflaschen und Mehlsäcken verlief unglücklich. Nach der Darstellung vor dem Parlament, die der Kommandant später gab, forderte der Staatsanwalt den Masseneinsatz der Polizei.

»Wozu?« wandte der Kommandant ein. »Wer wie Kohler vorgeht, will nicht fliehen. Den Mann können wir ruhig zu Hause verhaften.«

Jämmerlin wurde energisch. »Ich darf wohl erwarten, daß Sie Kohler wie jeden anderen Verbrecher behandeln.«

Der Kommandant schwieg.

»Der Mann ist einer der reichsten und bekanntesten Bürger der Stadt«, fuhr Jämmerlin fort. »Es ist unsere heilige Pflicht« (eine seiner Lieblingswendungen), »mit der größten Strenge vorzugehen. Wir müssen jeden Anschein vermeiden, daß wir ihn begünstigen.«

»Es ist unsere heilige Pflicht, unnötige Kosten zu vermeiden«, erklärte der Kommandant ruhig.

»Kein Großalarm?«

»Ich denke nicht daran.«

Der Staatsanwalt starrte auf die Brotschneidemaschine, neben der er stand. »Sie sind mit Kohler befreundet«, meinte er endlich, nicht einmal boshaft, nur routinemäßig und kalt. »Halten Sie es nicht für möglich, daß unter diesen Umständen Ihre Objektivität leiden könnte?«

Stille. »Polizeileutnant Herren«, antwortete der Kommandant gelassen, »wird den Fall Kohler übernehmen.«

So kam es zum Skandal.

Herren war ein Mann der Tat, ehrgeizig und handelte denn auch voreilig. Es gelang ihm, nicht nur innerhalb weniger Minuten die ganze Polizei, sondern auch die Bevölkerung zu alarmieren, indem er im Radio vor den Halbachtuhrnachrichten gerade noch die Sondermeldung der Kantonspolizei lancieren konnte. Der Apparat lief auf vollen Touren. Man fand Kohlers Villa leer (er war Witwer, seine Tochter als Stewardeß der Swissair in Lüften, die Köchin im Kino). Man schloß auf Fluchtabsichten. Funkwagen pirschten durch die Straßen, die Grenzposten wurden benachrichtigt, ausländische Polizei avisiert. Dies alles war vom rein Technischen her nur zu loben, doch stellte man die

Möglichkeit außer Frage, die der Kommandant gewittert hatte: man suchte einen Mann, der nicht zu fliehen trachtete. So war denn das Unglück schon geschehen, als man kurz nach acht aus dem Flughafen die Nachricht erhielt, Kohler habe einen englischen Minister zum Flugzeug gebracht und sich dann in seinem Rolls-Royce gemütlich in die Stadt zurückfahren lassen. Besonders schwer traf es den Staatsanwalt. Er hatte sich eben, beruhigt durch das machtvolle Funktionieren der Staatsmaschinerie, noch freudig gestimmt von seinem Sieg über den verhaßten Kommandanten, bereitgemacht, Mozarts Ouvertüre zur ›Entführung aus dem Serail‹ anzuhören, sich auch schon genußvoll, den gestutzten grauen Bart streichelnd, zurückgelehnt, und Mondschein hatte schon den Taktstock erhoben, als der gesuchte, mit den modernsten Hilfsmitteln der Polizei gehetzte Dr. h. c. an der Seite einer der reichsten und nun auch ahnungslosesten Witwen unserer Stadt durch den Mittelgang des großen Tonhallesaals an den dichten Zuhörerreihen vorbei nach vorne geschritten kam, ruhig und sicher wie immer, mit der unschuldigsten Miene, als wenn nichts geschehen wäre, und sich neben Jämmerlin niederließ, ja dem Fassungslosen noch die Hand schüttelte. Die Erregung, das Getuschel, aber leider auch das Gekicher waren beträchtlich, die Ouvertüre mißriet nicht unbedeutend, weil auch das Orchester den Vorgang bemerkt hatte, ein Oboist erhob sich sogar neugierig, Mondschein mußte zweimal ansetzen, und so verwirrt war der Staatsanwalt, daß er nicht nur während der Serail-Ouvertüre, sondern auch während des nachfolgenden Zweiten Klavierkonzerts von Johannes Brahms wie erstarrt sitzen blieb. Zwar begriff er endlich die Lage, als der Pianist eingesetzt hatte, aber nun wagte er nicht, Brahms zu unterbrechen, sein Respekt vor der Kultur war zu groß, er fühlte schmerzlich, daß er hätte eingreifen müssen, und nun war es zu spät, und so blieb er bis zur Pause. Dann handelte er. Er drängte sich durch die Menge, die neugierig den Kantonsrat umringte, lief zu den Telefonkabinen, mußte zurückkehren, um von einer Garderobenfrau Kleingeld zu bekommen, rief die Polizeikaserne an, erreichte Herren, ein Großaufgebot sauste herbei. Kohler dagegen spielte den Ahnungslosen, spendierte an der Bar der Witwe Champagner, hatte auch das unverschämte Glück, daß der zweite Teil des Konzerts wenige Augenblicke vor Eintreffen der Polizei begann. So mußte denn Jämmerlin mit Herren vor verschlossenen Türen warten, drinnen wurde Bruckners Siebente gegeben, endlos. Der Staatsanwalt stampfte aufgeregt hin und her, mußte einige Male von Platzanweiserinnen zur Ruhe gemahnt werden, wurde überhaupt wie ein Barbar behandelt. Er verwünschte die ganze Romantik, verfluchte Bruckner, man war immer noch erst beim Adagio, und als endlich nach dem vierten Satz der Beifall einsetzte – auch er wollte kein Ende nehmen – und als das Publikum durch das Spalier der aufgerückten Polizisten ins Freie strömte, kam Dr. h. c. Isaak Kohler erst recht nicht. Er war verschwunden. Der Kommandant hatte ihn durch den Künstlereingang in seinen

Wagen gebeten und war mit ihm in die Polizeikaserne gefahren.

Mögliches Gespräch II: In der Polizeikaserne brachte der Kommandant den Dr. h. c. in sein Büro. Sie hatten miteinander während der Fahrt kein Wort gesprochen, nun ging der Kommandant voran den leeren, schlecht beleuchteten Korridor entlang. Im Büro wies er schweigend auf einen der bequemen Ledersessel, verriegelte die Türe, zog den Rock aus.

»Mach's dir gemütlich«, sagte er.

»Danke, ich bin schon gemütlich«, antwortete der Kantonsrat, der sich gesetzt hatte.

Der Kommandant stellte zwei Gläser auf den Tisch zwischen den beiden Sesseln, holte eine Rotweinflasche aus dem Schrank, »Winters Chambertin«, erklärte er und schenkte ein, setzte sich auch, starrte eine Weile vor sich hin, begann sich dann sorgfältig mit dem Taschentuch den Schweiß von der Stirn und vom Nakken zu wischen.

»Lieber Isaak«, begann er endlich, »sage mir

um Himmels willen, warum du diesen alten Esel niedergeschossen hast.«

»Du meinst –«, antwortete der Kantonsrat etwas zögernd.

»Bist du dir überhaupt im klaren, was du getan hast?« unterbrach ihn der Kommandant.

Der andere trank gemächlich aus seinem Glas, antwortete nicht auf der Stelle, betrachtete vielmehr den Kommandanten leicht erstaunt, aber auch mit leichtem Spott.

»Selbstverständlich«, sagte er dann. »Selbstverständlich bin ich mir im klaren.«

»Und, warum hast du Winter erschossen?«

»Ach so«, antwortete der Kantonsrat und schien über etwas nachzudenken, lachte dann: »Ach, so ist das. Nicht übel.«

»Was ist nicht übel?«

»Das Ganze.«

Der Kommandant wußte nicht, was er antworten sollte, war verwirrt, ärgerte sich. Der Mörder dagegen war geradezu heiter geworden, lachte mehrere Male leise vor sich hin, schien sich auf eine unbegreifliche Weise zu amüsieren.

»Nun. Warum hast du den Professor ermordet?« begann der Kommandant aufs neue hartnäckig zu fragen, eindringlich, wischte sich wieder den Schweiß aus dem Nacken und von der Stirn.

»Ich habe keinen Grund«, gestand der Kantonsrat.

Der Kommandant starrte ihn verwundert an, glaubte nicht recht gehört zu haben, leerte dann sein Glas Chambertin, schenkte sich wieder ein, verschüttete Wein.

»Keinen Grund?«

»Keinen.«

»Das ist doch Unsinn, du mußt doch einen Grund haben«, rief der Kommandant ungeduldig aus. »Das ist doch Unsinn!«

»Ich bitte dich, deine Pflicht zu tun«, sagte Kohler und trank sorgfältig sein Glas leer.

»Meine Pflicht ist es, dich zu verhaften«, erklärte der Kommandant.

»Eben.«

Der Kommandant war verzweifelt. Er liebte Klarheit in allen Dingen. Er war ein nüchterner

Mensch. Ein Mord war für ihn ein Unglücksfall, über den er kein moralisches Urteil fällte. Aber als Mann der Ordnung mußte er einen Grund haben. Ein Mord ohne Grund war für ihn nicht ein Verstoß gegen die Sitte, wohl aber gegen die Logik. Und das gab es nicht.

»Am besten, ich stecke dich ins Irrenhaus zur Beobachtung«, erklärte er wütend. »Das gibt es doch einfach nicht, daß du ohne Grund gemordet haben willst.«

»Ich bin völlig normal«, entgegnete Kohler ruhig.

»Soll ich Stüssi-Leupin telefonieren?« schlug der Kommandant vor.

»Wozu?«

»Du brauchst einen Verteidiger, Mann Gottes. Den besten, den wir haben, und Stüssi-Leupin ist der beste.«

»Ein Offizialverteidiger genügt mir.«

Der Kommandant gab es auf. Er öffnete den Kragen, atmete tief.

»Du mußt verrückt geworden sein«, keuchte er. »Gib den Revolver.«

»Welchen Revolver?«

»Mit dem du den Professor erschossen hast.«

»Den habe ich nicht«, erklärte der Dr. h. c. und erhob sich.

»Isaak«, flehte der Kommandant, »ich hoffe, du willst uns eine Leibesvisitation ersparen!«

Er wollte sich wieder Wein einschenken. Die Flasche war leer.

»Der verdammte Winter hat zuviel gesoffen«, knurrte der Kommandant.

»Laß mich endlich abführen«, schlug der Mörder vor.

»Bitte«, entgegnete der Kommandant, »dann wird dir nichts erspart bleiben.« Er erhob sich ebenfalls, riegelte die Tür auf, klingelte dann.

»Führen Sie den Mann ab«, sagte er zum eintretenden Polizeiwachtmeister. »Er ist verhaftet.«

Verspäteter Verdacht: Wenn ich diese Gespräche wiederzugeben versuche – »mögliche«, weil ich ihnen nicht persönlich beigewohnt habe –, so geschieht es nicht in der Absicht, einen Roman zu schreiben. Es geschieht aus der Notwendigkeit, ein Geschehen so getreu wie möglich aufzuzeichnen, doch ist dies nicht das Schwierige. Die Justiz spielt sich zwar weitgehend hinter den Kulissen ab, aber auch hinter den Kulissen verwischen sich die gegen außen scheinbar so klar festgelegten Kompetenzen, die Rollen werden ausgetauscht oder anders verteilt, Gespräche zwischen Personen finden statt, die vor der Öffentlichkeit als unversöhnliche Feinde auftreten, überhaupt herrscht eine andere Tonart. Nicht alles wird festgehalten und den Akten zugeführt. Informationen werden weitergegeben oder unterschlagen. So war etwa der Kommandant mir gegenüber immer offen, gesprächig, erzählte mir freiwillig alles, ließ mich in wichtige Dokumente Einsicht nehmen, überschritt auch öfters seine Befugnisse, ist überhaupt, auch heute noch, mir gewogen. Ja sogar Stüssi-Leupin war mir gegenüber durchaus zuvorkommend, auch als ich längst im anderen Lager stand, erst jetzt hat sich der Wind gedreht, doch das ja wohl aus einem ganz anderen Grund. So brauche ich denn die Gespräche nicht zu erfinden, sondern nur zu rekonstruieren. Schlimmstenfalls sind sie zu erahnen.

Nein, meine »schriftstellerischen« Schwierigkeiten liegen woanders. Wenn ich mir auch im klaren darüber bin, daß selbst mein geplanter Mord und Selbstmord nicht ein strenger Beweis meiner Glaubwürdigkeit zu sein vermögen, so überfällt mich doch immer wieder beim Niederschreiben der Ereignisse die wahnwitzige Hoffnung, noch einen solchen zu erbringen: etwa indem ich entdecke, wie Kohlers Revolver beseitigt wurde. Die Tatwaffe ist nie gefunden worden. Zunächst ein nebensächlicher Umstand. Er blieb ohne Einfluß auf den Prozeß. Der Täter stand fest, Zeugen waren genügend vorhanden, das Personal, die Gäste des ›Du Théâtre‹. Wenn deshalb der Kommandant zu Beginn der Untersuchung alles aufbot, den Revolver herzuschaffen, so nicht, um Kohler zu belasten – was ja in keiner Weise nötig war –, sondern nur der Ordnung zuliebe, es gehörte sozusagen zu seinem kriminalistischen Stil. Doch hatte der Kommandant keinen Erfolg. Unerklärlicherweise. Dr. h. c. Isaak Kohlers Weg vom ›Du Théâtre‹ bis zur Tonhalle war bekannt, minutiös zu belegen. Er war nach dem Schuß auf den Tournedos-Rossini-verschlingenden Professor geradewegs in seinen Rolls-Royce gestiegen und hatte sich neben dem whisky-träumenden Minister niedergelassen, wir wissen es. Beim Flughafen verließen Mörder und Minister den Wagen, der Chauffeur (der ja nichts von der Tat wußte) hatte keinen Revolver bemerkt, auch der Direktor der Swissair nicht, der zur Begrüßung hergeeilt kam. In der Halle plauderte man, bewunderte pflichtgemäß das Gebäude, besser, dessen Innenarchitektur, schritt dann schlendernd zur Maschine, Kohler den Minister leicht stützend. Feierliche Verabschiedung, Rückkehr mit dem Direktor in die Halle, noch ein kurzer Blick auf die davonrollende Maschine, Einkauf am Kiosk, ›NZZ‹ und ›National-Zeitung‹, Durchquerung der

Halle, immer noch mit dem Direktor, doch nun ohne Blick auf die Innenarchitektur, dann in den wartenden Wagen, vom Flughafen an die Zollikerstraße, zweimaliges Hupen vor dem Haus der ahnungslosen Witwe, die gleich erschien (man war in Eile), von der Zollikerstraße geradewegs in die Tonhalle. Von der Waffe keine Spur, auch die Witwe hatte nichts bemerkt. Der Revolver hatte sich in nichts aufgelöst. Der Kommandant ließ den Rolls-Royce aufs genaueste untersuchen, dann die Strecke, die Kohler zurückgelegt hatte, ferner dessen Villa, den Garten, das Zimmer der Köchin, die Wohnung des Chauffeurs an der Freiestraße. Nichts. Der Kommandant drang noch einige Male in Kohler, wetterte sogar, schritt zum Dauerverhör. Vergeblich. Der Dr. h. c. bestand es glänzend, nur Hornusser, der Untersuchungsrichter, der das Verhör wiederaufnahm, brach zusammen. Dann Protest von seiten des Staatsanwalts, die Polizei und der Untersuchungsrichter brauchten nicht allzu pedantisch zu sein, Revolver hin oder her, man lege nicht allzuviel Wert darauf, ihn weiterzusuchen sei eine Verschleuderung von Steuergeldern, der Kommandant und der Untersuchungsrichter mußten die Suche aufgeben; und die verschwundene Waffe erhielt erst später, durch Stüssi-Leupin, ihre Bedeutung. Daß sie mir in diesen Tagen eine neue Hoffnung einflößt, ist eine andere Geschichte, gehört zu den Schwierigkeiten meines Unterfangens. Meine Rolle als Retter der Gerechtigkeit ist jämmerlich, ich vermag nichts als zu schreiben, kaum sehe ich daher von weitem eine Möglichkeit, anders einzugreifen, auf eine andere Weise zu handeln, lasse ich meine Hermes-Baby, renne zu meinem Wagen (wieder vw), starte, brause davon, so vorgestern morgen zum Personalchef der Swissair. Eine Idee war mir gekommen, eine gewaltige Lösung. Ich fuhr wie im Rausch, wie durch ein Wunder kam ich heil zum Flughafen, blieben andere heil. Doch wollte mir der Personalchef keine Auskunft geben, ließ mich nicht einmal vor. Die Rückkehr ging in gemäßigtem Tempo vor sich, bei einer Kreuzung schrie mir ein Polizist zu, ob ich meinen Wagen durch die Stadt schieben wolle. Ich fühlte mich wieder einmal ausgespielt. Privatdetektiv Lienhard noch einmal mit einer Recherche zu beauftragen war unmöglich, er kostete zuviel und war nun, wie die Dinge standen, wohl auch nicht mehr interessiert, wer schneidet sich gern ins eigene Fleisch. So blieb nichts anderes übrig, als es mit Hélène selbst zu versuchen. Ich rief an. »Ausgegangen.« »In der Stadt.« Ich gehe aufs Geratewohl los, zu Fuß, denke, die Restaurants abzuklopfen oder die Buchhandlungen, da treffe ich sie, laufe gerade auf sie zu, nur daß sie mit Stüssi-Leupin dasitzt, vor dem ›Select‹, bei einem Capuccino. Ich sah die beiden erst im letzten Augenblick, stand schon vor ihnen, verwirrt, weil ich nur sie gesucht hatte, und wütend, weil Stüssi-Leupin bei ihr saß, aber was tat es schon, die beiden lagen wohl schon längst im Bett beieinander, das Töchterlein eines Mörders und der Retter ihres Vaters, sie einst meine Geliebte, er einst mein Chef.

»Gestatten, Fräulein Kohler«, sagte ich, »ich möchte Sie einen Augenblick sprechen. Allein.«

Stüssi-Leupin bot ihr eine Zigarette an, steckte sich auch eine in den Mund, gab Feuer.

»Ist es dir recht, Hélène?« fragte er sie. Ich hätte den Staradvokaten niederschlagen können.

»Nein«, antwortete sie, ohne mich anzusehen, nur daß sie die Zigarette niederlegte. »Aber er mag reden.«

»Gut«, sagte ich, zog einen Stuhl herbei, bestellte einen Espresso.

»Was wollen Sie nun, mein verehrtes Justizgenie?« fragte Stüssi-Leupin gemütlich.

»Fräulein Kohler«, sagte ich, kaum daß ich meine Aufregung verbergen konnte, »ich habe Ihnen eine Frage zu stellen.«

»Bitte.« Sie rauchte wieder.

»Stellen Sie«, meinte Stüssi-Leupin.

»Als Ihr Vater den englischen Minister zum Flugzeug gebracht hat, sind Sie damals noch Stewardeß gewesen?«

»Gewiß.«

»Auch in der Maschine, die den Minister nach England zurückgeflogen hat?«

Sie drückte ihre Zigarette aus.

»Möglich«, sagte sie.

»Danke, Fräulein Kohler«, sagte ich und erhob mich, grüßte, ließ den Espresso stehen und ging. Ich wußte nun, wie die Waffe verschwinden konnte. Es war alles so einfach. Zum Lachen. Der Alte hatte sie dem Minister in die Manteltasche geschoben, als er neben ihm im Rolls-Royce saß, und seine Tochter Hélène hatte den Revolver im Flugzeug aus der Manteltasche geholt. Das konnte sie ja leicht als Stewardeß. Aber wie ich es nun wußte, wurde ich leer und müde, bummelte den Quai entlang, endlos, den blödsinnigen See mit seinen Schwänen und Segelbooten zur Rechten. Stimmte meine Überlegung – und sie mußte stimmen –, war Hélène Mitwisserin. Schuldig wie ihr Vater. Dann hatte sie mich im Stich gelassen, dann mußte sie wissen, daß ich recht hatte, dann hatte ihr Vater schon gewonnen. Er war stärker gewesen als ich. Ein Kampf mit Hélène war sinnlos, weil sie sich schon entschieden hatte, weil er schon entschieden war. Ich konnte sie nicht zwingen, ihren Vater zu verraten. Woran sollte ich denn bei ihr appellieren? An die Ideale? An welche? An die Wahrheit? Die hatte sie verschwiegen. An die Liebe? Sie hatte mich verraten. An die Gerechtigkeit? Dann würde sie mich fragen: Für wen? Für eine lokale Geistesgröße? Asche ist zufrieden. Für einen windelweichen, verlogenen Schürzenjäger? Der ist auch kremiert. Für mich? Nicht der Mühe wert. Die Gerechtigkeit ist keine Privatsache. Und dann würde sie mich fragen: Wozu Gerechtigkeit? Für unsere Gesellschaft? Nur ein Skandal mehr, nur Redestoff, übermorgen längst eine andere Tagesordnung. Resultat der Denkübung: Der Nutzwert der Gerechtigkeit wog für Hélène ihren Papa nicht auf. Für einen Juristen eine lähmende Erleuchtung. Sollte ich noch den Lieben Gott ins Spiel bringen? Ein sicher sehr freundlicher, doch ziemlich unbekannter Herr mit ungesicherter Existenz. Und dann: Was hat der Mann alles zu tun! (Durchmesser des Universums nach de Sitter – veraltet, viel zu bescheiden gerechnet – in Zentimetern: eine Eins mit achtundzwanzig Nullen.) Aber es galt durchzuhalten, sich aufzurappeln, die Philosophie hinunterzuwürgen, den Kampf gegen die Gesellschaft, gegen Kohler, gegen Stüssi-Leupin weiterzuführen und den gegen Hélène aufzunehmen. Denken ist ein nihilistischer Zug, stellt die Werte in Frage, und so wandte ich mich denn wieder rüstig dem tätigen Leben zu, wanderte erfrischt nach der Innenstadt zurück, See, Schwäne und Segelschiffe nun zur Linken, an Liebespaaren und Rentnern vorbei, aufs angenehmste durch einen Sonnenuntergang kosmisch beleuchtet, trank dann den ganzen Abend durch Klävner (den ich gar nicht vertrage), und als ich gegen ein Uhr mit einer zwar berüchtigten, dafür aber kühngewachsenen Dame in ihrem Appartementhaus verschwand, stand dort im Eingang Stuber von der Sittenpolizei, notierte Adressen, verbeugte sich höflich, die Geste sollte wohl ironisch wirken, Kohlen aufs Haupt eines verlotterten Rechtsanwalts.

Das war Pech. Möglich. (Dafür war die Dame anständig, ihr war's eine Ehre, sagte, ich könne das nächste Mal zahlen, was ich bezweifelte, ich beichtete ihr, auch das nächste Mal sei ich dazu kaum imstande, gestand meinen Beruf, worauf sie mich engagierte.)

Land und Leute: Einige Bemerkungen sind unumgänglich. Zu einem Mord gehören auch nähere und weitere Umgebung, die mittlere Jahrestemperatur, die durchschnittliche Häufigkeit von Erdbeben und menschliches Klima. Alles ist miteinander verflochten: Gegründet wurde das Unternehmen, welches sich bald unser Staat, bald unser Vaterland nennt, vor etwas mehr als zwanzig Generationen, grob gerechnet. Ort: Zuerst spielte sich alles der Hauptsache nach im Kalk, Granit und in der Molasse ab, später kam Tertiäres hinzu. Klima: leidlich. Zeit: Zuerst mittelmäßig, die habsburgische Hausmacht braute sich zusammen, viel Faustrecht, es galt sich durchzuprügeln, und man prügelte sich durch, knackte Ritter, Klöster und Burgen wie Panzerschränke, gewaltige Plünderungen, Beute, Gefangene wurden keine gemacht, vor den Schlachten Gebet und nach dem Gemetzel Orgien, enorme Saufereien, der Krieg rentierte, dann aber leider die Erfindung des Pulvers, die Großmachtpolitik stieß auf steigenden Widerstand, dem Dreschen mit Hellebarde und Morgenstern wurden Grenzen gesetzt, die Nahkämpfer wurden aus der Ferne zusammengetätscht, nach kaum acht Generationen schon der berühmte Rückzug, von da noch weitere sieben Generationen relative Wildheit, teils mordete man sich nun untereinander, unterjochte Bauern (mit der Freiheit nahm man es nie so genau) und schlug sich um die Religion, teils betrieb man Söldnerei im großen Stil, gab sein Blut für den Meistbietenden, beschützte die Fürsten vor den Bürgern, ganz Europa vor der Freiheit. Dann endlich gewitterte die Französische Revolution herauf, in Paris wurde die verhaßte Garde zusammengeschossen, tapfer stand sie auf verlorenem Posten, im Dienste eines verrotteten Systems von Gottes Gnaden, während einer ihrer aristokratischen Offiziere in einer Dachkammer und in Sicherheit dichtete: ›Bunt sind schon die Wälder, gelb die Stoppelfelder, und der Herbst beginnt‹. Wenig später räumte Napoleon mit dem ganzen Plunder von gnädigen Herren und Untertanenländern endgültig auf: dem Land taten die Niederlagen gut. Ansätze zur Demokratie zeigten sich und neue Ideen: Pestalozzi, arm, schäbig und glühend, zog im Lande herum, von einem Unglück ins andere. Eine radikale Wende zu Geschäft und Gewerbe setzte ein, drapiert mit den entsprechenden Idealen. Die Industrie begann sich breitzumachen, Eisenbahnen wurden gebaut. Zwar war der Boden arm an Schätzen, Kohle und Erze mußten eingeführt und verarbeitet werden, aber emsiger Fleiß überall, steigender Reichtum, doch ohne Verschwendung, leider auch ohne Glanz. Sparsamkeit installierte sich als höchste Tugend, Banken wurden gegründet, zuerst zaghaft, Schulden galten als unehrenhaft, stellten einst die Landsknechte einen Ausfuhrartikel dar, jetzt die Bankrotteure: wer bei uns pleite ging, hatte jenseits der Ozeane eine Chance. Alles mußte rentieren und rentierte: sogar die unermeßlichen Steinhaufen und Geröllhalden, die Gletscherzungen und Steilhänge, denn seit die Natur entdeckt worden war und sich jeder Trottel in der Bergeinsamkeit erhaben fühlen durfte, wurde auch die Fremdenindustrie möglich: die Ideale des Landes waren immer praktisch. Im übrigen lebte man entschlossen so, daß es jedem möglichen Feind nützlicher war, einen in Ruhe zu lassen, eine an sich unmoralische, doch gesunde Lebenshaltung, die von keiner Größe, aber von beträchtlichem politischem Verstand zeugte. Man mauserte sich denn auch durch zwei Weltkriege, manövrierte zwischen Bestien, kam immer wieder davon. Unsere Generation erschien.

Gegenwart (1957 n. Chr.): Große Teile der Bevölkerung leben beinahe sorglos dahin, gesichert und versichert, Kirche, Bildung und Spitäler stehen zu gemäßigten Preisen zur Verfügung, die Kremierung erfolgt im Notfall kostenlos. Das Leben gleitet auf festen Gleisen, aber die Vergangenheit rüttelt am Bau, erschüttert die Fundamente. Wer viel hat, fürchtet, viel zu verlieren. Man sinkt nach bestandener Gefahr vom Pferd wie der Reiter nach seinem Ritt über den Bodensee: man ist zu zaghaft, die eigene Klugheit als notwendig zu begreifen, man hält es nicht mehr aus, zwar kein Held, aber vernünftig gewesen zu sein, man reiht sich in die Reihen der Sieger ein, die Sage der kriegerischen Väter kommt hoch, von den Mythen her droht Kurzschlußgefahr, man träumt von den alturalten Schlachten, dichtet sich selbst zu Widerstandskämpfern um, und schon sind die Generalstäbler dabei, eine Nibelungenwelt zu beschwören, von Atomwaffen zu träumen, vom heldenhaften Vernichtungskampf im Falle eines Angriffs, das Ende der Armee soll auch der Nation das Ende bereiten, gründlich, stur und endgültig, während ringsherum schon längst unterjochte Völker mit Mut und List davonzukommen wissen. Doch bahnt sich das mögliche Ende noch anders an, witziger. Ausländer kaufen den Boden auf, den man verteidigen will, die Wirtschaft wird von fremden Händen in Schwung gehalten und von den eigenen nur noch verwaltet, kaum noch gesteuert, der Staatsbürger bildet eine Oberschicht, unter der sich, in oft zu unverschämten Preisen vermieteten Wohnungen zusammengepfercht, sparsam und emsig Italiener, Griechen, Spanier, Portugiesen und Türken einnisten, zum Teil verachtet, oft noch Analphabeten, Heloten, ja für viele ihrer Herren Untermenschen, die einmal, zum bewußten Proletariat geworden, überlegen in ihrer genügsamen Vitalität ihre Rechte fordern könnten, in der Erkenntnis, daß der Betrieb, der sich unser Staat nennt, halb schon aufgekauft von fremdem Kapital, nur noch von ihnen abhängt. Unser kleines Land, so ahnt man und reibt sich verblüfft die Augen, ist in Wirklichkeit von der Geschichte abgetreten, als es ins große Geschäft eintrat.

Die Reaktion der Öffentlichkeit: Vor diesem Hintergrund hob sich der Mord des Dr. h. c. ab. Seine Wirkung war zu berechnen: da wir die Politik entpolitisiert haben – hier weisen wir in die Zukunft, nur hier sind wir modern, wirklich bahnbrecherisch, die Welt wird entweder untergehen oder verschweizern –, da von der Politik nichts mehr zu erwarten ist, keine Wunder, kein neues Leben, nur nach und nach vielleicht noch etwas bessere Straßen, da sich das Land selbst biologisch erfreulich benimmt und sich im Kinderzeugen zurückhält, (daß wir nicht zahlreich sind, ist unser großer, daß sich unsere Rasse dank der Fremdarbeiter langsam verbessert, unser größter Vorzug), herrscht Dankbarkeit über jede Unterbrechung des täglichen Trotts, ist jede Abwechslung willkommen, um so mehr als der jährliche Festzug der Zünfte in seiner steifen Würde bei weitem nicht die fehlende Fastnacht zu ersetzen vermag. Die Handlungsweise des Dr. h. c. Isaak Kohler wirkte daher befreiend, man hatte inoffiziell über etwas zu lachen, worüber man sich offiziell entrüstete, und schon am Abend seines Hinschieds ging das Wort um, das man einem hohen Stadtbeamten, wenn nicht gar dem Stadtpräsidenten zuschrieb, Kohler habe sich einen neuen Dr. h. c. verdient, indem er Professor Winters nächste Erst-August-Rede verhindert habe. Auch ließ das unglückliche Vorgehen der Polizei kaum zusätzliche sittliche Empörung zu, die Schadenfreude war einfach zu groß: Das Verhältnis der Bevölkerung zur Polizei ist gespannt, entspricht doch unsere Stadt schon lange nicht mehr ihrem Ruf. Unvermutet eine Großstadt geworden, will sie das Trauliche, Bürgerfleißige, Tugendliche bewahren, das sie sich immer zuschrieb und zuschreibt, will sie persönlich auch im Unpersönlichen bleiben, der Tradition verhaftet, auch wenn diese längst zum Teufel ging: Die Zeit ist mächtiger geworden als die Stadt mit all ihrem beflissenen Tun, sie macht mit ihr, was sie will. Und so sind wir denn weder die, die wir einmal waren, noch die, die wir nun sein müßten, leben im Kriege mit der Gegenwart, wollen nicht, was wir dennoch müssen, tun aus Trotz nie ganz, was nötig ist, sondern nur halb, bestenfalls, und auch das widerwillig. Der Ausdruck dieser Misere ist das Anwachsen der polizeilichen Funktionen: denn wer im Krieg mit der Gegenwart lebt, reglementiert. Unser Gemeinwesen ist weitgehend ein Polizeistaat geworden, der in alles hineinredet, in die Sittlichkeit und in den Verkehr (beide in chaotischem Zustand). Der Polizist stellt daher nicht so sehr ein Symbol des Schutzes dar als eines der Schikane. Schluß. Schwer alkoholisiert. Dazu ist eben die Appartementsdame in mein Büro gekommen (wieder die Mansarde in der Spiegelgasse), braucht juristischen Schutz. Werde ihr raten, sich einen Hund anzuschaffen. Den kann sie und sich selber nächtlich zweimal ausführen (Empfehlung des Tierschutzvereins, von Jämmerlin zähneknirschend akzeptiert).

Staatsanwalt Jämmerlin: er haßte den Kantonsrat. Dessen Nonchalance ging ihm auf die Nerven. Er konnte es Kohler nie verzeihen, daß dieser ihm, Jämmerlin, im Tonhallesaal die

Hand geschüttelt hatte. Er haßte ihn so sehr, daß er sich mit sich selber entzweite. Die Spannung zwischen seinem Haß und seinem Gerechtigkeitssinn war ins Unerträgliche gewachsen. Er erwog, sich als befangen zu erklären, dann wieder hoffte er, der Kantonsrat würde ihn als Staatsanwalt ablehnen. In seiner Ratlosigkeit vertraute er sich dem Oberrichter Jegerlehner an. Der Oberrichter sondierte beim Untersuchungsrichter, dieser beim Kommandanten, der seufzend den Kantonsrat aus dem Bezirksgefängnis in sein Büro führen ließ, damit man es gemütlicher habe. Der Dr. h. c. war bester Laune. Der Cheval Blanc vortrefflich. Der Kommandant kam ihm wieder mit Stüssi-Leupin, sein Offizialverteidiger sei ein berüchtigter Versager. Kohler erwiderte, das spiele doch keine Rolle. Der Kommandant rückte endlich mit den Bedenken Jämmerlins heraus. Der Kantonsrat versicherte, er könne sich keinen ihm gewogeneren Ankläger denken, eine Antwort, die, als sie Jämmerlin mitgeteilt wurde, diesen zum wütenden Ausruf verleitete, jetzt werde er es dem Kantonsrat zeigen und diesen lebenslänglich versenken, worauf der Oberrichter den Staatsanwalt beinahe dispensierte, es aber bleibenließ, aus Furcht, diesen treffe dann vor Wut der Schlag, stand doch Jämmerlins Gesundheit nicht zum besten.

Der Prozeß: er fand vor dem Obergericht vor fünf Oberrichtern statt, früh für unsere Verhältnisse, in Windeseile sozusagen, ein Jahr nach dem Mord, wieder im März. Das Verbrechen war öffentlich geschehen, wer der Mörder war, mußte nicht bewiesen werden. Nur über das Motiv der Tat war nichts auszumachen. Es schien keines zu geben. Aus dem Kantonsrat war nichts herauszubringen. Man stand vor einem Rätsel. Auch der sorgfältigen Befragung des Angeklagten durch die zuständigen Richter gelang es nicht, den geringsten Anhaltspunkt ans Tageslicht zu fördern. Die Beziehungen zwischen Mörder und Ermordetem waren die denkbar korrektesten. Geschäftlich hatten sie nichts miteinander zu tun, Eifersucht war ausgeschlossen, nicht einmal Vermutungen waren in dieser Hinsicht möglich. Angesichts dieser seltsamen Tatsache gab es zwei Interpretationen: Entweder war Dr. h. c. Isaak Kohler geisteskrank oder ein amoralisches Monstrum, ein Mörder aus reiner Freude am Töten. Den ersten Standpunkt nahm der Offizialverteidiger Lüthi ein, den zweiten der Staatsanwalt Jämmerlin, gegen die erste Ansicht sprach der Augenschein, Kohler machte einen durchaus normalen Eindruck, gegen die zweite dessen gloriose Vergangenheit, ein Politiker und Wirtschaftsführer war schon an sich sittlich erhaben. Überdies wurden ihm seit jeher soziale (nicht sozialistische) Tendenzen nachgerühmt. Aber es war Jämmerlins ehrgeizigster Prozeß. Der Haß, die Schmach, die Witze, die man über ihn riß, beflügelten den alten Juristen, seinem unwiderstehlichen Schwung waren die Oberrichter nicht gewachsen, der farblose Lüthi blieb wirkungslos. Jämmerlins These vom Unmenschen Kohler drang zur allgemeinen Verblüffung durch. Die fünf Oberrichter glaubten ein Exempel statuieren zu müssen, selbst Jegerlehner gab nach. Wieder einmal tat man alles, um die Fassade der Moral zu retten. Das Volk, hieß es in der Urteilsbegründung, müsse von den finanziell und gesellschaftlich bessergestellten Kreisen einen sittlich einwandfreien Lebenswandel nicht nur fordern dürfen, sondern auch vorgelebt sehen können. Der Kantonsrat wurde zu zwanzig Jahren Zuchthaus verurteilt. Nicht ganz lebenslänglich, nur praktisch lebenslänglich.

Das Verhalten Kohlers: Jedem fiel die Würde des überführten Mörders auf. Er betrat den Gerichtssaal völlig ausgeruht, hatte er doch die Untersuchungshaft der Hauptsache nach in einer psychiatrischen Klinik am Bodensee verbracht, zwar unter losen polizeilichen Vorschriften, aber betreut von dem mit ihm eng befreundeten Professor Habersack. Bewegung war erlaubt, der Caddie beim Golf war der Dorfpolizist. Endlich vor Obergericht, wies Kohler jede Begünstigung von sich, verlangte »wie ein Mann aus dem Volke behandelt zu werden«. Bezeichnend gleich der Beginn der Verhandlung. Der Dr. h. c. war erkrankt, Grippe, das Thermometer kletterte auf 39 Grad, er wies jede Verschiebung ab, weigerte sich, im Gerichtssaal in einem Krankenstuhl Platz zu nehmen. Den fünf Oberrichtern erklärte er (Protokoll): »Ich stehe hier, damit ihr nach eurem Gewissen und nach dem Gesetz Recht über mich sprecht. Ihr wißt, wessen man mich beschuldigt. Gut. Nun ist es an euch zu richten und an mir, mich eurem Urteilsspruch zu unterwerfen. Ich werde ihn als gerecht anerkennen, wie er auch ausfalle.« Nach dem Urteilsspruch dankte er bewegt, hob besonders die Menschlichkeit hervor, mit der er behandelt worden sei, dankte auch Jämmerlin. Man hörte sich den Erguß eigentlich mehr belustigt als gerührt an, allgemein herrschte der Eindruck, mit Dr. Isaak Kohler habe die Justiz ein ausgefallenes Exemplar eingefangen, und als er abgeführt wurde, schien der Vorhang über eine zwar nicht ganz erhellte, aber doch eindeutige Affäre endgültig zu fallen.

Über mich, damals und heute: Dies in allgemeinen Zügen die Vorgeschichte, enttäuschend, ich weiß, ein Ereignis, das der Tag liefert, merkwürdig bloß für die Beteiligten und für die näher Informierten, ein Grund zum Klatsch, zu mehr oder weniger faulen Witzen und zu einigen moralischen Betrachtungen über die Krise des Abendlandes und der Demokratie, ein Kriminalfall, von den Gerichtsreportern pflichtbewußt berichtet und vom Chefredaktor unseres weltberühmten Lokalblatts (ein Freund Kohlers) mit landesüblicher Würde kommentiert, ein Gesprächsstoff für wenige Tage, kaum daß er wesentlich über die Grenzen unserer Stadt zu dringen vermochte, ein Provinzskandal, der mit Recht bald vergessen worden wäre, wenn sich nicht hinter ihm ein Plan verborgen hätte. Daß ich in diesem Plan eine entscheidende Rolle spielen sollte, ist mein persönliches Pech, wenn ich auch zugebe, von Anfang an Böses geahnt zu haben. Doch muß ich hier etwas über meine Verhältnisse nach dem Prozeß gegen Kohler einfügen. Sie waren schon damals nicht mehr ganz erfreulich. Ich hatte nun doch versucht, mich selbständig zu machen und in der Spiegelgasse über dem Vereinssälchen der Heiligen vom Uetli, einer frommen Sekte, ein Büro bezogen, einen gegen die drei Fenster hin abgeschrägten Raum mit einigen vor einem Möbel-Pfister-Schreibtisch gruppierten Sesseln, mit ›Beobachter‹-Farbdrucken an den Wänden, über deren Tapete ich lieber schweigen möchte, und mit einem noch nicht funktionierenden Telefon, ein Verschlag, der dadurch entstanden war, daß der Hausbesitzer die Wand zwischen zwei Mansarden hatte niederreißen und eine der beiden Türen hatte zumauern lassen. In der dritten Mansarde hauste der Prediger und Gründer der Uetli-Sekte, Simon Berger, der aussah wie Niklaus von der Flüe und mit dem ich das Klo im Korridor teilte. Zwar lag mein Büro überaus romantisch, Büchner und Lenin hatten in der Nähe gewohnt, und die Aussicht auf die Kamine und Televisionsantennen der Altstadt erweckte Bewunderung, Vertrautheit, heimatliches Kleinstubengefühl und Lust zum

Kakteenzüchten, doch war sie für einen Rechtsanwalt denkbar ungeeignet, nicht nur verkehrstechnisch, auch sonst ließ sich die Bude kaum aufstöbern: kein Lift, steile knarrende Treppen, ein Genist von Korridoren. (Nachzutragen: Damals lag dieses Büro ungünstig, hatte ich doch noch Ambitionen, wollte ich doch noch Fuß fassen, vorankommen, ein braver Bürger werden, für den vergammelten Hurenspezialisten, der ich nun einmal geworden bin, erweist sich der Verschlag gar als ideal, auch wenn der Platzmangel durch den Einbau einer Couch beängstigend geworden ist, schlafe, beischlafe, wohne, ja koche ich doch nun auch hier, nachts von den Psalmen der Heiligen vom Uetli umdröhnt, »halte Einkehr, Mensch und Christ, rette deine Seele, und was sonst zu retten ist, werde ohne Fehle«; Lucky wenigstens, der Beschützer der Dame mit dem bemerkenswerten Wuchs und dem einheimischen Metier, der eben teils aus Neugier, teils aus geschäftlichen Sorgen heraus vorsprach und auch sonst die Lage sondierte, schien befriedigt, meinte jovial, hier könne man ja direkt aufatmen.) So blieben denn auch damals die Klienten fast ganz aus, ich war ziemlich arbeitslos, hatte außer einigen Ladendiebstählen, Eintreibungen und den Statuten eines Gefangenenturnvereins (im Auftrag des Justizdepartements) nichts zu bearbeiten, faulenzte bald auf den grünen Bänken am Quai, bald vor dem Café ›Select‹ herum, spielte Schach (mit Lesser, wobei wir beharrlich spanisch eröffneten, so daß im großen und ganzen stets die gleiche Partie im Patt endete), nahm in den Lokalen der Frauenvereine eine phantasielose, doch nicht ungesunde Kost zu mir. Unter diesen Umständen konnte ich es mir kaum leisten, Kohlers briefliche Aufforderung abzuschlagen, ihn im Zuchthaus in R. zu besuchen; daß mir die Aufforderung nicht geheuer vorkam, weil ich mir nicht vorstellen konnte, was der Alte mit einem unbekannten, noch nicht arrivierten Rechtsanwalt im Sinne hatte, aber auch, weil ich wohl dessen Überlegenheit fürchtete; all diese dumpfen Gefühle der Bangigkeit verdrängte ich, mußte ich verdrängen. Anständigerweise.

Als Produkt unserer Arbeitsmoral. Ohne Fleiß kein Preis. Vogel friß oder stirb. So fuhr ich denn hin. (Damals noch im vw.)

Unser Zuchthaus: mit dem Wagen in etwa zwanzig Minuten zu erreichen. Flaches Tal, das Dorf vorstädtisch, langweilig, viel Beton, einige Fabriken, am Horizont Wälder. Im übrigen kann nicht behauptet werden, daß jedermann in unserer Stadt unser Zuchthaus kenne, die vierhundert Insassen stellen kaum mehr als ein Promille der Bevölkerung dar. Doch dürfte die Anstalt den Sonntagsspaziergängern bekannt sein, auch wenn sie von vielen unter ihnen wohl mehr für eine Bierbrauerei oder für ein Irrenhaus gehalten wird. Hat man jedoch einmal das bewachte Eingangstor passiert und steht man vor dem Hauptgebäude, glaubt man beinahe, vor einer architektonisch verunglückten Kirche oder Kapelle aus roten Backsteinen zu stehen. Auch hält der vage religiöse Eindruck beim Pförtner durchaus noch an: freundliche, milde Gesichter wie bei der Heilsarmee, eine fromme

Stille überall, wohltuend für die Nerven, man gähnt unwillkürlich im kühlen Halbdunkel, wenn auch vielleicht etwas bedrückt, die Justiz hat ihre verschlafenen Züge angenommen, kein Wunder schließlich bei den ewig verbundenen Augen der Dame. Auch sonst Anzeichen von Wohltätigkeit und Seelsorge, ein bärtiger Priester taucht auf, emsig und unermüdlich, dann der Anstaltspfarrer, später eine Psychologin mit Brille, man spürt die Absicht, Seelen zu retten, zu stärken, aufzurichten, nur vom Ende des freilich trostlosen Korridors her schimmert eine bedrohlichere Welt, doch läßt die vergitterte Glastüre keinen deutlichen Einblick zu, auch die zwei Männer in Zivil, die auf einer Bank vor dem Büro des Direktors ergeben und finster warten, erwecken leises Mißtrauen, unbestimmtes Unbehagen. Wird dann aber die Glastüre geöffnet, überschreitet man die geheimnisvolle Schwelle, dringt man ins Innerste vor, sei es als leicht verlegenes Mitglied einer Kommission, sei es als Gefangener, abgeliefert von der Justiz, steht man staunend vor einem väterlichen Reiche strengster, doch nicht unhumaner Ordnung, vor drei gewaltigen fünfstöckigen Galerien nämlich, von einem Ort aus zu überblicken, durchaus nicht düster, sondern von oben her lichtdurchflutet, vor einer Käfig- und Gitterwelt, gewiß, doch nicht ohne Freundlichkeit und Individualität, erspäht man doch hier durch eine halboffene Zellentür eine himmelblau gemalte Zellendecke und das zarte Grün einer Zimmerlinde, dort freundliche, zufriedene Gestalten in brauner Anstaltskleidung; der Gesundheitszustand der Insassen ist vortrefflich, die klösterliche, regelmäßige Lebensweise, das frühe Lichterlöschen, die einfache Nahrung wirken wahre Wunder, die Bibliothek bietet neben Reise- und Lebensbeschreibungen, neben Erbauungsgeschichten beider Konfessionen, wenn auch nicht das Neueste, so doch Klassiker, und die Direktion pro Woche eine Filmvorführung, diese Woche ›Wir Wunderkinder‹, der Besuch der Predigt übertrifft jenen von außerhalb der Mauer prozentual erklecklich, das Leben spult langsam und regelmäßig ab, man ist mäßig gehalten und unterhalten, kriegt seine Noten, gutes Betragen lohnt sich, erleichtert die Lage, freilich nur für jene, die ein Jahrzehnt oder gar nur wenige Jahre abzusitzen haben, da lohnt sich die Erziehung. Dagegen wo Hopfen und Malz verloren ist, für die Lebenslänglichen, werden Erleichterungen ohne Verpflichtung zur Besserung gewährt, stellen sie doch den Stolz des Hauses dar, Drossel und Zärtlich etwa, die, als sie ihr Unwesen trieben, den Bürger in Furcht und Schrecken versetzten, werden von den Wärtern mit scheuer Hochachtung behandelt, sie sind die Stargefangenen und fühlen sich auch so. Daß da bei den gewöhnlicheren Kriminellen bisweilen Neid aufkommt und sich einer so Gott will vornimmt, das nächste Mal gründlicher vorzugehen, sei nicht verschwiegen, auch die Medaille, die unser Zuchthaus verdient, hat ihre Kehrseite, aber als Ganzes genommen: wer wird da nicht tugendhaft; zusammengebrochene, von ihren Ämtern und Posten gestürzte Obersten beginnen aufs neue zu hoffen, Raubmörder wenden sich der

Anthroposophie, Unzüchtler und Blutschänder sonst einem geistigen Streben zu, Tüten werden geklebt, Körbe geflochten, Bücher gebunden, Broschüren gedruckt, in der Schneiderei lassen selbst Regierungsräte ihre Maßanzüge anfertigen, dazu durchzieht ein warmer Brotgeruch das Haus, die Bäckerei ist berühmt, ihre Wurstwecken staunenswert (die Würste werden geliefert), Wellensittiche, Tauben, Radios sind durch Fleiß und Höflichkeit zu verdienen, für weitere Bildung sorgen Abendschulen, und nicht ohne Neid dämmert es einem auf, begreift man plötzlich, daß diese Welt in Ordnung ist, nicht die unsrige.

Gespräch mit dem Zuchthausdirektor: Zu meiner Überraschung wurde ich zum Direktor Zeller gebeten. Er empfing mich in seinem Büro, in einem Raum mit einem respektablen Konferenztisch, Telefon, Akten. An den Wänden Tabellen, schwarze Bretter voller Zettel, viel Kalligraphie, unter den Sträflingen, wie leider überall in diesem Lande, gibt es viele Lehrer. Das Fenster unvergittert, mit Ausblick auf die Gefängnismauer und etwas Rasen, auch dies schulhofmäßig, wäre hier nicht absolute Stille. Kein Autohupen, kein Geräusch, wie in einem Altersheim.

Der Zuchthausdirektor begrüßte mich reserviert, kühl, und wir setzten uns.

»Herr Spät«, begann er die Unterredung, »Sie sind vom Sträfling Isaak Kohler aufgefordert worden, ihn zu besuchen. Ich habe die Zusammenkunft erlaubt, und Sie werden Kohler in Gegenwart eines Wärters sprechen.«

Ich wußte von Stüssi-Leupin, daß er seine Klienten ohne Zeugen sprechen durfte.

»Stüssi-Leupin besitzt unser Vertrauen«, antwortete der Zuchthausdirektor auf meine Frage. »Ich will damit nicht sagen, daß wir Ihnen mißtrauen, aber wir kennen Sie noch nicht.«

»Verstehe.«

»Und noch etwas, Herr Spät«, fuhr der Zuchthausdirektor fort, nun schon freundlicher: »Bevor Sie mit Kohler reden, möchte ich

Ihnen doch mitteilen, was ich von diesem Sträfling halte. Vielleicht ist das für Sie wichtig. Verstehen Sie mich recht. Ich habe mich nicht darum zu kümmern, weshalb die Menschen, die ich zu beaufsichtigen habe, hier sind. Das geht mich nichts an. Meine Sache ist der Strafvollzug. Ausschließlich. Aus diesem Grunde will ich mich auch nicht zu Kohlers Verbrechen äußern, Ihnen aber gestehen, daß der Mann mich persönlich etwas verwirrt.«

»Inwiefern?« fragte ich.

Der Zuchthausdirektor zögerte ein wenig mit der Antwort: »Der Mann scheint vollkommen glücklich zu sein«, sagte er dann.

»Das ist doch erfreulich«, meinte ich.

»Na ja – ich weiß nicht«, entgegnete der Zuchthausdirektor.

»Ihr Betrieb ist schließlich ein Musterbetrieb«, sagte ich.

»Ich tue mein Bestes«, seufzte der Zuchthausdirektor, »aber trotzdem. Ein Multimillionär, der glücklich in seiner Zelle sitzt, das klingt unanständig.«

Auf der Zuchthausmauer spazierte eine große fette Amsel herum, wohl in der Hoffnung, bleiben zu dürfen, verlockt vom Piepsen, Singen und Pfeifen der in ihren Käfigen so wohlbetreuten Vögel, das bisweilen übermächtig aus den vergitterten Fenstern zu vernehmen war. Es war ein heißer Tag, der Sommer schien wiederaufzuflammen, über den fernen Wäldern ballten sich die Wolken zusammen, und vom Dorfe dröhnten die Schläge der Kirchturmuhr. Neun Uhr.

Ich steckte mir eine Parisienne an. Er schob mir einen Aschenbecher hin.

»Herr Spät«, fuhr der Zuchthausdirektor fort, »stellen Sie sich einen Sträfling vor, der Ihnen gleich ins Gesicht zu erklären wagt, er finde das Zuchthaus wunderbar, die Wärter tüchtig, er sei vollkommen glücklich und brauche nichts. Unfaßlich. Ich war einfach angewidert.«

»Warum denn?« fragte ich. »Sind Ihre Wärter denn nicht tüchtig?«

»Natürlich sind sie tüchtig«, antwortete der

Zuchthausdirektor, »aber das habe ich, nicht ein Gefangener festzustellen. Man jubelt schließlich auch nicht in der Hölle.«

»Gewiß«, gab ich zu.

»Ich bin wütend geworden, habe striktes Einhalten der Reglemente verordnet, obwohl ich von seiten des Justizdepartements angewiesen worden bin, möglichst Milde walten zu lassen, und kein Gefängnisreglement der Welt einem Gefangenen verbietet, vollkommen glücklich zu sein. Aber ich bin einfach emotional durcheinander gewesen. Herr Spät, Sie müssen das verstehen. Kohler hat die übliche verschärfte Einzelhaft bekommen, Dunkelarrest – na ja, eigentlich verboten –, doch schon nach wenigen Tagen fällt mir auf, daß die Wärter Kohler mögen, ja geradezu verehren.«

»Und nun?« fragte ich.

»Nun habe ich mich mit ihm abgefunden«, brummte der Gefängnisdirektor.

»Sie verehren ihn ebenfalls?«

Der Zuchthausdirektor schaute mich nachdenklich an. »Sehn Sie, Herr Spät«, sagte er,

»wenn ich so in seiner Zelle sitze und ihm zuhöre – weiß der Teufel, da geht eine Kraft von ihm aus, eine Zuversicht, man könnte da beinahe wieder an die Menschheit glauben und an alles Schöne und Gute, auch unser Pfarrer ist hingerissen, es ist wie eine Seuche. Aber Gott sei Dank bin ich ja dann wieder ein gesunder Realist und glaube nicht an vollkommen glückliche Menschen. Am wenigsten an solche in Zuchthäusern, sosehr wir auch das Leben bei uns zu erleichtern suchen. Wir sind schließlich keine Unmenschen. Aber Verbrecher sind Verbrecher. Darum sage ich mir dann wieder: Der Mann kann gefährlich sein, muß gefährlich sein. Sie sind neu in Ihrem Beruf, passen Sie deshalb auf, daß er Ihnen keine Falle stellt, am besten lassen Sie vielleicht überhaupt die Finger davon. Natürlich ist das nur ein Rat, Sie sind schließlich Rechtsanwalt und entscheiden selber. Wenn man nur nicht so hin und her gerissen wäre. Der Mann ist entweder ein Heiliger oder ein Teufel, und ich halte es für meine Pflicht, Sie zu warnen, was ich nun getan habe.«

»Vielen Dank, Herr Direktor«, sagte ich.

»Ich lasse Ihnen nun Kohler holen«, atmete der Zuchthausdirektor auf.

Der Auftrag: Die Unterredung mit dem vollkommen glücklichen Menschen fand im Nebenzimmer statt. Möblierung und Aussicht dieselbe. Ich erhob mich, als ein Wärter Dr. h. c. Isaak Kohler hereinführte. Der Alte war in brauner Zuchthauskleidung, sein Wärter in schwarzer Uniform, sah aus wie ein Briefträger.

»Nehmen Sie doch Platz, Spät«, sagte Dr. h. c. Isaak Kohler, tat überhaupt wie ein Gastgeber, generös und jovial. Ich dankte beeindruckt, nahm Platz. Dann bot ich dem Sträfling eine Parisienne an, Kohler lehnte ab.

»Ich rauche nicht mehr«, erklärte er, »ich nutze die Gelegenheit, das Angenehme mit dem Nützlichen zu verbinden.«

»Sie empfinden das Zuchthaus besonders angenehm, Herr Kohler?« fragte ich.

Er schaute mich verwundert an: »Sie nicht?«

»Ich befinde mich ja nicht drin«, antwortete ich.

Er strahlte. »Es ist herrlich. Diese Ruhe! Diese Stille! Ich habe allerdings ein ziemlich aufreibendes Leben geführt, vorher. Mit meinem Trust.«

»Kann ich mir denken«, stimmte ich ihm bei.

»Und kein Telefon«, sagte er, »gesund bin ich auch geworden. Sehn Sie.« Er machte einige Kniebeugen. »Das konnte ich vor einem Monat noch nicht«, erklärte er stolz. »Wir haben hier auch einen Turnverein.«

»Ich weiß«, sagte ich.

Draußen spazierte immer noch die fette Amsel hoffnungsvoll hin und her, vielleicht war es aber auch eine andere. Der vollkommen glückliche Mensch betrachtete mich wohlgefällig. »Wir haben uns schon einmal kennengelernt«, sagte er.

»Ich weiß.«

»Im Café ›Du Théâtre‹, das ja in meinem Leben eine gewisse Rolle spielte. Sie schauten mir damals beim Billard zu.«

»Ich verstehe nichts von Billard.«

»Immer noch nichts?«

»Immer noch nichts, Herr Kohler.«

Der Sträfling lachte und wandte sich an den Wärter: »Möser, hätten Sie die Güte, unserem jungen Freund Feuer zu geben?«

Der Wärter sprang auf, kam mit einem Feuerzeug.

»Aber natürlich, Herr Kantonsrat, aber selbstverständlich.« Auch er strahlte.

Dann setzte sich der Wärter wieder. Ich begann zu rauchen. Die Herzlichkeit der beiden erschöpfte mich. Ich hätte gerne das unvergitterte große Fenster geöffnet, doch das ging wohl nicht in einem Zuchthaus.

»Sehn Sie, Spät«, sagte er, »ich bin ein simpler Sträfling, nichts weiter, und Möser ist einer meiner Wärter. Ein großartiger Mensch. Er weiht mich in die Geheimnisse der Bienenzucht ein. Ich fühle mich schon als Imker, und mit dem Wärter Brunner – auch dessen Bekanntschaft sollten Sie machen – lerne ich Esperanto. Wir unterhalten uns nur in dieser Sprache. Sie können es selbst konstatieren: Heiterkeit, Gemütlichkeit, Herzlichkeit überall, tiefster Friede. Ich bin ein vollkommen glücklicher Mensch geworden. Vorher? Mein Gott!... Ich studiere den Plato im Urtext, flechte Körbe – brauchen Sie einen Korb, Spät?«

»Leider nein.«

»Die Körbe des Herrn Kantonsrat sind Meisterkörbe«, bestätigte der Wärter stolz in seiner Ecke: »Ich habe ihm das Korbflechten persönlich beigebracht, und nun übertrifft er schon jeden anderen unserer Korber. Wirklich, übertreibe nicht.«

Ich bedauerte: »Tut mir leid, benötige keinen.«

»Schade, ich hätte Ihnen wirklich gern einen geschenkt«, sagte Kohler.

»Lieb von Ihnen.«

»Zur Erinnerung.«

»Nichts zu machen.«

»Schade. Jammerschade.«

Ich wurde ungeduldig. »Darf ich nun wissen, warum Sie mich herbestellt haben?« fragte ich.

»Natürlich«, antwortete er. »Selbstverständlich. Ich vergesse ganz, daß Sie von draußen kommen, es eilig haben, herumwirbeln. Zur Sache also: Sie haben mir damals im ›Du Théâtre‹ erzählt, vielleicht erinnern Sie sich, Sie hätten vor, sich selbständig zu machen.«

»Ich bin jetzt selbständig.«

»Man hat mich informiert. Wie geht der Laden?«

»Herr Kohler«, sagte ich, »das dürfte hier kaum von Interesse sein.«

»Also schlecht«, nickte er. »Dachte es mir. Und Ihr Büro befindet sich in einer Mansarde in der Spiegelgasse, nicht wahr? Auch schlecht. Ganz schlecht.«

Ich hatte genug und erhob mich. »Entweder teilen Sie mir jetzt mit, was Sie von mir wollen, Herr Kohler, oder ich gehe«, sagte ich grob.

Der vollkommen glückliche Mensch erhob sich ebenfalls, wurde auf einmal mächtig, unwiderstehlich, drückte mich in meinen Sessel zurück, mit beiden Händen, die sich wie Gewichte auf meine Schultern legten.

»Bleiben Sie«, befahl er drohend, beinahe bösartig.

Es blieb mir nichts anderes übrig als zu gehorchen. »Bitte«, sagte ich, hielt mich still. Auch der Wärter.

Kohler setzte sich wieder: »Sie brauchen Geld«, stellte er fest.

»Das wird hier nicht diskutiert«, antwortete ich.

»Ich bin bereit, Ihnen einen Auftrag zu geben.«

»Ich höre.«

»Ich wünsche, daß Sie meinen Fall aufs neue untersuchen.«

Ich stutzte: »Das heißt, Sie wünschen einen Revisionsprozeß, Herr Kohler?«

Er schüttelte den Kopf. »Wenn ich einen Revisionsprozeß anstreben würde, müßte meine Strafe nicht in Ordnung sein, aber sie ist in Ordnung. Mein Leben ist abgeschlossen, zu den Akten gelegt. Ich weiß, daß mich der Zuchthausdirektor bisweilen für einen Heuchler hält und Sie, Spät, wohl auch. Verständlich.

Aber ich bin weder ein Heiliger noch ein Teufel, ich bin einfach ein Mensch, der draufgekommen ist, daß man zum Leben nichts weiter als eine Zelle braucht, kaum mehr als zum Sterben, da genügt ein Bett, noch später ein Sarg, denn die menschliche Bestimmung liegt im Denken, nicht im Handeln. Handeln kann jeder Ochse.«

»Schön«, sagte ich, »das sind lobenswerte Prinzipien. Aber nun soll ich für Sie handeln, Ihren Fall noch einmal untersuchen. Darf der Ochse fragen, was Sie im Schilde führen?«

»Ich führe nichts im Schilde«, antwortete Dr. h. c. Isaak Kohler schlicht. »Ich denke nach. Über die Welt, über die Menschen, vielleicht auch über Gott. Aber dazu brauche ich Material, sonst bewegt sich mein Denken im Leeren. Was ich von ihnen verlange, ist nichts als eine kleine Hilfe zu meinen Studien, die Sie ruhig als Hobby eines Millionärs betrachten können. Auch sind Sie nicht der einzige, den ich um solche kleine Handlangerdienste bitte. Kennen Sie den alten Knulpe?«

»Den Professor?«

»Den.«

»Ich habe bei ihm noch studiert.«

»Sehn Sie. Der ist nun pensioniert, und damit er mir nicht dahinsärbelt, habe ich ihm auch einen Auftrag gegeben. Er arbeitet an einer Untersuchung: Folgen eines Mordes. Er stellt die Auswirkungen fest, die das etwas gewaltsame Ableben seines Kollegen gehabt hat und noch hat. Hochinteressant. Es macht ihm einen Riesenspaß. Es gilt, die Wirklichkeit auszuloten, die Wirkungen einer Tat exakt auszumessen. Was nun Ihre Aufgabe angeht, mein Bester, so ist sie anderer Art, der Arbeit Knulpes gewissermaßen entgegengesetzt.«

»Inwiefern?«

»Sie sollen meinen Fall unter der Annahme neu untersuchen, ich sei nicht der Mörder gewesen.«

»Ich verstehe nicht.«

»Sie haben eine Fiktion aufzustellen, nichts weiter.«

»Aber Sie sind nun einmal der Mörder, da ist diese Fiktion doch sinnlos«, erklärte ich.

»Nur so ist sie sinnvoll«, antwortete Kohler. »Sie sollen ja auch nicht die Wirklichkeit untersuchen, das tut der brave Knulpe, sondern eine der Möglichkeiten, die hinter der Wirklichkeit stehen. Sehn Sie, lieber Spät, die Wirklichkeit kennen wir ja nun, dafür sitze ich hier und flechte Körbe, aber das Mögliche kennen wir kaum. Begreiflich. Das Mögliche ist beinahe unendlich, das Wirkliche streng begrenzt, weil doch nur eine von allen Möglichkeiten zur Wirklichkeit werden kann. Das Wirkliche ist nur ein Sonderfall des Möglichen und deshalb auch anders denkbar. Daraus folgt, daß wir das Wirkliche umzudenken haben, um ins Mögliche vorzustoßen.«

Ich lachte: »Ein merkwürdiger Gedankengang, Herr Kohler.«

»Man sinniert sich eben einiges aus hierzulande«, sagte er. »Sehen Sie, Herr Spät, oft in der Nacht, wenn ich die Sterne zwischen den Gitterstäben im Fenster erblicke, überlege ich mir, wie denn die Wirklichkeit aussähe, wenn nicht ich, sondern ein anderer der Mörder wäre. Wer wäre dieser andere? Diese Fragen will ich von Ihnen beantwortet haben. Als Honorar zahle ich dreißigtausend, fünfzehn als Vorschuß.«

Ich schwieg.

»Nun?« fragte er.

»Es klingt nach Teufelspakt«, antwortete ich.

»Ich verlange nicht Ihre Seele.«

»Vielleicht doch.«

»Sie riskieren nichts.«

»Möglich. Aber ich sehe den Sinn dieser Angelegenheit nicht ein.«

Er schüttelte den Kopf, lachte.

»Es genügt, daß ich den Sinn sehe. Um das Weitere haben Sie sich nicht zu kümmern. Was ich von Ihnen verlange, ist nichts als die Annahme eines Vorschlags, der in keiner Weise das Gesetz verletzt und den ich zur Erforschung des Möglichen benötige. Die Spesen werden selbstverständlich von mir übernommen. Setzen Sie sich mit einem Privatdetektiv in Verbindung, am besten mit Lienhard, zahlen Sie ihm, was er will, Geld ist genug da, gehen Sie überhaupt so vor, wie Sie wollen.«

Ich überlegte mir aufs neue den merkwürdigen Vorschlag. Er gefiel mir nicht, ich witterte eine Falle, vermochte sie aber nicht zu entdekken.

»Warum haben Sie sich ausgerechnet an mich gewandt?« fragte ich.

»Weil Sie nichts von Billard verstehen«, antwortete er gelassen.

Nun hatte ich mich entschieden.

»Herr Kohler«, antwortete ich, »dieser Auftrag ist mir zu undurchsichtig.«

»Geben Sie meiner Tochter Bescheid«, sagte Kohler und erhob sich.

»Da gibt es nichts zu überlegen, ich lehne ab«, sagte ich und erhob mich ebenfalls.

Kohler schaute mich ruhig an, strahlend, glücklich, rosig.

»Sie werden meinen Auftrag annehmen, junger Freund«, sagte er, »ich kenne Sie besser als Sie sich selbst: Eine Chance ist eine Chance, und die benötigen Sie. Das ist alles, was ich Ihnen sagen wollte. Und nun, Möser, gehen wir wieder Körbe flechten.«

Die beiden gingen, Arm in Arm, so wahr ich lebe, und ich war froh, den Ort des vollkommenen Glücks zu verlassen. Eilig. Machte mich regelrecht aus dem Staube. Entschlossen, die Hände von der Angelegenheit zu lassen, Kohler nie mehr zu sehen.

Ich sagte dann doch zu. Zwar war ich noch am anderen Morgen willens abzusagen. Ich fühlte, daß mein Ruf als Rechtsanwalt auf dem Spiele stand, auch wenn ich noch keinen Ruf besaß, aber der Vorschlag Kohlers war sinnlos, eine Spielerei, unter der Würde meines Berufs, eine bloße Gelegenheit, auf eine törichte Art Geld zu verdienen, die mein Stolz verschmähte. Ich wollte damals noch sauber durch die Welt kommen, sehnte mich nach wirklichen Prozessen, nach Möglichkeiten, den Menschen zu helfen. Ich schrieb einen Brief an den Kantonsrat, teilte ihm meinen Entschluß noch einmal mit. Die Sache war für mich erledigt. Den Brief in der Tasche verließ ich mein Zimmer in der Freiestraße, wie jeden Morgen, punkt neun, in der Absicht, mich gewohnheitsmäßig zuerst ins ›Select‹, später auf mein Studio (die Mansarde in der Spiegelgasse), noch später zum Quai zu begeben. In der Haustüre grüßte ich meine Vermieterin, blinzelte dann in der Sonne zum gelben Briefkasten neben dem Konsum hinüber, einige Schritte, eine Lächerlichkeit, doch da das Leben oft wie ein schlechter Romancier arbeitet, begegnete ich an diesem föhnigen, drückenden, für unsere Stadt so typischen Alltagsmorgen, wie gesagt, zwischen neun und zehn gleich nacheinander a) dem alten Knulpe, b) dem Architekten Friedli, c) dem Privatdetektiv Lienhard.

a) Der alte Knulpe: er erwischte mich beim Briefkasten. Ich wollte eben meinen Absagebrief einwerfen, als er mir zuvorkam, mit einem ganzen Bündel von Briefen, von denen er einen um den anderen sorgfältig einwarf. Der Alte war wie immer von seiner Frau begleitet. Professor Carl Knulpe war fast zwei Meter groß, ausgemergelt, schien nur aus Haut und Knochen zu bestehen, wie Prediger Simon Berger und Niklaus von der Flüe, doch ohne Bart, verwildert, schmutzig, trug sommers und winters eine Pelerine, dazu eine Baskenmütze. Seine Gattin war ebenso groß wie er, ebenso ausgemergelt, ebenso verwildert und schmutzig, trug auch jahraus, jahrein Pelerine und Baskenmütze, so daß viele sie gar nicht für seine Frau, sondern für seinen Zwillingsbruder hielten. Beide waren bedeutend in ihrem Fachgebiet, beide Soziologen. Doch so unzertrennlich sie auch im Leben zusammenhielten, wissenschaftlich waren sie Todfeinde, die sich publizistisch oft boshaft bekämpften, er war ein großer Liberaler (›Kapitalismus als geistiges Abenteuer‹, Francke, 1938), sie eine leidenschaftliche Marxistin, bekannt unter dem Namen Moses Staehelin (›Marxistischer Humanismus des Diesseits‹, Europa-Verlag, 1939), beide durch die politische Entwicklung gleich gezeichnet: Carl Knulpe erhielt kein Visum für die USA,

Moses Staehelin keines für die UdSSR, er hatte sich scharf gegen die »instinktiven marxistischen Tendenzen« der Vereinigten Staaten geäußert, sie noch unbarmherziger über den »kleinbürgerlichen Verrat« der Sowjetunion. Hatte. Leider ist die Vergangenheitsform notwendig: vor zwei Wochen zermalmte ein Lastwagen des Abbruchgeschäfts Stürzeler die beiden, er wurde begraben, sie kremiert, eine testamentarische Verfügung, die das Begräbnis nicht unerheblich erschwerte.

»Grüß Gott«, machte ich mich bemerkbar, den Brief an Kohler noch in der Hand. Professor Carl Knulpe grüßte nicht zurück, blinzelte nur mißtrauisch durch seine staubige randlose Brille zu mir herunter, und auch seine Frau (mit gleicher Brille) schwieg.

»Ich weiß nicht recht, ob Sie sich noch an mich erinnern, Herr Professor«, sagte ich etwas entmutigt.

»Doch, doch«, antwortete Knulpe. »Erinnere mich. Studierten Jurisprudenz und trieben sich bei mir in der Soziologie herum. Sehen ein wenig wie ein ewiger Studiosus aus. Examen bestanden?«

»Längst, Herr Professor.«

»Rechtsanwalt geworden?«

»Jawohl, Herr Professor.«

»Tüchtig, tüchtig. Wohl Sozi, wie?«

»Teils, Herr Professor.«

»Ein wackerer Sklave des Kapitals, he?« fragte Carl Knulpes Frau.

»Teils, Frau Professor.«

»Haben wohl etwas auf dem Herzen«, stellte Carl Knulpe fest.

»Jawohl, Herr Professor.«

»Begleiten Sie uns«, sagte sie. Ich begleitete die beiden. Wir gingen gegen den ›Pfauen‹, den Brief hatte ich nun doch noch nicht eingeworfen, aus einer momentanen Vergeßlichkeit heraus, aber es gab ja noch viele Briefkästen.

»Nun?« fragte er.

»Ich besuchte Dr. h. c. Isaak Kohler, Herr Professor. Im Zuchthaus.«

»So, so. Waren bei unserem kreuzfidelen Mörder. Ei, ei, beorderte er Sie auch zu sich?«

»Gewiß.«

Bald fragte der eine, bald fragte die andere.

»Ist er immer noch glücklich?«

»Und wie!«

»Strahlt er noch immer?«

»Und ob!«

Wir kamen an einem weiteren Briefkasten vorbei. Eigentlich wollte ich nun stehenbleiben, den Absagebrief einwerfen, doch Knulpes gingen weiter, ahnungslos, mit großen hastigen Schritten. Ich mußte laufen, um mitzuhalten.

»Kohler hat mir erzählt, Sie hätten da einen recht eigenartigen Auftrag angenommen, Herr Professor«, sagte ich.

»Eigenartig? Weshalb eigenartig?«

»Herr Professor! Hand aufs Herz: daß Kohler seinen eigenen Mord auf die Folgen hin untersuchen läßt, ist doch eine gar zu verrückte Geschichte. Da mordet der Kerl am heiterhellen Tag, grundlos, so mir nichts dir nichts, und läßt dann noch soziologische Studien darüber anstellen, unter dem Vorwand, damit sei die Wirklichkeit auszuloten.«

»Sie wird aber ausgelotet, junger Mann. Klaftertief.«

»Da muß doch irgend etwas dahinterstecken! Irgendeine Teufelei!« rief ich aus.

Knulpes blieben stehen. Ich keuchte. Er reinigte seine randlose Brille, trat auf mich zu, so daß ich zu ihm hinauf-, er zu mir heruntersehen mußte. Er setzte seine Brille wieder auf, seine Augen glotzten. Auch sein Weib glotzte mich entrüstet an, rückte eng an ihren Gatten und somit auch an mich.

»Die Wissenschaft steckt dahinter, junger Mann, nur die Wissenschaft. Zum ersten Male können die Folgen eines Mordes in der bürgerlichen Gesellschaft mit methodischer Gründlichkeit untersucht und erschöpfend dargestellt werden! Dank unseres fürstlichen Mörders. Eine Riesenchance! Zusammenhänge tauchen auf! Verwandtschaftliche, berufliche, politische, finanzielle, kulturelle. Nicht verwunderlich. Alles hängt zusammen in dieser Welt, auch in unserer lieben Stadt, einer stützt sich auf den anderen, einer protegiert den anderen, und wenn einer fällt, purzeln viele, und so sind denn viele gepurzelt. Stecke jetzt in der Darstellung der Folgen bei unserer verehrten Alma mater. Und das ist nur der Anfang.«

»Entschuldigen, ein Auto.«

Ich zog die beiden in Sicherheit, Knulpes waren vor Aufregung vom Trottoir auf die Straße getreten, und ein Taxi mußte scharf bremsen. Es war überfüllt, eine alte Dame mit einem Hut voller Kunstblumen prallte innen gegen die Scheibe, der Chauffeur schrie zum Fenster hinaus, war sehr grob. Knulpes wurden nicht einmal blaß.

»Gänzlich gleichgültig«, sagte er, »statistisch unerheblich, ob wir überfahren werden oder nicht. Nur der Auftrag zählt, nur die Wissenschaft.«

Aber Frau Professor Knulpe war anderer Meinung: »Um mich wäre es schade gewesen«, behauptete sie.

Das Taxi fuhr davon. Knulpe kam wieder auf seine soziologische Untersuchung zu sprechen.

»Mord ist Mord, gewiß, doch für einen Wissenschaftler ist er ein Phänomen, das wie alle anderen Phänomene erforscht werden muß. Bis jetzt hat man sich darauf beschränkt, die Ursachen festzustellen, Motive, Herkommen, Umwelt, ich habe mich jetzt auf die Folgen zu werfen. Und da darf ich sagen: cin Segen für die Alma mater, ein Segen für die ganze Universität, dieser Mord, man möchte sozusagen selber etwas morden. Na ja, natürlich, an sich bedauerlich, so eine Untat, aber durch die unverhoffte Lücke, die Winter hinterließ, strömt frische Luft, neuer Geist. Toll, was sich da alles herausstellt, der liebe selige Winter war Sand im Getriebe, ein rückständiges Element, wie schon Shakespeare sagte: ›Der Winter unseres Mißvergnügens‹, aber ich will weder lästern noch kalauern, stelle einfach dar, liefere Fakten, junger Mann, Fakten und nichts weiter.«

Wir waren beim ›Pfauen‹ angelangt.

»Gott befohlen, Herr Rechtsanwalt«, sagten Knulpes und verabschiedeten sich. »Habe jemand Wichtiges von der ETH zu treffen«, fügte er noch bei, »habe nun auf diesem Terrain nachzuforschen, Winters Einfluß auf die Schulkommission stellt schon ein Kapitel für sich dar, wittere Sensationen. Kann rosig werden.« Am Eingang zum Restaurant kehrten sie sich noch einmal um, hoben den Finger: »Wissenschaftlich denken, junger Mann, wissenschaftlich denken. Das müssen Sie noch lernen. Auch als Rechtsanwalt, mein Bester«, sagte Frau Professor Knulpe, alias Moses Staehelin.

Sie verschwanden, und meinen Brief hatte ich noch immer nicht eingeworfen.

b) Architekt Friedli: saß neben ihm kurz darauf im ›Select‹, den Brief immer noch in der Tasche. Select: Café, vor dem man sitzt und sitzen bleibt, seit jeher, seit ewig, oder doch seit Jahrmillionen, als noch die Brontosaurier den Fluß hinunterwateten, saß man schon da. Friedli kannte ich von meiner Stüssi-Leupin-Zeit her, er hatte bisweilen Schwierigkeiten mit seinen Bodenspekulationen, doch konnte ihn nichts hemmen, er war und ist noch die Fettlawine, die unsere Stadt reinfegt, so daß in den Schneisen sich Geschäftshäuser, Appartementhäuser, Mietshäuser neu erheben, nur teurer als vorher, zu entsprechend fetten Preisen. Die Naturkatastrophe näher besehen: fünfzigjährig, schwitzende enorme Speckwülste, die Augen klein und funkelnd, irgendwo hineingesteckt, die Nase winzig, auch die Ohren, sonst alles riesig, Selfmademan, ein Kind der Langstraße (meine Alte, lieber Spät, ist zu fremden Leuten waschen gegangen, mein Alter hat sich zu Tode gesoffen, habe noch selber bei der Beerdigung eine Flasche Bier in sein Grab gegossen), nicht nur Radsportmäzen, ohne dessen Sonderpreise kein Sechstagerennen denkbar ist, an dem er inmitten des Hallenstadions thronend Unmengen von St.-Galler-Schüblig und Wienerwürstchen verschlingt, sondern auch Musikförderer, dank dessen das Tonhalleorchester und unser Opernhaus nicht ins ganz und gar Mittelmäßige sinken, der Klemperer, Bruno Walter, ja sogar Karajan verlockte, bei uns zu dirigieren, und jetzt Mondschein protegiert, so daß er unsere Stadt, die er durch Neu- und Umbauten so gründlich verschandelt, wenigstens wieder etwas musisch verklärt.

Er erkannte mich auf der Stelle. Der Morgen war wie gesagt föhnig und warm, man fühlte sich zu Hause, war wie gelähmt und verhext in der Schlappheit des Klimas, saß zusammengedrängt, ich an Friedli geklebt, der bester Laune war, einen Gipfel um den anderen in einen Milchkaffee um den anderen tunkte, unmäßig, schmatzend, schlürfend, der Kaffee lief in braunen Streifen über seine seidene Krawatte und über das weiße Hemd.

Der Ursprung seiner Freude war eine Todesanzeige in unserem weltbekannten Lokalblatt. Es hatte Gott dem Herren gefallen, durch einen tragischen Unfall »unseren unvergessenen Gatten, Vater, Sohn, Bruder, Onkel, Schwiegersohn und Schwager Otto Erich Kugler zu sich zu rufen. Sein Leben war lauter Liebe.«

»Ihr Feind?« fragte ich.

»Mein Freund.«

Ich kondolierte.

»Da muß er gegen Cham und in einen Baum

sausen, der brave, gute, liebe Kugler«, erläuterte Friedli, strahlend, Kaffee schlürfend, Gipfel tunkend und essend, »kugelt ins ewige Leben.«

»Das tut mir leid«, sagte ich.

»Seinen Fiat sollten Sie erst gesehen haben, ein einziges Blechschlamassel.«

»Schauerlich.«

»Schicksal. Müssen alle mal sterben.«

»Offenbar«, sagte ich.

»Mensch«, sagte er, »Sie wissen wohl gar nicht, was dieser Schicksalsschlag für meine Wenigkeit bedeutet?«

Ich wußte es nicht. Die massive Wenigkeit glotzte mich freundschaftlich an.

»Kugler hinterläßt eine Witwe«, erklärte er, »ein herrliches Weib.«

Mir ging ein Licht auf: »Und dieses herrliche Weib wollen Sie nun heiraten.«

Architekt Friedli schüttelte jenen Teil seines Fettes, in welchem man den Kopf vermuten konnte: »Nein, junger Mann, ich will nicht die Witwe heiraten, sondern die Frau ihres Geliebten. Auch ein Prachtweib. Kapiert? Ganz einfach: Heiratet der Liebhaber die Witwe, muß er sich vorher scheiden lassen, und dann heirate ich seine Frau.«

»Gesellschaftsmathematik«, sagte ich.

»Kapiert.«

»Nur müssen Sie sich dann auch scheiden lassen«, gab ich zu bedenken und hoffte vage auf ein Geschäft.

»Bin ich. Schon seit einer Woche. Meine fünfte Scheidung.«

Wieder nichts.

Der Kellner brachte neue Gipfel. Eine Schulklasse lief über den Platz, Mädchen, einige mit Zöpfen, manche schon wie junge Frauen, ein Rudel blieb stehen, betrachtete die Standfotos vor dem Kino. Friedli spähte nach der Gruppe.

»Sie sind doch der komische Rechtsanwalt, der sich in der Spiegelgasse ein Büro in einer Mansarde leistet?« fragte er, die Mädchen betrachtend.

Ich mußte es zugeben.

»Es ist halb zehn«, stellte er fest, grinste und

wandte sich wieder zu mir, »ich will zwar nicht indiskret sein, denn ich bin ein höflicher Mensch, Spät, aber ich habe das starke Gefühl, daß Sie heute noch nicht auf Ihrem Büro gewesen sind.«

»Erraten«, sagte ich, »Ihr starkes Gefühl trügt nicht. Ich werde mich vielleicht in einer Stunde oder dann heute nachmittag hinbegeben.«

»So. Heute nachmittag vielleicht.« Er betrachtete mich aufmerksam. »Lieber Spät«, sagte er, »Sie heißen irgendwie richtig. Ich bin heute von sieben bis zehn vor neun auf einem Bauplatz herumgestampft«, sagte er bescheiden. »Ich verdiene Millionen. Gut. Durch meine Bauten, durch meine Spekulationen. In Ordnung. Aber darin steckt Arbeit, Disziplin, verflucht nochmal. Ich saufe wie ein Loch, zugegeben, aber reiße mich dafür auch jeden Morgen zusammen.«

Der Speckkoloß legte mir väterlich den Arm um die Schultern: »Mein lieber Spät«, fuhr er zärtlich fort, ganz fettes Riesengefühl, leuchtend vor Kaffeedampf, Gipfelbrosamen im Gesicht und an den Händen, »mein lieber Spät, ich will Ihnen einmal reinen Wein einschenken: Sie haben ausgesprochen Startschwierigkeiten, da machen Sie mir nichts vor. Das Resultat: Sie sind für einen ernsthaften Menschen nicht vorhanden. Ein Rechtsanwalt, der um neun Uhr dreißig noch nicht hinter seinem Schreibtisch sitzt, ist für einen anständigen Geschäftsmann Luft. Ich will nun nicht gründlicher in Sie dringen, nach einem Faulpelz sehen Sie mir nicht aus, aber zu einem richtigen Salto mortale ins volle Menschenleben haben Sie sich bis jetzt nicht aufraffen können. Und wissen Sie weshalb? Weil Sie nicht zu repräsentieren verstehen, keine Haltung und keinen Bauch besitzen. Studiert zu haben ist ja was Feines, aber mit guten Examen imponieren Sie außer den Schulmeistern niemandem. Ein Schreibtisch genügt nicht, Sie können so lange dahinter thronen, wie Sie wollen, die Kunden kommen nicht angeschwommen. Mit Recht, weshalb sollten sie. Nein, mein Freundchen, Ihre Enttäuschung ist fehl am Platz, vw und Mansarde sind nicht nur ein soziales, sondern auch ein wenig ein geistiges Armutszeichen, nehmen Sie es mir nicht übel. Nichts gegen Redlichkeit und Bescheidenheit, aber ein Rechtsanwalt hat aufzutreten, daß die Erde zittert. Was Sie fürs erste brauchen, sind richtige Büroräume, mit Ihrem Taubenschlag kommen Sie nicht aus, dorthin klettert Ihnen kein Mensch nach, man will schließlich prozessieren, nicht sportliche Höchstleistungen vollbringen. Kurz und gut, so geht das nicht mehr weiter, ich will Ihnen eine Chance geben. Kommen Sie morgen um sieben in der Früh in mein Büro, bringen Sie mir vier Tausenderlappen mit, und dann werden wir Ihnen einige anständige Räumlichkeiten am Zeltweg zuschanzen.«

(Was folgte, waren längere Ausführungen über eine gigantische Bodenspekulation, dazu weiterer Gipfelkonsum und Milchkaffeegenuß, die Ausführungen ironisch und sardonisch, getragen vom Bewußtsein, daß hierzulande die größten Gaunereien nur legal abgewickelt werden können und abgewickelt werden, und dann kam er noch auf ein Strawinsky-Festival und einen Honegger-Zyklus zu sprechen, und wie ich mich erhob, meinte er noch, das Verkehrschaos käme davon, daß wir einen Stadtpräsidenten hätten, der Fußgänger sei.)

c) Privatdetektiv Fredi Lienhard: gleicher Jahrgang wie ich. Hager, schwarzhaarig, ein Mann von auffallender Schweigsamkeit und kurzen Sätzen. Einziges Kind geschiedener Eltern. Als Gymnasiast stand er unter dem Verdacht, seine Mutter samt ihrem Geliebten ermordet zu haben, man fand sie beide nackt in Mamas Schlafzimmer, fein säuberlich hingestreckt, sie auf dem Bett, der Geliebte, ihr Psychiater aus Küsnacht, davor, wie ein Bettvorleger. Lienhard wurde aus der Maturitätsprüfung geholt, er war gerade dabei, aus Tacitus zu übersetzen, als ihn die Polizei schnappte, seine Lage schien aussichtslos, nur er kam in Frage, nur er hatte sich in der Mordnacht im Hause aufgehalten, wenn auch nach seiner Aussage friedlich auf seiner

Gymnasiastenbude, in einer Mansarde, vollgestopft mit Klassikern und Büchern über Zoologie. Dazu kam noch das Pech, gerade achtzehn geworden zu sein, so daß er nicht in die Fänge des Jugendanwalts, sondern in die weitaus unbarmherzigeren Jämmerlins geriet. Die Verhöre in der Untersuchungshaft und später vor dem Geschworenengericht fielen denn auch hart genug aus, Jämmerlin rückte dem Gymnasiasten mit allen Regeln der Kunst zuleibe, doch hielt sich Lienhard glänzend, geradezu überlegen, die handfesten Indizien wiesen auf einmal bedenkliche Widersprüche auf, und endlich blieb nichts anderes übrig, als ihn freizusprechen; nicht einmal zur Bevormundung reichte die rechtliche Handhabe. Jämmerlin tobte, erlitt seinen ersten Nervenzusammenbruch, versuchte dann noch mehrere Male, wenn auch vergeblich, ans Bundesgericht zu appellieren, den Prozeß wiederaufzunehmen, um so mehr als sich Lienhard nun zu rächen begann. Der Verdächtige war zu Geld gekommen, zu irrsinnigen Summen, sein geschiedener steinreicher

Vater vermachte ihm alles, dazu kamen die Kapitalien seiner finanzkräftigen Mutter, überhaupt rollte, strömte, flog ihm der Pulver von allen Seiten zu, sammelte sich an, summierte, multiplizierte, potenzierte sich, er brachte eine Erbschaft um die andere unter Dach, innerhalb kürzester Frist, Großeltern, Tanten, Onkel rückten eilig, sozusagen per Schub, in die Ewigkeit ein, dazu noch eventuelle Erben, es war, als ob Himmel und Hölle ihren ganzen Vorrat von Todesarten einsetzten, um Lienhard mit allen Gütern zu segnen, und er wurde gesegnet. Eben aus dem Bereiche des tobenden Jämmerlin entlassen und kaum zwanzigjährig, schälte er sich als mehrfacher Millionär heraus. Es war sagenhaft, mehr Glück als Verstand war im Spiel, wenn auch dieser beträchtlich war. Denn gegen den Staatsanwalt ging er ebenso systematisch wie einfach vor: er hielt sich ständig in dessen Nähe auf. Jämmerlin konnte sein, wo er wollte, Lienhard lief ihm über den Weg. Bei jedem Plädoyer grinste ihm irgendwo Lienhards Gesicht entgegen. Aß er in einem Restaurant, aß am Nebentisch Lienhard. Dieser war immer in seiner Nähe. Wo Jämmerlin auch wohnte, im Nebenhaus wohnte Lienhard, zog Jämmerlin wütend in eine Mietwohnung um, plötzlich hauste Lienhard über ihm. Jämmerlin wußte sich nicht mehr zu helfen. Der Anblick Lienhards wurde ihm unerträglich. Er war mehrere Male nahe daran, sich auf ihn zu stürzen, tätlich zu werden, und einmal kaufte er sogar einen Revolver. Er zog von einer Straße zur anderen, von einem Stadtteil zum anderen, von der Hinterberg-Straße in die C. F. Meyer-Straße, von Wollishofen nach Schwamendingen, und als er endlich weitab von aller Zivilisation in der Katzenschwanz-Straße bei Witikon ein Chalet bauen ließ, wurde neben ihm ebenfalls gebaut. Jämmerlin schwante Ungutes. Daß sich als Bauherr der Prokurist einer Bank herausstellte, beruhigte ihn nur zeitweise. Mit Recht, denn als er im Frühjahr hemdsärmelig zum ersten Mal den jungen Rasen sprengte, winkte ihm über den frisch gestrichenen Gartenzaun Lienhard fröhlich entgegen, benahm sich wie unter alten

Bekannten (die sie schließlich waren), stellte sich als neuer Nachbar vor. Der Bankprokurist war nur eine Attrappe gewesen. Jämmerlin wankte zum Haus zurück, kam noch bis zur Veranda. Zweiter Nervenzusammenbruch, dazu Herzinfarkt. Die Ärzte schwankten zwischen Irrenhaus und Klinik. Jämmerlin blieb zu Hause liegen, unbeweglich, wächsern, galt als erledigt. Doch er war zäh. Er rappelte sich wieder hoch, wenn auch innerlich verwüstet. Hinsichtlich Lienhard stille Ergebung. Die beiden blieben nebeneinander wohnen. Am Waldrand. Mit Blick auf Witikon. Jämmerlin wagte sich nicht mehr zu rühren. Um so mehr als er gegen eine andere Tätigkeit Lienhards auch machtlos war. Der war Privatdetektiv geworden, betrieb sein Geschäft in großem Stil. Er hatte in einem der feudalen Geschäftshäuser im Talacker Räume gemietet, gleich eine ganze Etage, von einem Zimmer schwebte man ins andere. Hinter modernen Bürotischen saßen einige gewichtige Herren, alte Sportler, wenn auch bierbäuchig, Zigarren rauchend und zufrieden, mit kurzgeschorenen Haaren, ferner ehemalige Polizisten, die er eingekauft hatte, was Lienhard finanziell bieten konnte, übertraf die Möglichkeiten unserer Stadt beträchtlich. Aber nicht diese Erwerbungen ärgerten Jämmerlin, Geschäft war Geschäft, dagegen ließ sich leider nichts vorbringen. Was ihn quälte, waren ganz andere Anschaffungen. Es war nicht zu übersehen, daß die vornehmen Räume im Talacker öfters von Elementen belebt wurden, die Jämmerlin einst verdonnert hatte, von ehemaligen Zuchthäuslern und schweren Jungen, die nun hier, in die Ehrlichkeit hinübergewechselt, als Fachmänner eingesetzt wurden. Seine »kriminalistische Abteilung« hatte denn auch in unserer Stadt großen Erfolg, trotz der horrenden Honorare, die er zu fordern, und der saftigen Spesen, die er zu berechnen pflegte, denn die ›Privatauskunftei Lienhard‹, wie sie sich offiziell nannte, lieferte Beweise für die Untreue oder die Unschuld beargwöhnter Eheleute, sorgte für Väter, falls solche den Müttern nicht ohne weiteres zur Verfügung stehen wollten, gab Auskünfte über Privates und Industrielles, ließ überwachen, verfolgen, aufstöbern, traf diskrete Arrangements und wurde von den Strafverteidigern benutzt, gewisse Absichten Jämmerlins zu durchkreuzen, Gegenbeweise zu liefern, überhaupt mit Neuem aufzufahren. Viele Prozesse nahmen dank Lienhards Institut für die Angeklagten eine unverhofft günstige Wendung, auch trafen sich im Talacker die Rechtsanwälte im geheimen, Lienhard war ein glänzender Gastgeber, auch politische Gegner tauschten bei ihm ihre Karten.

Das als Vorbemerkung. Unsere Begegnung an diesem Vormittag fand unmittelbar vor dem ›Select‹ statt, kurz nach zehn, Friedli hatte sich endlich entfernt, und auch ich hatte mich erhoben, um den Brief an Kohler einzuwerfen, aber ich war wohl schon nicht mehr so ganz entschlossen, und da trat Lienhard auf, genauer, fuhr vor. In einem Porsche. Er stoppte. Er kannte mich von meiner Studentenzeit her, er hatte ebenfalls Jura studiert, wenn auch nur ein Semester, hatte mir auch einmal das Angebot gemacht, bei ihm einzutreten, aber ich hatte abgelehnt.

»Rechtsanwalt«, sagte er, ohne mich anzusehen, am Steuer seines offenen Porsche, »etwas für mich?«

»Möglich«, antwortete ich.

»Einsteigen«, forderte er mich auf.

Ich gehorchte.

»Ein schneller Wagen«, stellte ich fest.

»Fünftausend«, bemerkte Lienhard und meinte damit, daß er den Porsche für soviel hergeben wolle. Er besaß viele Wagen, manchmal schien es, er fahre jeden Tag mit einem anderen herum.

Dann erzählte ich ihm meine Begegnung mit dem alten Kohler. Lienhard fuhr den See entlang, das war seine Angewohnheit, die wichtigsten Geschäfte wickelten sich in seinem Wagen ab. »Keine Zeugen«, erklärte er einmal. Er fuhr gleichmäßig, peinlich genau und hörte aufmerksam zu. Als ich geendet hatte, hielt er an. In Uetikon. Vor einer Telefonkabine.

»Einträglich«, erklärte er, »Recherchen?«

Ich nickte. »Falls ich annehme.«

Er ging in die Telefonkabine, und als er wieder zurückkam, meinte er: »Seine Tochter ist zu Hause.«

Dann fuhren wir in die Weinbergstraße, parkten vor Kohlers Villa.

»Hineingehen«, forderte mich Lienhard auf.

Ich stutzte. »Ich soll den Auftrag annehmen?«

»Natürlich.«

»Zu undurchsichtig«, gab ich zu bedenken.

Er zündete sich eine Zigarette an. »Wenn Sie den Auftrag nicht annehmen, wird ihn ein anderer annehmen«, sagte er und hielt damit geradezu eine Rede.

Ich stieg aus. Neben dem großen Eingangsportal war im schmiedeeisernen Gitter ein öffentlicher Briefkasten befestigt, glänzte gelb. Mahnend. Der Absagebrief befand sich noch in meiner Tasche. Ich wußte, was meine Pflicht war. Aber warum sollte ich eigentlich den Auftrag Kohlers zurückweisen, den Charaktervollen spielen? Ich hatte Geld nötig, basta. Das lag nicht auf der Straße, da mußte schon eine Chance kommen, und nun war sie da. Ich mußte repräsentieren, wollte ich als Rechtsanwalt Erfolg haben. Architekt Friedli hatte recht, und ich wollte Erfolg haben. Und dann: Der Auftrag Kohlers war im Grunde doch wirklich harmlos, mehr ein wissenschaftliches Unternehmen, er konnte sich solche Extravaganzen leisten.

»Fünftausend wollen Sie für den Porsche?«

»Vier«, antwortete Lienhard.

»Großzügig.«

»Liegt am Auftrag.«

»Den haben Sie doch nicht nötig.«

»Macht Spaß.«

»Ich will zuerst einmal mit Kohlers Tochter reden«, sagte ich.

»Ich warte«, antwortete Lienhard.

Ansprache an den Staatsanwalt: Es läßt sich nicht mehr vermeiden. Ich muß auf meine erste Begegnung mit Hélène kommen. Ein schmerzliches Unternehmen, mit Umsicht zu wagen und nicht zu umgehen. Auch wenn Privates zur Sprache kommen muß. Endlich, denn Sie werden es mit Interesse lesen und anstreichen. Sie: Ganz recht, damit sind Sie gemeint, Herr Staatsanwalt Joachim Feuser. Zucken Sie nur ruhig zusammen. Warum nicht persönlich werden, als Nachfolger Jämmerlins werden Sie ja doch nach dem Kommandanten diese Zeilen als zweiter lesen – was Sie hiermit auch tun –, und es bereitet mir in diesem Augenblick einen Höllenspaß – wahrscheinlich im doppelten Sinne des Wortes –, Sie gleichsam vom Jenseits her zu grüßen. Ehrlich: Sie sind ein pedantisches Exemplar Ihrer Gattung, auch wenn Sie sich im Gegensatz zum seligen Jämmerlin fortschrittlich geben und in jede psychologische Tagung laufen. Sie lieben Belege. Eben haben Sie mich ordnungshalber in der Leichenhalle besichtigt, in Ihrem hellen Regenmantel, den Hut höflicherweise in der Hand und die Miene amtlich düster, der Selbstmord ist sauber durchgeführt, das müssen Sie zugeben, aber auch bei Kohler habe ich kunstgerechte Arbeit geleistet, es sieht sehr feierlich aus, wir beide so nebeneinander. Doch zurück nun aus Ihrer Gegenwart, die für mich in der Zukunft liegt, in meine für *Sie* vergangene Gegenwart. So überschneiden sich die Zeiten. Kapiert? Glaube nicht. Höchstens verärgert. Ich habe mich sorgfältig vorbereitet.

Erstens historisch, architektonisch, philosophisch: Fürs Innenleben Wichtiges verlangt einen genauen Rahmen. Auch in geschichtlicher Hinsicht. So habe ich mich denn über die Kohlersche Villa genau informiert. Ich forschte sogar in der Stadtbibliothek nach. Das Gebäude stellte sich als die ehemalige Residenz Nikodemus Molchs heraus. Nikodemus Molch, Denker des anbrechenden zwanzigsten Jahrhunderts, mosesbärtiger Europäer ungewissen Herkommens und ungewisser Nationalität (nach den einen der legitime Sohn Alexanders des Dritten mit einer australischen Sängerin, nach den anderen eigentlich der wegen Unzucht mit Kindern vorbestrafte Sekundarlehrer Jakob Häger aus Burgdorf), betrieb eine von reichen Witwen und schöngeistigen Obersten finanzierte freie Akademie, korrespondierte mit dem alten Tolstoi, dem mittleren Rabindranath Tagore und dem jungen Klages, plante eine kosmische Erneuerungsbewegung, proklamierte eine vegetarische Weltregierung, deren Erlaß leider niemand befolgte (der Erste Weltkrieg, Hitler – obgleich Vegetarier –, der Zweite Weltkrieg, überhaupt das ganze nachfolgende Schlamassel wäre vermieden worden!), gab Zeitschriften heraus, teils okkultischen, teils edelpornographischen Inhalts, schrieb Mysterienspiele, trat später zum Buddhismus über, um noch später, schon steckbrieflich gesucht, in unzählige Bankrotte und Vaterschaftsklagen verwickelt, als Sekretär des Dalai-Lama zu enden, angeblich, denn einige unserer Mitbürger, Mitglieder einer Filmequipe, wollten ihn in den dreißiger Jahren in Schanghai in einem Barpianisten wiedererkannt haben.

Die Lage der Villa: Für einen aus unbemittelten, oder besser, aus gar keinen Verhältnissen stammenden Rechtsanwalt, der sich eben entschlossen hatte, den Salto mortale (Zitat Friedli) ins angenehmere Leben zu wagen, erwies sich der Weg von Lienhards Porsche zur Haustüre des Dr. h. c. Isaak Kohler animierend, er führte durch einen Park. Schon die Natur atmete Reichtum. Die Flora ließ sich nicht lumpen. Die Bäume durchwegs majestätisch, noch sommerlich. Auch der Föhn machte sich nicht bemerkbar, selbst hier müssen mit irgendwelchen Instanzen Abmachungen getroffen worden sein, reichen Leuten ist vieles möglich. (Für Ortsfremde: Unter Föhn wird in unserer Stadt eine Wetterlage verstanden, die Kopfweh, Selbstmord, Ehebrüche, Verkehrsunfälle und Gewaltakte fördert.) Man schritt über einen sorgfältig gerechten und gejäteten Kiesweg. Überhaupt war es nicht ein moderner Park. Mehr im alten Stil angelegt, soigniert. Kunstvoll zugeschnittene Hecken und Büsche. Bemooste Statuen. Nackte bärtige Götter mit jugendlichen Hintern und Waden. Stille Teiche. Ein gravitätisches Pfauenpaar. Dabei lag der Park mitten in der Stadt, allein ein Quadratmeter dieses Bodens mußte astronomische Summen erzielen. Er war von Trams umdonnert, von Autos umrollt, der Verkehr brandete an die ehrwürdigen schmiedeeisernen Gitter mit den vergoldeten Spitzen wie ein Ozean, tobte, klingelte und hupte, aber dennoch war es in Kohlers Park still. Wahrscheinlich war es den Schallwellen verboten hinüberzudringen. Nur einige Vögel waren zu vernehmen.

Das Haus selbst: In Wirklichkeit war es einmal entsetzlich gewesen, architektonisch ein Sündenpfuhl, der abendländische Denker hatte es selbst entworfen. Wie es dem Kantonsrat gelang, daraus etwas Wohnliches, Humanes zu machen, ist eines seiner Geheimnisse. Offenbar wurden Mengen von Kuppeln, Türmen, Erkern, Putten und Tierkreisbestien heruntergeschlagen (Nikodemus Molch betrieb auch Astrologie), bis sich aus dem Wust eine von wildem Wein, Efeu, Geißblatt und Rosen umrankte, zwar immer noch vergiebelte, aber um so gemütlichere Villa herausschälte, groß und geräumig, und so zeigte sie sich auch von innen, als ich sie nach einem letzten Blick auf den nur noch als roten Farbfleck sichtbaren Porsche betrat. Die Architekten hatten Tüchtiges geleistet, Wände herausgebrochen, Spannteppiche gelegt usw., alles war bequem und leicht. Antike Möbel, alles kostbare Stücke, an den Wänden berühmte Impressionisten, später alte Holländer (ein Dienstmädchen führte mich). Im Arbeitszimmer des Kantonsrats hatte ich zu warten. Der Raum war geräumig, von der Sonne vergoldet. Durch die geöffnete Flügeltür konnte man in den Park gelangen, die beiden Fenster, die Tür flankierend, reichten fast bis zum Fußboden. Kostbares Parkett, ein riesiger Schreibtisch, tiefe Ledersessel, an den Wänden keine Bilder, nur Bücher bis zur Decke, ausschließlich mathematische und naturwissenschaftliche Werke, eine beachtliche Bibliothek, zu welcher der Billardtisch in einem recht sonderbaren Gegensatz stand. Er befand sich in einer weiten Nische. Auf der grünen Fläche lagen noch drei Kugeln, an der Wand der Nische eine Sammlung von Billardstöcken. Viele alte Stücke mit Inschriften. Ein Billardstock von Honoré de Balzac, einer von Gottfried Keller, ein anderer vom General Dufour, einer von Bismarck, sogar einer, der angeblich Napoleon gehört haben soll. Ich schaute mich etwas verlegen um. Der alte Dr. h. c. war überall zu spüren, es war mir, als könnte er jeden Augenblick vom Park hereinkommen, als hörte ich sein Lachen, als streifte mich sein aufmerksamer Blick.

Die Vision: Da geschah etwas Merkwürdiges, eigentlich etwas Gespenstisches. Ich begriff den Kantonsrat mit einemmal. Unerwartet. Die Einsicht überfiel mich geradezu. Ich erriet plötzlich das Motiv seines Handelns. Ich witterte es aus den kostbaren Möbeln, aus den Büchern, aus dem Billardtisch. Ich erspähte es aus der Verbindung von strengster Logik und Spiel, die sich diesem Raume eingeprägt hatte. Ich war in seinen Bau gedrungen, und nun sah ich klar. Kohler hatte nicht gemordet, weil er ein Spieler war. Er war kein Hasardeur. Ihn lockte nicht der Einsatz. Ihn lockte das Spiel selbst, das

Rollen der Bälle, die Berechnung und die Ausführung, die Möglichkeit der Partie. Glück bedeutete ihm nichts (darum konnte er sich als vollkommen glücklich betrachten, er heuchelte nicht einmal). Er war nur stolz darauf, daß es in seiner Macht lag, die Bedingungen des Spiels zu wählen, liebte es, das Abschnurren einer Notwendigkeit zu verfolgen, die er selbst geschaffen hatte – hier lag sein Humor. Natürlich gab es auch dafür einen Grund. Sublimster Machttrieb vielleicht, die Sucht, nicht nur mit Kugeln, sondern auch mit Menschen zu spielen, die Verführung, sich Gott gleichzusetzen. Möglich. Aber nicht wichtig. Als Jurist habe ich an der Oberfläche zu bleiben, nicht in die Psychologie abzusinken oder gar in die Philosophie oder Theologie abzusacken. Mit seinem Morde hatte Kohler eine neue Partie begonnen, das war alles. Es lief nun nach seinem Plan. Ich war nichts als eine seiner Billardkugeln, die sein Stoß in Bewegung gesetzt hatte. Er handelte vollkommen logisch. Er hatte vor Gericht keinen Grund angegeben, weil dies unmöglich war.

Mörder handeln im allgemeinen aus handfesten Motiven. Aus Hunger oder aus Liebe. Geistige Motive sind selten und dann in der Verzerrung, die sie durch die Politik erfahren haben. Religiöse Motive kommen kaum mehr vor und führen direkt ins Irrenhaus. Der Kantonsrat jedoch handelte aus Wissenschaftlichkeit. Das scheint absurd. Aber er war ein Denker. Seine Motive waren nicht konkret, sondern abstrakt. Hier mußte man ihn fassen. Er liebte das Billard nicht als Spiel an sich, sondern weil es ihm als Modell der Wirklichkeit diente. Als eine ihrer möglichen Vereinfachungen (Modell der Wirklichkeit, ich brauche einen Lieblingsausdruck Mocks, des Bildhauers, der sich viel mit Physik abgibt und wenig bildhauert, ein wirrer Spinnbruder, bei dem ich in letzter Zeit öfters in seinem Atelier sitze – wo soll man hierzulande nach Mitternacht noch trinken –, mit dem ein Gespräch seiner Taubheit wegen nur schwer möglich ist, der mir aber viele Lichter ansteckt). Aus dem gleichen Grunde beschäftigte sich Kohler mit den Naturwissenschaften und der Mathematik. Sie stellten für ihn ebenfalls ›Modelle der Wirklichkeit‹ dar. Doch genügten ihm diese Modelle nicht mehr, er mußte zum Mord schreiten, um ein neues ›Modell‹ zu schaffen. Er experimentierte mit einem Verbrechen, der Mord wurde eine bloße Methode. Deshalb der Auftrag an Knulpe, die Folgen des Mordes zu bestimmen, deshalb aber auch der groteske Auftrag, einen anderen ›möglichen‹ Mörder zu suchen. Erst jetzt in seinem Arbeitszimmer, allein mit den Dingen, mit denen sich der Alte beschäftigte, begriff ich das Gespräch, das ich mit ihm im Zuchthaus geführt hatte. »Es gilt, die Wirklichkeit auszuloten, die Wirkungen einer Tat exakt auszumessen« und »wir haben das Wirkliche umzudenken, um ins Mögliche vorzustoßen«. Der Dr. h. c. hatte mit offenen Karten gespielt, aber ich hatte sein Spiel nicht begriffen. Erst wenn sein Spiel ernst genommen wurde, kam das Motiv zum Vorschein: er hatte getötet, um zu beobachten, gemordet, um die Gesetze zu untersuchen, die der menschlichen Gesellschaft zugrunde liegen.

Hätte er jedoch dieses Motiv vor Gericht zugegeben, wäre es als bloße Ausrede betrachtet worden. Das Motiv war zu abstrakt für die Justiz. Aber das Denken der Wissenschaft ist nun einmal so beschaffen. Seine Abstraktheit ist sein Schutz. Doch kann es aus seiner Geborgenheit auf einmal hervorbrechen und gefährlich werden. Dann stehen wir ihm wehrlos gegenüber. Daß mit Kohlers Experiment etwas Ähnliches geschah, ist nicht zu bestreiten: Wissenschaftlicher Geist ging auf Mord aus. Damit ist weder der Kantonsrat freigesprochen noch die Wissenschaft angegriffen. Je geistiger das Motiv eines Gewaltakts, desto böser ist es, je bewußter, desto weniger zu entschuldigen. Es wird unmenschlich. Eine Blasphemie. Insofern sah ich damals richtig, in dieser Hinsicht bestätigte sich meine Vision. Sie bewahrte mich davor, Kohler zu bewundern und ihn je als unschuldig zu betrachten. Sie half mir, ihn zu verabscheuen. Die Gewißheit, daß er der Mörder war, konnte mich von dieser Stunde an niemals verlassen. Bedauerlich war nur, daß ich damals nicht die Gefährlichkeit der Partie erkannte, die Kohler mit meiner Hilfe nun weiterführte. Ich glaubte, Mitmachen sei nichts weiter als eine harmlose technische Angelegenheit, ohne Folgen. Ich stellte mir vor, die Partie würde sich im leeren Raum abspielen, allein im Geiste eines gotteslästerlichen Menschen. Sein Spiel begann mit einem Mord. Warum erkannte ich damals nicht, daß es zwangsläufig zu einem zweiten Mord führen mußte, zu einem Mord, den nicht mehr der Dr. h. c., sondern wir verüben mußten, wir, die Vertreter der Justiz, mit der der Alte spielte?

Zweitens seelisch: Eine große Begegnung verlangt nicht nur einen genauen Rahmen, sie erhebt auch Anspruch, in einer ihr angemessenen Verfassung berichtet zu werden. Deshalb gewaltig gesoffen und gehurt. Getrunken habe ich zuerst einige Liter Apfelwein, stilwidrig, ich weiß (Preisfrage), doch trank ich ihn nur, um mich in Fahrt zu bringen, als das Mädchen dabei war, ging ich zum Kognak über. Keine Angst, mein Magen war immer unverwüstlich. Das Mädchen war übrigens nicht Giselle (die mit der bemerkenswerten Figur), sondern Monika (oder Marie oder Marianne, jedenfalls begann ihr Name mit M), es ging groß her, später wußte sie eine Menge Volkslieder aus deutschen Filmen, ich schlief ein, noch später war sie mit meinem Bargeld verschwunden. Ich war inzwischen zu Birnenschnaps übergegangen und fand sie in einem alkoholfreien Café in der Nähe des Bellevue. Ich stöberte sie mit Giselle und mit deren Beschützer wieder auf (der schon erwähnte Lucky), welcher sich auch als ihr Beschützer erwies. Ich stellte sie zur Rede, und er stellte humanerweise das Finanzielle richtig, Marlene (oder Monika oder Magdalena) mußte herausgeben. Überhaupt ging es menschlich zu. Sogar nobel, die Kellnerin übersah, daß ich meine Flasche Williamine mitgebracht hatte, wir tranken alle vier. Dann kam Hélène, ganz unverhofft, ganz unerwartet, wie eine Erscheinung aus einer anderen Welt. Aus einer schlechteren Welt. Seit ich sie mit Stüssi-Leupin gesehen hatte – wann war das, vor zwei Monaten, drei, vor einem halben Jahr? –, hatte ich nicht an sie gedacht, zwar noch, als einst, in irgendeiner Nacht, gegen den Morgen zu, die nackte Giselle über mir wie ein geschaukelter Buddha thronte, aber dann nicht mehr, bestimmt nicht mehr – nur noch flüchtig, als ich über die regennasse Straße beim Bellevue ging, aber das zählt nicht, war nur eine Auswirkung des Wetterumsturzes aufs Gemüt –, und nun stand sie da, mußte mich direkt im Café gesucht haben. Ich mußte lachen, alles lachte. Hélène blieb ruhig, freundlich, überlegen, klar, alles was man will an tadelloser Haltung, das war ja das Verzweifelte, daß sie sich immer beherrschte, ruhig, freundlich, überlegen, klar blieb, ich hätte sie töten, ermorden, erdrosseln, vergewaltigen können, zu einer Hure machen, das wäre mir das liebste gewesen.

»Ich habe mit Ihnen zu reden, Herr Spät«, sagte sie und sah mich bittend an.

»Was ist denn das für ein Mädchen?« fragte Giselle.

»Ein feines Mädchen«, erklärte ich, »ein Mädchen aus gutem Hause, das Töchterlein eines Mörders.«

»Mit wem schläft sie denn?« wollte Marianne (oder Magdalene oder Madeleine) wissen.

»Sie liegt mit einem Super-Rechtsanwalt im Bett«, erläuterte ich, »mit dem Star aller juristischen Stare, mit einem ausgebildeten Galgenvogel, mit dem großen Allerweltsadvokaten Stüssi-Leupin, jeder Fick ist da ein juristischer Akt.«

»Herr Spät«, sagte Hélène.

»Nehmen Sie Platz«, antwortete ich. »Wünschen Sie auf dem Schoß dieses famosen Herrn Lucky zu sitzen, der diese zwei Mädchen beschützt und dessen Rechtsanwalt zu sein ich die Ehre habe, oder wünschen Sie einen Sessel?«

»Einen Sessel«, antwortete Hélène leise.

Lucky schob ihr einen Sessel zu, höflich, piekfein, eben ganz der weltmännische Lucky mit dem schwarzen Schnurrbärtchen, dem Palmolive-Gesicht und dem braunen Apostelblick, verbeugte sich sogar, stank meilenweit nach

Parfüm und Camel. Sie setzte sich zögernd. »Eigentlich wollte ich mit Ihnen allein reden«, sagte sie.

»Unnötig«, lachte ich. »Wir haben hier keine Geheimnisse. Mit Fräulein Giselle schlafe ich seit Wochen, mit der wackeren Monika oder Marianne, weiß der Teufel, wie sie heißt, diese Nacht. Sie sehen, es geht öffentlich genug zu. Also schießen Sie los.«

Hélène hatte Tränen in den Augen.

»Sie haben mich einmal etwas gefragt.«

»Weiß.«

»Als ich mit Herrn Stüssi-Leupin Kaffee...«

»Es ist mir vollkommen klar, was Sie meinen«, unterbrach ich sie, »nur brauchen Sie nicht vor diesen Schuft noch ein Herr zu setzen.«

»Ich hatte damals den Sinn Ihrer Frage nicht verstanden«, sagte sie leise.

Es war auf einmal still geworden. Giselle war von meinem Schoß geglitten, schminkte sich. Ich wurde wütend, goß Williamine hinunter, bemerkte plötzlich, daß meine Haare verklebt waren, mein Gesicht schweißig, daß meine Augen brannten, daß ich mich nicht rasiert hatte, daß ich stank, die plötzliche Verlegenheit der Mädchen ärgerte mich gewaltig, es war, als ob sie sich vor Hélène schämten, als ob Heilsarmeestimmung sich ausbreitete, ich hätte alles zusammenschlagen können, die Welt war verkehrt. Hélène hätte kriechen sollen vor diesen Mädchen, sollte auch kriechen. Ich trank immer mehr Williamine, ohne etwas zu sagen, stierte einfach in das stille Gesicht vor mir mit den großen dunklen Augen.

»Fräulein Hélène Kohler«, lallte ich, mich erhebend, umständlich, schwankend, aber es ging. »Fräulein Hélène Kohler, ich will Ihnen nun eine Erklärung, eine grundsätzliche Erklärung abgeben – jawohl, abgeben, das ist das richtige Wort. Ich habe Sie mit Ihrem Beischläfer – Ruhe, meine Damen – ich habe Sie, Hélène Kohler, mit Ihrem Beischläfer Stüssi-Leupin getroffen. Stimmt. Ich habe Sie gefragt, ob Sie am Mordtag die Stewardeß gewesen seien, und zwar im Flugzeug, das den englischen Minister nach seiner jämmerlichen Insel bringen sollte. Stimmt, stimmt, stimmt. Sie haben diese Frage bejaht. Und nun will ich Ihnen das Entscheidende geradeheraus ins Gesicht schleudern – jawohl, schleudern, mit Wucht, Hélène Kohler: Im Mantel des Ministers ist ein Revolver gewesen. Diesen Revolver haben Sie zu sich genommen, das haben Sie ja als Stewardeß leicht gekonnt, und dieser Revolver war die Waffe Ihres werten Herrn Papa gewesen, die nie gefundene Mordwaffe, das wissen Sie genau. Sie sind eine Mittäterin, Hélène Kohler, nicht nur die Tochter eines Mörders, sondern selber eine Mörderin. Sie sind mir verhaßt, Hélène Kohler, ich kann Sie nicht mehr riechen, denn Sie stinken nach Mord wie Ihr hündischer Vater und nicht nur nach Schnaps und Hurerei wie ich. Sie sollen lebendigen Leibes verfaulen, ich wünsche Ihnen den Krebs in Ihre werte Gebärmutter, denn kämen Sie mit einem kleinen Stüssi-Leupin nieder, ginge es mit unserer Welt zu Ende, sie wäre zu zerbrechlich, ein solches Monstrum zu tragen. Dafür ist mir die Welt aber trotz ihrer

Sünden zu schade, diesen wunderschönen Huren zuliebe, an die Sie nicht heranreichen, Gnädigste, die ein ehrliches Gewerbe betreiben und nicht ein mörderisches, meine Heißgeliebte, und nun verduften Sie gefälligst, hauen Sie ab. Legen Sie sich unter Ihren Staradvokaten...«

Sie ging. Was sich dann ereignete, ist mir nicht mehr deutlich. Ich stürzte, glaube ich, lag jedenfalls bäuchlings auf dem Boden, ein Tischchen fiel möglicherweise auch um, die Flasche Williamine lief aus (das ist ganz sicher), ein Gast mit Denkerstirne und Brille beschwerte sich, die Wirtin kam herangesegelt, eine richtige Hurenmami, Lucky, der Noble, brachte mich auf die Toilette, ich ärgerte mich plötzlich über seinen Schnurrbart, begann ihn zu schlagen, er war früher Amateurboxer gewesen, es gab Blut, ich lag im Pissoir, es war unangenehm, vor allem weil es so was faustdick aufgetragen Symbolisches an sich hatte, wie in einem schlechten Film, auf einmal kam die Polizei, Wachtmeister Stuber mit zwei Mann. Sie nahmen mich für einige Stunden auf die Wache. Verhör, Protokoll usw.

Nachschrift: Es ist festzustellen, rein technisch, daß der Versuch, meine erste Begegnung mit Hélène zu erzählen, mißglückt ist. Ich erzählte meine letzte Begegnung. Daher sind in Zukunft Vorsichtsmaßregeln zu ergreifen. Das Schreiben in alkoholischer Trunkenheit verlangt einen vorsichtigen Stil. Kurze Sätze. Nebensätze können gefährlich werden. Syntax stiftet Verwirrung. Dann ist ein Nachspiel festzuhalten (erhielt eben von Kohler wieder eine Ansichtskarte, diesmal aus Rio de Janeiro, herzliche Grüße, er fliege von dort nach San Francisco, dann nach Hawaii, dann nach Samoa, ich habe also Zeit). Der Kommandant der Kantonspolizei besuchte mich nämlich. Der Besuch war wichtig. Darüber bin ich mir im klaren. Er ist wohl auch der Grund meiner nun gänzlichen Nüchternheit. Beweisen läßt sich noch nichts, doch vermute ich, daß der Kommandant ahnt, was ich vorhabe. Das wäre fatal. Dagegen spricht, daß er mir den Revolver ließ. Er kam völlig unerwartet, gegen zehn, zwei Tage nach der unglücklichen Szene im Café. Auf den Straßen Schneematsch. Er stand plötzlich in der Mansarde. Von unten her jubilierte die Sekte: »Mach dich bereit, du guter Christ, erscheint der jüngste Tag, sorg daß die Seel gerettet ist, er kommt mit Donnerschlag.« Der Kommandant war etwas verlegen. Er schaute geniert zu meinem Schreibtisch hinüber, auf dem meine vollgekritzelten Papiere lagen.

»Sie werden hoffentlich nicht auch noch Schriftsteller«, brummte er.

»Warum nicht, Herr Kommandant. Wenn man was zu erzählen hat«, antwortete ich.

»Klingt wie eine Drohung.«

»Nehmen Sie das, wie Sie wollen.«

Er schaute sich um, eine Flasche unter dem Arm. Auf der Couch lag leider irgendein Mädchen, das ich nicht kannte, es war einfach mitgelaufen, vielleicht ein Geschenk von Lukky, hatte sich offenbar ausgezogen und hingelegt, in falsch verstandenem Berufsethos (das Arbeitsklima unseres Landes macht sich überall bemerkbar). Es war mir völlig egal, ich hatte mich hinter die Arbeit gemacht; meine Papiere hervorgenommen.

»Zieh dich an«, befahl er. »Du wirst dich sonst erkälten, und dann habe ich mit dem Rechtsanwalt zu reden.«

Er stellte die Flasche auf den Tisch.

»Cognac«, sagte er. »Adet. Eine seltene Marke. Von einem Freund in der Westschweiz. Wollen ihn doch mal probieren. Holen Sie zwei Gläser, Spät. Sie trinkt heute nicht mehr.«

»Jawohl, Herr Kommandant«, sagte das Mädchen.

»Du gehst nach Haus. Arbeitsschluß.«

»Jawohl, Herr Kommandant.«

Sie war beinahe angezogen. Er schaute sie an, ruhig.

»Gute Nacht.«

»Gute Nacht, Herr Kommandant.«

Das Mädchen ging. Wir hörten es die Treppe hinuntereilen.

»Sie kennen die?« fragte ich.

»Ich kenne sie«, antwortete der Kommandant.

Im unteren Stockwerk sang die Sekte immer noch ihren Weltuntergangschoral: »Es platzt die Sonn' mit großer Wucht, der Erdengrund vergeht. Wer dann die Seel' zu retten sucht, vor Jesu Christ besteht.«

Der Kommandant schenkte ein. »Auf Ihr Wohl.«

»Auf Ihr Wohl.«

»Besitzen Sie einen Revolver?« fragte er.

Es hatte keinen Sinn zu leugnen. Ich nahm ihn aus der Schreibtischschublade. Er untersuchte ihn, gab ihn mir wieder zurück: »Sie halten Kohler immer noch für schuldig?«

»Sie etwa nicht?«

»Vielleicht«, antwortete er und setzte sich auf die Couch.

»Warum geben Sie das Spiel dann auf?« fragte ich ihn.

Er sah mich an.

»Sie wollen es noch gewinnen?«

»Auf meine Weise.«

Er schaute auf den Revolver. Ich versorgte ihn.

»Ihre Sache«, sagte er, schenkte von neuem ein. »Nun, wie gefällt Ihnen der Adet?«

»Großartig.«

»Ich lasse Ihnen die Flasche hier.«

»Lieb von Ihnen.«

Von unten war nun eine Predigt zu hören oder ein Gebet. »Sehen Sie, Spät«, sagte der Kommandant, »Sie sind in eine etwas unglückliche Situation geraten. Ich will nun nichts gegen den ehrenwerten Herrn Lucky sagen, noch weniger gegen das arme Ding vorhin, daß es so was gibt, ist ja der Hauptsache nach nicht der Fehler der beiden, aber wie weit Sie als Hurenanwalt kommen, steht wohl auf einem anderen Blatt. Daß demnächst die Anwaltskammer gegen Sie vorgehen muß, dürfte Ihnen wohl klar sein. Sie hat nichts gegen einen Milieuanwalt, der verdient, aber alles gegen einen, der nichts verdient. Da rebelliert die Standesehre.«

»Na und?«

»Sie haben mich vorhin gefragt, weshalb ich das Spiel aufgegeben habe, Spät«, fuhr der Kommandant fort, sich eine seiner dicken Bahianos anzündend, sorgfältig, ohne im geringsten zu zittern. »Ich will Ihnen gegenüber zugeben, daß ich den alten Kohler auch für schuldig halte und alles, was geschehen ist, für eine Komödie, die ich gerne verhütet hätte. Aber ich besitze keine Beweise. Sind Sie in dieser Sache weitergekommen?«

»Nein«, sagte ich.

»Wirklich nicht?« fragte er erneut.

Ich verneinte zum zweiten Mal.

»Sie mißtrauen mir?« fragte er.

»Ich mißtraue jedem.«

»Schön«, sagte er. »Wie Sie wollen. Die Sache mit Kohler ist für mich erledigt, sie endigte mit meiner Niederlage. Viele Angelegenheiten haben für mich so geendigt. Bedauerlich, aber man muß Niederlagen einstecken können in meinem Beruf. Und ich denke, auch in Ihrem. Sie sollten sich aufrappeln, Spät, neu beginnen.«

»Das ist nicht mehr möglich«, antwortete ich.

Drunten jubilierten sie wieder: »Klappt einst der Höllenrachen zu, qualmt noch der Hölle Flamm', dann ist's zu spät, o Menschlein du, es kracht die Welt zusamm'.«

Ich hatte auf einmal einen Verdacht: »Verschweigen Sie mir etwas, Kommandant?«

Er rauchte, sah mich an, rauchte, erhob sich.

»Schade«, antwortete er und reichte mir die Hand. »Leben Sie wohl. Vielleicht muß ich Sie mal beruflich vorladen.«

»Leben Sie wohl, Herr Kommandant«, sagte ich.

Beginn einer Liebe: Ich stocke aufs neue. Ich weiß, daß es keine Ausflüchte mehr geben kann. Ich habe auf meine erste Begegnung mit Hélène zu sprechen zu kommen. Ich habe zu gestehen, daß ich Hélène liebte. Ich habe auch hinzuzufügen: von Anfang an. Folglich seit unserer ersten Begegnung. Das Geständnis fällt schwer, und ich bin erst jetzt dazu imstande. Doch ist diese

Liebe unmöglich geworden. Ich muß deshalb von einer Liebe berichten, die ich mir nicht zugegeben habe, als ich sie vielleicht hätte verwirklichen können, und die nicht mehr zu verwirklichen ist. Das ist nicht leicht. Nun weiß ich natürlich, daß Hélène nicht das war, was ich in ihr sah. Erst jetzt sehe ich, wie sie ist. Sie ist mitschuldig. Natürlich verstehe ich sie. Es ist menschlich, daß sie den unmenschlichen Vater deckt. Es ist undenkbar, von ihr zu verlangen, den Vater zu verraten. Nur ihr Geständnis könnte den Kantonsrat vernichten. Dieses Geständnis wird sie nie ablegen. Ich bin schließlich Jurist genug, eine solche Forderung nicht zu stellen. Ich habe meinen Weg zu gehen, sie gehe den ihren. Aber ich kann das Bild nicht verleugnen, das ich mir einmal von ihr gemacht habe. Daß sie diesem Bild nicht entspricht, nie entsprochen hat, ist nicht ihr Fehler. Ich bedaure meine heftigen Worte. Ich weiß, es ist kindisch, wie ich mich aufgeführt habe. Auch mein Herumhuren und Saufen. Sie hat das Recht, so zu sein, wie sie ist, ich habe mir das Recht genommen, einmal ihren Vater zu ermorden. Hätte ich ihren Vater damals im Flughafen noch erreicht, wäre er tot und ich auch. Die Sache wäre in Ordnung, die Welt schon längst zur Tagesordnung übergegangen. Mein Leben hat nur noch einen Sinn: mit Kohler abzurechnen. Die Abrechnung ist einfach. Ein Schuß genügt. Aber nun muß ich warten. Dies habe ich nicht einkalkuliert. Auch nicht die Nerven, die es kostet. Die Gerechtigkeit zu vollziehen ist etwas anderes, als in Erwartung dieses Vollzugs leben zu müssen. Ich komme mir wie ein Rasender vor. Daß ich so viel trinke, ist nur ein Ausdruck meiner absurden Lage: ich bin von der Gerechtigkeit wie betrunken. Das Gefühl, im Recht zu sein, vernichtet mich. Es gibt nichts Entsetzlicheres als dieses Gefühl. Ich richte mich hin, weil ich den alten Kohler nicht hinrichten kann. In dieser Raserei sehe ich mich und Hélène, blicke ich auf unsere erste Begegnung zurück. Ich weiß, daß ich alles verloren habe. Das Glück ist durch nichts zu ersetzen. Auch wenn sich das Glück als Wahnsinn herausstellt und mein heutiger Wahnsinn in Wirklichkeit Nüchternheit ist. Unbarmherzige Erkenntnis des Wirklichen. So denke ich mit Traurigkeit zurück. Ich wünsche zu vergessen und bin dazu nicht fähig. Alles haftet so deutlich in meiner Erinnerung, als wäre es eben geschehen. Ich höre noch den Ton ihrer Stimme, sehe noch ihre Blicke, ihre Bewegungen, ihr Kleid. Und auch mich sehe ich. Wir waren beide jung. Unverbraucht. Nicht einmal anderthalb Jahre sind es her. Jetzt bin ich alt, uralt. Wir brachten uns Vertrauen entgegen. Dabei wäre es natürlich gewesen, wenn sie mir mißtraut hätte. Sie mußte in mir nichts anderes als einen Rechtsanwalt sehen, der Geld wollte. Aber sie vertraute mir von Anfang an. Dies spürte ich damals, und ich vertraute ihr ebenfalls. Ich war bereit, ihr zu helfen. Es war schön. Auch wenn wir uns nur gegenübersaßen, auch wenn wir nur sachlich miteinander sprachen. Natürlich weiß ich, daß es nicht so war, daß alles Schein, Traum, Illusion, weniger noch, eine faule Intrige war, die Hélène mit mir und gerade mit mir spielte, aber damals, damals, als ich es noch nicht wußte, nicht einmal ahnte, war ich glücklich.

»Nehmen Sie Platz, Herr Spät«, sagte sie. Ich dankte. Sie hatte sich in einen der tiefen Ledersessel niedergelassen. Ich setzte mich ihr gegenüber. Auch in einen tiefen Ledersessel. Es war alles etwas merkwürdig, das Mädchen, etwa zweiundzwanzig, braun, lächelnd, gelöst und doch wieder zaghaft, die vielen Bücher, der schwere Schreibtisch, der Billardtisch im Hintergrund mit den Kugeln, die einfallenden Sonnenstrahlen, der Park hinter der halboffenen Glastüre, durch die Hélène gekommen war. Mit einem älteren Herrn namens Förder. Er war tadellos gekleidet gewesen, war als Kohlers Privatsekretär vorgestellt worden, hatte mich stumm und beinahe drohend gemustert. Dann war er wieder gegangen, ohne Gruß, ohne überhaupt ein Wort gesagt zu haben. Nun waren wir allein, Hélène war verlegen. Ich auch. Die Vision ihres Vaters lähmte mich, machte mich unfähig zu sprechen. Ich hatte Mitleid mit ihr. Ich begriff, daß sie ihren Vater nie verstehen würde, daß sie unter der Unbegreiflichkeit seiner Handlungsweise litt.

»Herr Spät«, sagte sie, »mein Vater hat mir immer viel von Ihnen erzählt.«

Das überraschte mich. Ich schaute sie verwundert an: »Immer?«

»Seit er Sie im ›Du Théâtre‹ getroffen hat.«

»Was erzählte er Ihnen denn?« fragte ich.

»Er machte sich Sorgen über Ihre Praxis«, antwortete sie.

»Damals hatte ich noch keine«, antwortete ich.

»Jetzt haben Sie eine«, stellte sie fest.

»Gerade erfolgreich ist sie freilich nicht«, gab ich zu.

»Er hat mich über den Auftrag informiert, den er Ihnen gegeben hat«, fuhr Hélène fort.

»Ich weiß«, antwortete ich.

»Sie nehmen ihn an?«

»Ich habe mich dazu entschlossen.«

»Ich bin über die Bedingungen im Bilde«, sagte sie. »Hier ist der Scheck für den Vorschuß.

Fünfzehntausend. Weitere zehntausend für Spesen.«

Hélène überreichte mir den Scheck. Ich nahm ihn, faltete das Papier zusammen.

»Ihr Vater ist großzügig«, sagte ich.

»Es liegt ihm viel daran, daß Sie seinen Auftrag ausführen«, erklärte sie.

»Ich werde mir Mühe geben.«

Ich schob den Scheck in die Brieftasche. Wir schwiegen. Sie lächelte nicht mehr. Ich spürte, daß sie nach Worten suchte.

»Herr Spät«, sagte sie endlich stockend, »ich bin mir im klaren, daß der Auftrag, den Sie übernommen haben, seltsam ist.«

»Ziemlich.«

»Auch Herr Förder findet es.«

»Glaube ich auch.«

»Aber er muß ausgeführt werden«, verlangte sie bestimmt, fast heftig.

»Weshalb?« fragte ich.

Sie schaute mich flehend an. »Herr Spät. Ich darf Papa nur einmal im Monat sehen. Dann gibt er mir Anweisungen. Seine Geschäfte sind verwickelt, aber seine Übersicht erstaunlich. Was er mir befiehlt, führe ich aus. Er ist der Vater, ich bin die Tochter. Sie verstehen doch, daß ich ihm gehorche.«

»Natürlich.«

Hélène wurde heftig. Ihr Zorn war ehrlich. »Der Privatsekretär und seine Anwälte wollen ihn entmündigen«, gestand sie. »Zu meinen Gunsten, wie sie sagen. Aber ich weiß genau, daß Vater nicht geisteskrank ist. Nun ist der Auftrag gekommen, den Sie übernommen haben. Er ist für den Privatsekretär ein neuer Beweis. Er sei sinnlos, sagte er. Aber ich bin sicher, daß dieser Auftrag nicht sinnlos ist.«

Wir schwiegen wieder eine Weile.

»Auch wenn ich ihn nicht verstehe«, fügte sie leise hinzu.

»Für einen Anwalt, Fräulein Kohler«, antwortete ich dann, »hat der Auftrag, den Mord an Professor Winter unter der Annahme zu untersuchen, Ihr Vater sei nicht der Mörder gewesen, nur dann einen juristischen Sinn, wenn Ihr Vater nicht der Mörder ist. Aber diese

Annahme ist unmöglich. Also ist der Auftrag sinnlos. Juristisch sinnlos, aber wissenschaftlich braucht er deshalb nicht sinnlos zu sein.«

Sie schaute mich verwundert an. »Wie soll ich das verstehen, Herr Spät?« fragte sie.

»Ich habe mich in diesem Raum umgeschaut, Fräulein Kohler. Ihr Vater liebte sein Billard und seine naturwissenschaftlichen Bücher ...«

»Nur das«, sagte sie bestimmt.

»Eben ...«

»Gerade deshalb ist er doch unfähig, einen Mord zu begehen«, unterbrach sie mich. »Er mußte auf eine schreckliche Weise dazu gezwungen worden sein.«

Ich schwieg. Ich fühlte, daß es unanständig gewesen wäre, mit der Wahrheit wie mit einer Kanone aufzufahren. Daß ihr Vater mordete, weil er nichts als sein Billard und seine naturwissenschaftlichen Studien liebte, diese abstruse, blödsinnige Wahrheit konnte ich ihr nicht klarmachen. Es war Unsinn, von meiner Vision zu reden, sie war eine Intuition, keine beweisbare Tatsache.

»Über den Grund dessen, weshalb Ihr Vater verurteilt worden ist, Fräulein Kohler, bin ich nicht informiert«, erklärte ich deshalb vorsichtig, »ich meine etwas anderes. Etwas, was nicht seine Tat, sondern den Auftrag erklärt, den er mir zumutet. Ihr Vater will durch diesen Auftrag das Mögliche erforschen. Das ist sein wissenschaftliches Ziel, wie er behauptet. Ich habe mich strikt daran zu halten.«

»Kein Mensch kann das glauben!« rief Hélène erregt aus.

Ich widersprach.

»Ich habe es zu glauben«, erklärte ich, »denn ich habe den Auftrag angenommen. Er ist für mich ein Spiel, das sich Ihr Vater leisten kann. Andere halten sich Rennpferde. Ich halte das Spiel Ihres Vaters als Jurist für weitaus spannender.«

Sie überlegte.

»Ich bin sicher«, antwortete sie endlich zögernd, »daß Sie den wirklichen Mörder finden werden, jemand, der Papa gezwungen hat zu morden. Ich glaube an Papa.«

Ihre Verzweiflung tat mir leid. Ich hätte ihr gerne geholfen, aber ich war machtlos.

»Fräulein Kohler«, antwortete ich, »ich will ehrlich zu Ihnen sein. Ich glaube nicht, daß ich diesen Jemand finden werde. Aus dem einfachen Grunde, weil es diesen Jemand nicht gibt. Ihr Vater läßt sich nicht zwingen.«

»Sie sind sehr ehrlich zu mir«, sagte sie leise.

»Ich möchte, daß Sie mir vertrauen.«

Sie starrte in mein Gesicht, aufmerksam, finster. Ich wich ihrem Blick nicht aus.

»Ich vertraue Ihnen«, sagte sie dann.

»Ich kann Ihnen nur helfen, wenn Sie jede Hoffnung aufgeben«, sagte ich. »Ihr Vater ist ein Mörder. Sie können ihn nur begreifen, wenn Sie nicht in der falschen Richtung suchen. In Ihrem Vater ist der Grund seines Verbrechens zu suchen, nicht in jemand anderem. Kümmern Sie sich nicht mehr um seinen Auftrag. Er ist meine Angelegenheit.«

Ich stand auf. Sie erhob sich ebenfalls.

»Warum haben Sie den Auftrag angenommen?« fragte Hélène.

»Weil ich Geld benötige, Fräulein Kohler. Machen Sie sich keine falsche Vorstellung von mir. Mag Ihr Vater auch einen wissenschaftlichen Wert in diesem Auftrag sehen, für mich ist er nur eine Möglichkeit, meine Praxis in Fahrt zu bringen, aber Ihnen darf er keine falsche Hoffnung erwecken.«

»Ich verstehe«, sagte sie.

»Ich kann es mir nicht leisten, anders zu handeln, als ich nun handle, ich muß dem Wunsch Ihres Vaters gehorchen. Aber Sie müssen wissen, wem Sie vertrauen.«

»Gerade Sie werden mir helfen«, sagte Hélène und reichte mir die Hand. »Ich bin glücklich, Sie kennengelernt zu haben.«

Vor dem Park wartete Lienhard immer noch in seinem Porsche, aber auf dem Beifahrersitz, rauchte immer noch Zigaretten, abwesend, in sich versunken.

»In Ordnung«, sagte ich. »Ich habe den Auftrag angenommen.«

»Auch den Scheck?« fragte er.

»Auch.«

»Schön«, sagte Lienhard.

Ich nahm am Steuer Platz. Lienhard bot mir eine Zigarette an, gab mir Feuer. Ich rauchte, fuhr mit beiden Händen über das Steuerrad, dachte an Hélène und war glücklich. Ich freute mich auf die Zukunft.

»Wie?« fragte Lienhard.

Ich überlegte, fuhr noch nicht an. »Es gibt nur eine Möglichkeit«, antwortete ich. »Für uns ist jetzt Kohler nicht mehr der Mörder. Nun müssen wir mitspielen.«

»Einverstanden.«

»Befragen Sie die Zeugen noch einmal«, fuhr ich fort. »Untersuchen Sie Winters Vergangenheit, welche Bekannten, welche Feinde.«

»Beschäftigen wir uns mit Dr. Benno«, antwortete er.

»Mit dem Olympia-Heinz?« fragte ich verwundert.

»Winters Freund«, erklärte Lienhard. »Und mit Monika Steiermann.«

Monika Steiermann war die Alleinerbin der Hilfswerke Trög AG.

»Warum?« fragte ich.

»Bennos Freundin.«

»Die lassen wir lieber aus dem Spiel«, sagte ich nachdenklich.

»Okay«, antwortete Lienhard. Irgend etwas stimmte nicht.

»Merkwürdig«, sagte ich.

»Was denn?« fragte Lienhard.

»Kohler hat Sie mir empfohlen.«

»Zufall«, sagte Lienhard.

Ich startete und fuhr vorsichtig. Ich hatte noch nie hinter dem Steuerrad eines Porsche gesessen. Auf der Bahnhofsbrücke fragte Lienhard: »Kennen Sie Monika Steiermann, Spät?«

»Ich sah sie nur einmal.«

»Merkwürdig«, sagte Lienhard.

Beim Talacker lud ich ihn aus, fuhr dann aus der Stadt. Irgendwohin. Planlos in den Herbst hinein. Vor das Bild Hélène Kohlers hatte sich das Bild Monika Steiermanns geschoben, ein Bild, das ich vergeblich zu verdrängen suchte.

II

Beginn der Recherchen: Mein besseres Leben begann mit Elan. Schon am nächsten Tag besaß ich das neue Büro und den Porsche endgültig, wenn sich auch der Wagen als älter herausstellte, als ich angenommen hatte, und sich in einem Zustand befand, der den Preis, den Lienhard verlangt hatte, etwas weniger menschenfreundlich erscheinen ließ. Das Büro war jenes des ehemaligen Olympiasiegers im Fechten und Schweizermeisters im Pistolenschießen, Dr. Benno, gewesen, mit dem es seit langem abwärtsging. Der schöne Olympia-Heinz blieb der Verhandlung fern. Er sei bereit, wie Architekt Friedli erklärte, der mich in aller Herrgottsfrühe hingeführt hatte, mir das Büro zu überlassen, zweitausend im Monat, viertausend als Anzahlung, eine Summe, von der ich nicht wußte, in wessen Tasche sie floß, doch konnte ich das Büro sofort beziehen und nicht nur

Bennos Mobiliar übernehmen, sondern auch seine Sekretärin, eine etwas verschlafene Innerschweizerin mit dem außerschweizerischen Namen Ilse Freude, die wie eine französische Bardame aussah, ihr Haar ständig anders färbte, doch erstaunlich tüchtig war; ein Kuhhandel, alles in allem, den ich nicht durchschaute. Dafür waren das Vorzimmer und das Büro am Zeltweg standesgemäß, mit Blick auf die obligaten Verkehrsstockungen, der Schreibtisch vertrauenerweckend, dazu ordentliche Sessel, gegen den Hinterhof eine Küche und ein Zimmer, in das ich meine Couch aus der Freiestraße stellte; ich vermochte mich vom alten Möbel nicht zu trennen. Auf einmal schien das Geschäft in Schwung zu kommen. Eine lukrative Ehescheidung stand in Aussicht, eine Reise nach Caracas winkte im Auftrag eines Großindustriellen (Kohler habe mich empfohlen), Erbstreitigkeiten waren zu schlichten, ein Möbelhändler war vor Gericht zu verteidigen, rentierende Steuererklärungen. Ich war in einer zu unvorsichtigen und beglückten Stimmung, um noch an die Privatdetektei zu denken, die ich in Bewegung gesetzt hatte und deren Bericht ich abwarten wollte, bevor ich den Fall Kohler weiterverfolgte. Dabei hätte mich Lienhard mißtrauischer machen sollen, als ich schon war: der Mann hatte Hintergrund, undurchsichtige Absichten, war mir von Kohler empfohlen worden und allzu begierig gewesen mitzumachen. Er ging gründlich vor. Ins ›Du Théâtre‹ setzte er Schönbächler, einen seiner besten Männer, der am Neumarkt ein altes, doch komfortables Haus besaß. Den Estrich hatte er zu einer Wohndiele ausbauen lassen. Hier war seine gewaltige Diskothek untergebracht. Überall waren Lautsprecher montiert. Schönbächler liebte Symphonien. Seine Theorie (er war voller Theorien): Symphonien zwängen am wenigsten zum Mithören, man könne dazu gähnen, essen, lesen, schlafen, Gespräche führen usw., in ihnen hebe die Musik sich selber auf, werde unhörbar wie die Musik der Sphären. Den Konzertsaal lehnte er als barbarisch ab. Er mache aus der Musik einen Kult. Nur als Hintergrundmusik sei die Symphonie statthaft, behauptete er, nur als »Fond« sei sie etwas Humanes und nicht etwas Vergewaltigendes, so habe er die Neunte Beethovens erst begriffen, als er dazu einen Potaufeu gegessen habe, zu Brahms empfahl er Kreuzworträtsel, auch Wiener Schnitzel seien möglich, zu Bruckner Jassen oder Pokern. Am besten jedoch sei es, gleich zwei Symphonien gleichzeitig laufen zu lassen. Das tat er denn auch angeblich. Des Getöses bewußt, das er entfesselte, hatte er für die drei übrigen Parteien des Hauses die Miete nach einem genau berechneten System ausgeklügelt. Die Wohnung unter seiner Wohndiele war die billigste, der Mieter hatte nichts zu bezahlen, nur Musik auszuhalten, stundenlang Bruckner, stundenlang Mahler, stundenlang Schostakowitsch, die mittlere Wohnung kostete das übliche, die unterste war beinahe unerschwinglich. Schönbächler war ein empfindsamer Mensch. Sein Äußeres wies nichts Besonderes auf, im Gegenteil, er schien Außenstehenden als der personifizierte Musterbürger. Er war sorgfältig gekleidet, roch angenehm und war nie betrunken, stand überhaupt mit der Welt auf bestem Fuß. Was seine Nationalität betrifft, so bezeichnete er sich als Liechtensteiner. Das stelle nicht viel dar, pflegte er dazu zu äußern, das gebe er zu, doch brauche er sich wenigstens nicht zu schämen: Liechtenstein sei an der gegenwärtigen Weltlage relativ schuldlos, sehe man davon ab, daß es zu viele Briefmarken drucke, und übersehe man seine finanziellen Kavaliersdelikte; es sei der kleinste Staat, der auf großem Fuße lebe. Auch unterliege ein Liechtensteiner nicht so leicht dem Größenwahn, sich einen besonderen Wert nur aus der Tatsache zuzuschreiben, daß er Liechtensteiner sei, wie dies etwa den Amerikanern, den Russen, Deutschen oder Franzosen zustoße, die a priori des Glaubens seien, ein Deutscher oder ein Franzose sei an sich ein höheres Wesen. Einer Großmacht anzugehören – und für einen Liechtensteiner seien notgedrungen fast alle anderen Staaten Großmächte, sogar die Schweiz –, bringe psychologisch für die davon Betroffenen einen bedenklichen Nachteil mit sich, die Gefahr nämlich, einem bestimmten Verhältnisblödsinn zu erliegen. Diese Gefahr wachse mit der Größe einer Nation. Er pflegte das an einem Mäusebeispiel zu erläutern: Eine Maus, die sich mit sich allein befinde, betrachte sich durchaus noch als Maus, sobald sie sich aber unter einer Million Mäusen wisse, halte sie sich für eine Katze, und unter hundert Millionen Mäusen für einen Elefanten. Am gefährlichsten seien jedoch die Fünfzig-Millionen-Mäusevölker (fünfzig Millionen als Größenordnung). Diese beständen aus Mäusen, die sich zwar für Katzen hielten, aber gerne Elefanten wären. Dieser übersteigerte Größenwahn sei nicht nur für die davon betroffenen Mäuse gefährlich, sondern jeweils auch für die ganze Mäusewelt. Das Verhältnis jedoch zwischen der »Mäuseanzahl« und dem von dieser erzeugten Größenwahn nannte er das »Schönbächlersche Gesetz«. Als Beruf gab er Schriftsteller an. Das mochte insofern erstaunen, als er weder einmal etwas veröffentlicht noch je etwas geschrieben hatte. Er leugnete es nicht. Er nannte sich nur schlicht einen »potentiellen Schriftsteller«. Er war um eine Erklärung seines Nichtschreibens nie verlegen. So behauptete er gelegentlich, die Schriftstellerei beginne mit dem »Sinn für Namen«, das sei ihre primäre poetische Bedingung, dazu komme ihre nicht minder moralische, die in der Wahrheitsliebe begründet liege. Überdenke man nun diese beiden Grundbedingungen, so werde klar, daß zum Beispiel ein Titel, ›Gedichte von Raoul Schönbächler‹, allein schon durch die Vorstellung unmöglich gemacht würde, diese Lyrik müsse wie ein schönes Bächlein dahinplätschern. Man könne freilich einwenden, dann sei der Name Schönbächler zu ändern, doch dann komme man mit dem Prinzip der Wahrheitsliebe in Konflikt. Wo Schönbächler auftauchte, gab es zu lachen. Er war ein guter Kerl, von dem in den Gaststätten viele lebten. Die Zeche ließ er aufschreiben, man schickte ihm die Rechnung jeden Monat zu, was sich zusammenaddierte, mußte beträchtlich sein. Hinsichtlich seines Einkommens war man im unklaren. Seine Angaben über ein großzügiges liechtensteinisches Staatsstipendium konnten natürlich nicht stimmen. Einige behaupteten, er sei der Generalvertreter gewisser Gummiartikel. Auch war nicht zu übersehen, daß er vieles wußte und ein scharfes, stets sorgfältig begründetes Urteil besaß. (Vielleicht war sein Nicht-Schreiben nicht nur Faulheit, wie es schien, vielleicht steckte die Einsicht dahinter, es sei, im Gegensatz zu den vielen, die produzieren, besser, nichts zu produzieren.) Am berühmtesten war jedoch seine Fähigkeit, Gespräche anzuknüpfen, um so mehr als diese Kunst unseren Mitbürgern nicht liegt. Schönbächler dagegen beherrschte sie virtuos. Anekdoten wurden erzählt, Legenden bildeten sich. So soll er auf eine Wette hin (wie der Kommandant steif und fest behauptet) einen Bundesrat, der am Nebentisch mit Mitgliedern der Kantonsregierung beim Vieruhrtee saß, derart in ein Gespräch über die Beziehungen unseres Staates zu Liechtenstein verstrickt haben, daß der Magistrat den Schnellzug nach Bern verfehlt hätte. Möglich. Doch ist den Bundesräten im allgemeinen nicht so viel zuzutrauen. Schönbächler galt im übrigen als harmlos. Daß er Lienhards Agent war, ließ sich niemand träumen. Als es bekannt wurde, war die Bestürzung groß, Schönbächler verließ unsere Stadt und lebt nun mit seiner Diskothek in Südfrankreich, sehr zum Leidwesen unserer Mitbürger, erst letzthin drohte mir einer mit der Faust, zum Glück war ich mit Lucky. Dieses Original nun, Schönbächler, tauchte eines Tages im ›Du Théâtre‹ auf, zur allgemeinen Verwunderung, denn er war sonst dort selten zu sehen. Er bezog einen Tisch und blieb den ganzen Tag. Am nächsten Morgen kam er aufs neue, so eine Woche lang, plauderte mit allen, befreundete sich mit dem Chef de Service und den Kellnerinnen, doch dann verschwand er, war wieder in den alten Stammbeizen anzutreffen, es war anscheinend ein Intermezzo gewesen. In Wirklichkeit hatte Schönbächler die Hauptzeugen noch einmal vernommen. Was jedoch die weiteren Recherchen betrifft, so benutzte Lienhard Feuchting, der zu jenen berüchtigten Elementen zählt, die er in seiner

Detektei im Talacker beschäftigt, und den ich damals noch nicht kannte – erst jetzt kenne ich ihn (von der ›Monaco-Bar‹). Feuchting ist ein unzuverlässiger, übler Bursche, das kann niemand bestreiten, und auch Lienhard bestreitet es nicht, ebensowenig wie die Polizei, die Feuchting schon mehrere Male verhaftet hat (Rauschgift) und dann wieder selber für ihre Recherchen braucht. Feuchting ist ein Spitzel, der sein Metier und sein Milieu kennt. Möglich, daß er einst bessere Tage gesehen, möglich, daß er sogar studiert hat, der Rest, der sich nun durchs Leben pumpt, gaunert, erpreßt, ist erbärmlich. Sein Pech, sagte er (im ›Monaco‹) zu diesem Thema, trübselig in sein Glas Pernod stierend, sei, daß er kein Russe, sondern Deutscher sei. Deutscher sei hierzulande kein Beruf, möglicherweise in Ägypten oder Saudi-Arabien, hier sei nur Russe einer. Seine Existenz würde in diesem Falle keinen Anstoß erregen, im Gegenteil, als Russe wäre er geradezu verpflichtet, so zu sein, wie er sei: versoffen und ruiniert; aber nicht einmal den Russen zu spielen sei hier möglich, weil er so aussehe wie in französischen Résistance-Filmen ein Deutscher. In diesem Punkt spricht er die Wahrheit. Ausnahmsweise. Er sieht so aus. Er kennt die Ober- und Unterwelt wie kein zweiter, beherrscht die Bar- und Pinten-Geographie. Er vermag über jeden Stammkunden jedes zu erfahren. Doch bevor mir Lienhard das von Schönbächler und Feuchting Ermittelte zuschickte, traf ich zum zweiten Mal mit Monika Steiermann zusammen, trat das ein, was ich befürchtet oder erhofft hatte – ich weiß es nicht mehr. Es wäre besser gewesen, die Begegnung hätte nicht stattgefunden (die erste wie die zweite).

Arbeit in der Zentralbibliothek: Warum nicht die Steiermannsche Familiengeschichte erzählen? Eben erreichte mich eine neue Postkarte Kohlers – die letzte kam vor vier Wochen, das Katz-und-Maus-Spiel geht weiter, er will Samoa später besuchen, er fährt von Hawaii nach

Japan – mit einem Luxusdampfer, und hier war ich vor der Aufsichtskommission, vor dem Präsidenten Professor Eugen Leuppinger. Der berühmte Strafrechtler, Schmisse im Gesicht, poetisch, totale Glatze, empfing mich in seinem Büro; der Vizepräsident Stoss, sportlich, überhaupt frisch, fromm, fröhlich, frei, war auch zugegen. Die Herren waren menschlich. Der Hinauswurf werde zwar unumgänglich, der Regierungsrat würde sonst darum ersuchen, und da sei es klüger zuvorzukommen, aber man bedauerte, war betrübt, väterlich, begriff sozusagen auf der ganzen Linie, hatte Mitgefühl, machte durchaus keine Vorwürfe, aber dennoch, unter Männern gesprochen, Hand aufs Herz, ich müsse das selber zugeben, gerade für Juristen sei offiziell ein bestimmter Lebenswandel in einem bestimmten Milieu angezeigt, ja man dürfe formulieren, je bedenklicher dieses sei, desto untadliger müsse jener sein, die Welt sei nun einmal ein greuliches Philisternest, besonders unsere liebe Stadt, es sei zum Davonlaufen, und wenn er, Leuppinger, mal hier seine

Bude schließen könne, dann auf nach dem Süden, doch nicht das sei das Wesentliche, natürlich seien zwar Prostituierte Menschen, sogar wertvolle Menschen, arme Menschen, denen er persönlich, er gebe es ruhig zu vor mir und vor Kollega Stoss, viel verdanke, Wärme, Mitgefühl, Verständnis, selbstverständlich sei das Gesetz auch für den Strich da, um das ominöse Wort mal zu gebrauchen, aber durchaus nicht im Sinne einer Förderung, ich müsse doch als Jurist selber einsehen, daß gewisse Ratschläge, die ich da der Unter- und Halbwelt gegeben hätte, gerade weil sie gesetzlich nicht anfechtbar seien, eine verheerende Wirkung zeigten, die Kenntnis der gesetzlichen Handhaben sei in den Händen gewisser Kreise katastrophal, die Polizei sei geradezu verzweifelt, die Anwaltskammer schreibe zwar nichts vor, übe keinen Gesinnungsterror, sei überhaupt liberal, na ja, ich wüßte schon, Statuten seien nun einmal Statuten, auch ungeschriebene, und dann fragte mich Leuppinger noch, wie Stoss mal raus mußte, ganz alter Bursche und Haudegen, ob ich ihm nicht eine bestimmte Rufnummer vermitteln könnte, um eine bestimmte Person mit einer tollen Figur (Giselle) näher kennenzulernen, und als er dann mal raus mußte, fragte Stoss, ganz ehemaliger Kranzturner, auch. Zwei Wochen später war ich mein Patent los. So sitze ich denn abgebrannt bald im Alkoholfreien, bald in der ›Monaco-Bar‹, lebe mehr oder weniger von Luckys und Giselles Gnaden und habe Zeit, enorm Zeit, das Schlimmste, was es für mich gibt, und deshalb: Warum nicht die Steiermannsche Familienchronik niederschreiben, darum sitze ich schließlich in der Zentralbibliothek – nur natürlich, man wurde sehr energisch, als ich mit der Flasche Gin anrückte –, warum nicht gründlich sein, peinlich genau, warum nicht den Hintergrund aufdecken, und überhaupt, was sind die Steiermanns ohne Hintergrund ihrer Familiengeschichte und -geschichten. Der Name trügt, der Ur-Steiermann wanderte zwar wie viele Industrielle einmal vom Norden her in unser Land ein, doch schon um das Jahr 1191, als ein süddeutscher Herzog auf den boshaften Einfall kam, unsere heutige Bundeshauptstadt zu gründen. Der Einfall hatte bekanntlich Erfolg, und die Steiermanns sind Urschweizer. Was nun den Gründer des Geschlechts betrifft, Jakobus Steiermann, so zählte er zu den Galgenvögeln aller Art und Stände, die sich im Raubkaff auf dem Felsen über dem grünen Fluß einnisteten (damals vier tüchtige Tagesmärsche von uns entfernt), ein aus dem Elsaß entwichener Krimineller, der auf diese Weise seinen Kopf vor dem Straßburger Henker in Sicherheit bringen konnte und sich in der neuen Vaterstadt zuerst als Landsknecht betätigte, später jedoch den Beruf eines Waffenschmieds ergriff, ein wilder, verruchter Geselle. Mit der blutigen Geschichte dieser Stadt bleiben denn auch die Steiermanns durch Jahrhunderte zäh verbunden, als Waffenschmiede verfertigten sie die einheimischen Hellebarden, mit denen man in Laupen und St. Jakob drosch, und zwar nach dem Standardmodell des Adrian Steiermann (1212–1255). Auch das verbriefte Privileg, für sämtliche süddeutschen Bistümer

Richtbeile und Folterwerkzeuge herzustellen, besaß die Familie. Es ging steil aufwärts, die Schmiede in der Kesslergasse kam zu Klang und Namen. Schon der Sohn Adrians, der glatzköpfige Berthold Steiermann der Erste (der Berthold Schwarz der Sage?) machte sich daran, Feuerwaffen herzustellen. Noch berühmter Bertholds Urenkel, Jakobus der Dritte (1470–1517). Er baute so berühmte Geschütze wie die ›Vier Evangelien‹, den ›Großen Psalter‹ und den ›Gelben Urian‹. Mit ihm wurde eine Kanonengießertradition weitergeführt, mit der zwar sein Sohn Berthold der Vierte jäh brach, als Wiedertäufer verfertigte er nur noch Pflüge, doch schon sein Sohn Jakobus der Vierte nahm die Kanonengießerei wieder auf, konstruierte die erste Granate, die ihn und die Kanone beim Abfeuern freilich zerfetzte. Das die eigentliche Urgeschichte. Plastisch, relativ ehrbar, auch politisch erfolgreich, ein Schultheiß, zwei Säckelmeister, ein Landvogt. In den späteren Jahrhunderten entwickelte sich aus der Waffenschmiede allmählich ein modernes Industrieunternehmen. Die Familiengeschichte wird verwickelter, die Motive beginnen sich zu verbergen, die Fäden werden unsichtbar gesponnen, zu den nationalen kommen internationale Gesichtspunkte und Verbindungen. Man verlor an Farbe, gewann jedoch an Organisation, besonders als in der ersten Hälfte des neunzehnten Jahrhunderts ein später Nachkomme des Ur-Steiermanns in den Osten unseres Landes zog. Dieser Heinrich Steiermann (1799–1877) ist denn auch als der Gründer der eigentlichen Maschinen- und Waffenfabrik Trög zu betrachten, die unter seinem ersten Enkel James (1869–1909) und besonders unter seinem zweiten Enkel Gabriel (1871–1949) aufblühte. Nicht mehr als Maschinen- und Waffenfabrik Trög freilich, sondern als Hilfswerkstätte Trög AG, lernte doch 1891 der zweiundzwanzigjährige James Steiermann die damals einundsiebzigjährige englische Krankenpflegerin Florence Nightingale kennen, unter deren Einfluß er die Waffenfabrik in eine ›Hilfswerkstätte‹ für Prothesen umwandelte, nach seinem frühen

Tod baute sein Bruder Gabriel weiter aus, stellte jegliche nur denkbare Art von Prothesen her, Hand-, Arm-, Fuß-, Beinprothesen, heute versorgt die Hilfswerkstätte den Weltmarkt auch mit Endoprothesen (künstliche Hüften, Gelenke usw.) und mit extrakorporellen Prothesen (künstliche Nieren, Lungen). Den Weltmarkt: der Ausdruck ist nicht übertrieben. Erzielt durch hartnäckige Leistung, durch Qualität, doch vor allem durch entschlossenes Ausnützen der Lage durch den rücksichtslosen Ankauf aller ausländischen Prothesenhersteller (meist Kleinbetriebe). Diese neue Generation begriff die Möglichkeiten, welche die Neutralität unseres Staates einem Prothesenfabrikanten bietet, als die Freiheit nämlich, gleich alle Parteien zu beliefern, Sieger und Besiegte im Ersten und Zweiten Weltkrieg, Regierungstruppen, Partisanen und Rebellen heute. Ihre Devise: »Steiermann für die Opfer«, wenn sich auch unter Lüdewitz die Produktion der Hilfswerkstätte heute wieder dem ursprünglichen Charakter nähert, der Begriff Prothese ist dehnbar. Der

Mensch sucht sich gegen einen Schlag unwillkürlich mit der Hand zu schützen, ein Schild ist damit eine Prothese der Hand, auch ein Stein, den er wirft, eine Prothese der geballten Hand, der Faust; diese Dialektik einmal begriffen, fällt auch die Waffenproduktion, welche die Hilfswerkstätte wiederaufgenommen hat, durchaus unter den Begriff Prothese: Panzer, Maschinenpistolen und Geschütze können als eine Weiterentwicklung der Handprothese gelten. Man sieht, ein erfolgreiches Geschlecht. Stellten die Steiermänner allesamt einfache, rüde, unkomplizierte Gesellen dar, treue Ehemänner, die schwer schufteten, öfters zu Geiz neigten, mit einer manchmal erfrischenden, souveränen Verachtung des Geistes, die es im Bildersammeln nur bis zu einer schwächeren Fassung der Toteninsel brachten und im Sport ausschließlich den Fußball förderten (auch dies mäßig, was den schwierigen Stand des FC Trög in der ersten Liga beweist), so waren die Frauen von einem anderen Kaliber. Entweder große Huren oder große Betschwestern, doch nie beides miteinander, wobei die Huren stets häßlich waren, starke Jochbögen, lange Nasen und breite zusammengekniffene Münder aufwiesen, die Betschwestern dagegen exquisite Schönheiten darstellten. Was nun Monika Steiermann betrifft, die in der Affäre des Dr. h. c. Isaak Kohler unvermutet eine Haupt-, ja eine Doppelrolle spielen sollte, so zählte sie dem Aussehen nach zu den Betschwestern, nach ihrem Lebenswandel beurteilt zu den großen Huren: Nach dem Tod ihrer Eltern (Gabriel Steiermann heiratete 1920 Stefanie Lüdewitz), die auf dem Fluge nach London abstürzten (genauer: verlorengingen, denn weder Eltern noch Privatflugzeug wurden je wiedergefunden), und nach dem tragischen Ende ihres Bruders Fritz, der an der Côte d'Azur unter- und nicht mehr auftauchte, erbte sie, 1930 geboren, das stattlichste Vermögen unseres Landes, während der Prothesenkonzern von ihrem Onkel mütterlicherseits geleitet wurde. Monikas Lebenswandel freilich war weitaus schwieriger zu leiten. Die wildesten und oft lächerlichsten Gerüchte gingen über dieses Mädchen um, verdichteten sich zu Beinahe-Gewißheiten, lösten sich wieder auf, wurden dementiert – stets von Onkel Lüdewitz – und gerade deshalb aufs neue geglaubt, bis ein neuer, noch großartigerer Skandal alles Vorhergewesene übertraf, worauf das Spiel von neuem begann. Man blickte auf die sittenlose Erbin von Abermillionen zwar mißbilligend, doch mit geheimem Stolz, neidisch – die kann sich alles leisten –, doch dankbar, man kam schließlich auf seine Kosten. Die Steiermann wurde die offizielle »Femme fatale mit Weltniveau« einer Stadt, deren Ruf auf der einen Seite durch krampfhafte Bemühungen von Behörde, Kirche und gemeinnützigen Vereinen verzweifelt hochgehalten wurde, auf der anderen Seite durch ihre Strichjungen wieder in Frage gestellt wurde: Durch diese und durch ihre Banken, nicht durch ihre Dirnen, wurde unsere Stadt ein internationaler Begriff. Man atmete beinahe auf. Der Doppelruf, zugleich prüde und schwul zu sein, wurde durch die Steiermann etwas gegen das alltägliche Laster hin korrigiert. Das

Mädchen wurde immer populärer, besonders seit unser Stadtpräsident sie in seine berüchtigten Stegreifreden und Hexameter einzuflechten begann, die er des öfteren anläßlich offizieller Feiern zu vorgerückter Stunde zum besten gibt, sei es etwa bei der Verleihung eines Literaturpreises oder beim Jubiläum irgendeiner Privatbank. Daß ich jedoch fürchtete, Monika Steiermann zum zweiten Mal zu begegnen, hatte einen bestimmten Grund. Ich hatte sie bei Mock kennengelernt. Noch zu meiner Stüssi-Leupin-Zeit. Sein Atelier in der Nähe des Schaffhauserplatzes war im Winter überheizt, der Eisenofen glutrot, die Luft vom Pfeifen-, Zigarren- und Zigarettenrauch reines Giftgas, dazu alles unvorstellbar schmutzig, um ewig unvollendete Torsen ewig nasse Tücher, dazwischen haufenweise Bücher, Zeitungen, ungeöffnete Briefe, Wein, Whisky, Skizzen, Fotos, Bündnerfleisch. Ich war gekommen, um die Statue zu sehen, die Mock von der Steiermann gemacht hatte, neugierig, weil er mir erzählt hatte, er würde die Statue bemalen. Die Plastik stand mitten in der gewaltigen Unordnung des Ateliers, erschreckend naturalistisch, aber wahrhaftig und lebensgroß. In Gips, fleischfarben angemalt, wie Mock erklärte. Splitternackt und in eindeutig zweideutiger Pose. Ich betrachtete die Statue lange, verwundert – daß Mock das auch konnte. Er war sonst ein Meister im Andeuten: Mit wenigen Schlägen hieb er aus seinen oft zentnerschweren Steinen heraus, was er wollte, arbeitete er im Freien. Ein Auge entstand, ein Mund, eine Brust vielleicht, eine Vagina, den Rest brauchte er nicht zu behauen, aus Andeutungen schuf die Phantasie des Betrachters bald den Kopf eines Zyklopen, bald ein Getier, bald ein Weib. Auch wenn er modellierte, begnügte er sich mit dem Notwendigsten. Man muß modellieren, wie man skizziert, pflegte er zu sagen. Um so staunenswerter, wie er jetzt vorgegangen war. Der Gips schien zu atmen, vor allem weil er meisterhaft bemalt war. Ich trat zurück und dann wieder nahe heran, für die Haupt- und Schamhaare mußte er Menschenhaar genommen haben, um die Täuschung vollkommener zu machen: die Statue wirkte jedoch nicht puppenhaft. Sie strahlte eine bewundernswerte Plastik aus. Plötzlich bewegte sie sich. Sie stieg vom Sockel, würdigte mich keines Blickes, ging in den Hintergrund des Ateliers, suchte, fand eine halbvolle Flasche Whisky und trank. Sie war nicht aus Gips. Mock hatte gelogen. Es war die echte Monika Steiermann.

»Sie sind der vierte, der drauf reingefallen ist«, sagte Mock, »und das dümmste Gesicht haben Sie gemacht. Und von Kunst verstehen Sie auch nichts.«

Ich ging. Die Statue aus bemaltem Gips, die in der anderen Ecke des Ateliers stand, wurde anderntags abgeholt. Von einem Bevollmächtigten des Freiherrn von Lüdewitz, von ihrem Onkel, der die Hilfswerkstätte Trög AG leitete.

Monika Steiermann I: Je weiter mein Bericht fortschreitet, desto schwieriger wird er zu erzählen. Nicht nur der Bericht verwirrt sich, auch meine Rolle wird zweideutig, ich vermag nicht mehr anzugeben, ob ich handelte oder ob durch mich gehandelt, ja ob mit mir gehandelt wurde. Vor allem bezweifle ich immer mehr, ob es Zufall war, wie Lienhard Monika Steiermann ins Spiel brachte. Mit dem Möbelhändler hatte ich kein Glück, er hatte nun einmal die in der Gagerneck hergestellten Renaissanceschränke durch die Zeugnisse eines von ihm erfundenen römischen Experten für echt erklärt und mit dessen Unterschrift versehen, was ich, aber nicht Jämmerlin übersah. Aber die Reise nach Caracas stand bevor, doch mitten in den Vorbereitungen meldete Ilse Freude Fanter an, einen weiteren Mann Lienhards. Zu meiner Verwunderung kam der dicke, Brissago rauchende Fanter in der Uniform der Stadtpolizei, bei welcher er zwei Jahrzehnte gedient hatte.

»Sie sind verrückt, Fanter, so zu erscheinen«, sagte ich.

»Es wird nützlich sein, Herr Spät«, seufzte er, »es wird nützlich sein. Monika Steiermann hat angerufen. Sie braucht einen Rechtsanwalt.«

»Warum?« fragte ich.

»Sie werde verprügelt.«

»Von wem?«

»Vom Dr. Benno«, antwortete Fanter.

»Weswegen?«

»Sie habe ihn mit einer anderen im Bett erwischt.«

»Dann sollte sie ihn doch verprügeln. Komisch. Nicht? Und warum soll gerade ich mich um die Steiermann kümmern?«

»Lienhard ist nicht Rechtsanwalt«, antwortete Fanter.

»Wo ist sie denn?«

»Halt bei Dr. Benno.«

»Mensch, Fanter, nicht so umständlich, wo ist Benno?«

»Sie fragen mich umständlich«, meinte Fanter. »Benno verprügelt die Steiermann im ›Breitingerhof‹. Der Prinz von Cuxhafen ist auch dort.«

»Der Rennfahrer?«

»Der.«

Ich rief den ›Breitingerhof‹ an und verlangte

Dr. Benno. Direktor Pedroli meldete sich am Apparat. Wer anrufe.

»Spät, Rechtsanwalt.«

»Er verprügelt die Steiermann wieder«, lachte Pedroli. »Gehn Sie ans Fenster, dann hören Sie's.«

»Ich bin am Zeltweg.«

»Macht nichts. Es hallt über die ganze Stadt«, meinte Pedroli. »Die Gäste verlassen fluchtartig mein Fünfsternhotel.«

Ich hatte meinen Porsche in der Sprecherstraße parkiert. Fanter setzte sich neben mich, und wir fuhren los.

»Durch die Hegibachstraße«, sagte Fanter.

»Ein Umweg«, gab ich zu bedenken.

»Egal. Die Steiermann hält was aus.«

In der Nähe der Klusstraße bei einer Stopp-Markierung stieg Fanter aus.

»Fahren Sie hier wieder vorbei«, sagte er.

Ende Oktober. Die Bäume rot und gelb. Auf den Straßen Laub. Vor dem Breitingerhof wartete schon die Steiermann, als ich vorgefahren kam, trug nichts als ein schwarzes Herrenpyjama am Leib, dem der linke Ärmel fehlte. Groß. Rothaarig. Zynisch. Schön. Fror. Ihr linkes Auge war blau zugeschwollen. Der Mund aufgeschlagen. Der nackte Arm zerkratzt. Sie winkte mir zu, spuckte in weitem Bogen Blut. Im Hotelportal wütete Benno, auch er zerschlagen und verkratzt, von zwei Gepäckträgern festgehalten, die Hotelfenster voller Menschen. Um die Steiermann Zuschauer, neugierig, grinsend, ein Polizist regelte den Verkehr. In einem weißen Sportwagen saß düster ein junger blonder Mann, offenbar Cuxhafen, ein Jung-Siegfried, sichtlich startbereit. Aus dem Hotel kam Direktor Pedroli, klein und agil, und legte der Steiermann einen Pelzmantel um die Schultern, sicher einen kostbaren, ich kenne mich in Pelzmänteln nicht aus. »Sie frieren, Monika, Sie frieren.«

»Ich hasse Pelzmäntel, du Scheißkerl«, sagte sie und warf ihm den Pelzmantel über den Kopf.

Ich hielt neben ihr. »Lienhard schickt mich«, sagte ich. »Spät, Rechtsanwalt Spät.«

Sie stieg mühsam in den Porsche.

»Total verprügelt«, stellte ich fest.

Sie nickte. Dann schaute sie mich an. Ich wollte eigentlich starten, aber ihr Blick machte mich unsicher.

»Haben wir uns nicht schon irgendwo gesehen?« fragte sie und hatte Mühe mit Sprechen.

»Nein«, log ich und startete.

»Cuxhafen folgt uns«, sagte sie.

»Wenn schon.«

»Er ist Rennfahrer.«

»Formel 1.«

»Den hängen wir nicht ab.«

»Und wie! Wohin?«

»Zu Lienhard«, sagte sie, »in seine Wohnung.«

»Weiß Cuxhafen, wo Lienhard wohnt?« fragte ich.

»Er weiß nicht einmal, daß es Lienhard gibt.«

Bei der Stopp-Markierung an der Hegibachstraße hielt ich pflichtgemäß. Auf dem Trottoir stand Fanter in seiner Polizeiuniform, trat zum Porsche, verlangte meine Papiere. Ich gab sie ihm, er überprüfte sie, nickte höflich. Dann wandte er sich Cuxhafen zu, der hinter mir hatte anhalten müssen, um nun dessen Papiere sorgfältig zu prüfen. Dann ging er um dessen Wagen herum, langsam, umständlich, immer wieder die Papiere überprüfend. Cuxhafen fluchte, wie ich im Rückspiegel bemerkte. Ich sah noch, wie er aussteigen mußte, wie Fanter ein Notizbuch hervorkramte, dann fuhr ich durch die Klusstraße gegen den See, durch den Höhenweg in die Biberlinstraße und zum Adlisberg, machte zur Sicherheit noch einige Umwege, raste dann durch die Katzenschwanzstraße zu Lienhards Bungalow.

Ich parkte vor der Gartentüre. Das Chalet nebenan mußte Jämmerlin gehören. Ich hatte gelesen, er würde heute sechzig, daher die vielen Wagen an der sonst wohl einsamen Straße. Er gab ein Gartenfest. Eben fuhr Stüssi-Leupin vor. Die Steiermann hinkte mir in ihrem schwarzen Pyjama die steile Treppe hinauf fluchend nach. Stüssi-Leupin hatte seinen Wagen verlassen und schaute zu uns herüber, offensichtlich belustigt. Jämmerlins Gesicht tauchte mißbilligend über der Hecke auf.

»Hier«, sagte die Steiermann und gab mir einen Schlüssel. Ich öffnete die Haustür, ließ die Steiermann eintreten. Durch die Haustür gelangte man unvermittelt in eine Wohnhalle. Ein moderner Raum mit alten Möbeln. Durch die offene Tür sah man in ein Schlafzimmer mit einem komfortablen Bett. Sie setzte sich auf einen Diwan, schaute auf einen Picasso über einer alten Truhe. »Der hat mich gemalt.«

»Ich weiß«, sagte ich.

Sie betrachtete mich amüsiert. »Und jetzt weiß ich, woher ich Sie kenne«, sagte sie. »Von Mock. Ich spielte Ihnen eine Statue vor.«

»Möglich«, antwortete ich.

»Sie sind damals mächtig erschrocken«, erinnerte sie sich, und dann fragte sie: »Habe ich Ihnen damals denn gar nicht gefallen, daß Sie mich vergessen haben?«

»Doch, doch«, gab ich zu, »Sie haben mir schon gefallen.«

»Also haben Sie mich doch nicht vergessen«, meinte sie.

»Nicht ganz«, gab ich zu.

Sie lachte. »Na dann, weil Sie sich erinnern.« Sie stand auf und zog sich das Pyjama aus, stand splitternackt da, frech und erregend, gleichgültig, daß überdeutlich zu sehen war, wie unmäßig sie von Benno vermöbelt worden war. Sie trat an das große Fenster, von dem aus man zu Jämmerlin hinüber sah. Dort hatten sich die Gäste versammelt, starrten herüber, Jämmerlin mit einem Fernglas, neben ihm Stüssi-Leupin, der winkte. Monika nahm die Pose der Statue an, die Mock von ihr gemacht hatte, Stüssi-Leupin klatschte in die Hände, Jämmerlin drohte mit der Faust.

»Vielen Dank, daß Sie mich befreit haben«, sagte die Steiermann immer noch in der Pose, in der sie ihre Betrachter betrachteten, mir den Rücken zukehrend.

»Zufall«, antwortete ich. »Im Auftrag Lienhards.«

»Ich werde immer verprügelt«, sagte sie

nachdenklich. »Zuerst von Benno und später von Cuxhafen. Und die anderen haben mich auch immer verprügelt.« Sie wandte sich wieder mir zu.

»Das versöhnt einen wieder mit Ihnen«, sagte ich. »Jetzt schwillt auch Ihr rechtes Auge zu.«

»Na und?«

»Soll ich ein nasses Tuch aufstöbern?« fragte ich.

»Quatsch«, sagte sie, »aber im Schrank finden Sie Cognac und Gläser.«

Ich öffnete einen alten Engadiner Schrank und fand, was sie verlangte, schenkte ein.

»Sie waren wohl oft hier?« fragte ich.

»Manchmal. Ich bin wohl wirklich eine Nutte«, stellte sie etwas bitter und etwas verblüfft, doch großzügig fest.

Ich lachte. »Die werden besser behandelt.«

Sie leerte das Glas Cognac und sagte dann: »Jetzt nehm ich ein heißes Bad.«

Sie hinkte ins Schlafzimmer. Verschwand. Ich hörte Wasser einlaufen, Fluchen. Dann kam sie zurück, verlangte noch einen Cognac.

Ich schenkte ein. »Wird es Ihnen nicht schaden, Monika?«

»Unsinn«, antwortete sie, »ich bin ein Roß.« Dann hinkte sie wieder zurück.

Als ich das Badezimmer betrat, lag sie in der Wanne und seifte sich ein. »Brennt verteufelt«, sagte sie.

Ich setzte mich auf den Wannenrand. Ihr Gesicht verfinsterte sich.

»Wissen Sie, was ich jetzt mache?« fragte sie, und als ich nicht antwortete, »Schluß, ich mache Schluß.«

Ich reagierte nicht.

»Ich bin nicht Monika Steiermann«, erklärte sie gleichgültig. Ich starrte sie verwundert an.

»Ich bin nicht Monika Steiermann«, wiederholte sie, und dann ruhig: »Ich führe nur das Leben der Monika Steiermann. Mein Vater war Professor Winter.«

Schweigen. Ich wußte nicht, was ich davon halten sollte.

»Ihre Mutter?« fragte ich und wußte gleichzeitig, daß es eine blödsinnige Frage war. Was ging mich ihre Mutter an.

Es war ihr gleichgültig. »Lehrerin«, antwortete sie, »im Emmental. Winter hat sie sitzenlassen. Er hat immer Lehrerinnen sitzenlassen.«

Sie konstatierte es ohne Groll.

»Ich heiße Daphne. Daphne Müller«, dann lachte sie: »So darf man eigentlich gar nicht heißen.«

»Wenn Sie nicht Monika Steiermann sind, wer ist dann Monika Steiermann?« fragte ich verwirrt. »Gibt es die überhaupt?«

»Fragen Sie Lüdewitz«, antwortete sie.

Dann wurde sie stutzig. »Ein Verhör?« fragte sie.

»Sie haben einen Rechtsanwalt verlangt. Ich bin Rechtsanwalt.«

»Ich sag's Ihnen schon, wenn ich Sie brauche«, antwortete sie plötzlich nachdenklich, fast feindselig geworden.

Lienhard erschien. Ich hatte ihn nicht kommen hören. Er war einfach auf einmal da. Er stopfte sich eine seiner Dunhill. »Zufrieden, Spät?« fragte er.

»Ich weiß nicht«, antwortete ich.

»Zufrieden, Daphne?« fragte er.

»Mittelmäßig«, antwortete sie.

»Ich hab dir einige Kleider mitgebracht«, sagte er.

»Hab ja Bennos Pyjama«, meinte sie.

Draußen das Heranheulen eines Krankenwagens.

»Jämmerlin wird wieder einen Herzanfall bekommen haben«, sagte Lienhard trocken. »Ich habe ihm sechzig Rosen überreicht.«

»Und mich hat er nackt gesehen«, lachte sie.

»Das bist du ja öfters«, meinte er.

»Woher wußten Sie eigentlich, wer Daphne ist, Lienhard?« fragte ich.

»Man kommt eben darauf. Gelegentlich«, antwortete er und steckte seine Dunhill in Brand. »Wohin darf ich dich bringen, Fräulein Müller?«

»Nach Ascona.«

»Ich fahr dich hin.«

»Geschäftstüchtig«, meinte sie anerkennend.

»Kommt auf die Spesen«, sagte Lienhard. »Die zahlt er.« Damit wies er auf mich. »Er hat einige unbezahlbare Informationen bekommen.«

»Ich habe auch noch einen Auftrag für ihn«, sagte Daphne.

»Nun?« fragte Lienhard.

Ihr nicht ganz zugeschwollenes rechtes Auge glitzerte, und mit ihrer linken Hand fuhr sie durch ihr zinnoberrotes Haar.

»Er soll der echten Monika Steiermann, dieser lesbischen Ziege, ausrichten, ich wolle sie nicht mehr sehen. Hat sie's von einem Rechtsanwalt, ist's offiziell.«

Lienhard lachte. »Mädchen, das gibt einen Skandal, den du dir nicht vorstellen kannst.«

»Mir egal«, sagte sie.

Lienhards Dunhill wollte im Dampf des Badezimmers nicht recht brennen. Er zündete sie noch einmal an.

»Spät«, meinte er, »mischen Sie sich da nicht rein. Das ist ein Rat.«

»Sie haben mich hineingemischt«, antwortete ich.

»Auch wieder wahr«, sagte Lienhard und lachte, und dann sagte er zu Daphne: »Steig raus.«

»Sie sind ja auf einmal ein Redner geworden«, meinte ich zu Lienhard und ging.

Später, im Zeltweg, rief ich Lüdewitz an. Der tobte. Ich wußte zuviel. Er wurde kleinlaut. Und so kam mein Besuch bei der wirklichen Monika Steiermann zustande.

Zweite Rede an den Staatsanwalt: Je mehr ich schreibe, desto unwahrscheinlicher fällt mein Bericht aus. Ich bastle schriftstellerisch gewaltig, bemühe mich sogar im Dichterischen, berichte von der Wetterlage, versuche geographisch exakt zu sein, schaue im Stadtplan nach, all das nur, weil Sie, Herr Staatsanwalt Joachim Feuser (verzeihen Sie, daß der Tote in der Leichenhalle wieder an Sie persönlich das Wort richtet), das Literarische, ja Poetische schätzen und sich überhaupt als einen musischen Menschen betrachten, wie Sie bei allen möglichen und unmöglichen Gelegenheiten – sogar vor dem Geschworenengericht – zu erwähnen lieben und daher, ohne meine literarischen Zutaten, mein Manuskript womöglich in die Ecke feuern könnten. Aber mein Bericht bleibt Klischee. Trotz Dichtung. Tut mir leid. Ich komme mir wie der Verfasser eines Kolportageromans vor: ich als Gerechtigkeitsfanatiker, Lienhard als Limmat-Sherlock-Holmes, und Daphne Müller als Messalina der Goldküste, wie unser rechtes Seeufer genannt wird. Die Statue mit den straffen Brüsten und der unanständigen Haltung, die ich bei Mock übersehen hatte, während ich die lebendige Daphne als Statue bewunderte, dieses sinnliche Weibsbild aus bemaltem Gips ist mir (von der echten ganz zu schweigen) nachträglich lebendiger in Erinnerung als das Mädchen, das nun in meinem Bericht vorkommt. Natürlich ist es an sich gleichgültig, ob sie und falls, wie oft sie mit Lienhard schlief – mit wem schlief sie nicht? –, aber die inneren Beweggründe und Vorgänge sind nun einmal für meinen Bericht wesentlich, wie etwas geschieht in dieser verschlungenen Welt und warum. Stimmt das äußere Geschehen, lassen sich die inneren Motive, wenn nicht mit Sicherheit erraten, so doch ahnen, stimmen die äußeren Fakten nicht, fand ein Beischlaf statt, den man nicht aufzeichnete, oder vermeldete man einen, der nicht stattfand, schwebt man im Leeren, im Vagen. So auch hier. Wie kam Lienhard hinter das Geheimnis der »falschen« Monika Steiermann? Weil er mit ihr schlief? Dann hätten es viele gewußt. Liebte sie ihn? Dann hätte sie es ihm nicht gesagt. Hatte sie Angst? Möglich. Und was Benno betrifft, wollte Lienhard ihn von Anfang an verdächtigen? War Daphne der Grund? Ich stelle diese Fragen, weil man mir die Schuld an Daphnes Tod zuschiebt. Ich hätte nicht die echte Monika Steiermann aufsuchen sollen. Aber Daphne hat mich darum gebeten. Ich hatte einer Möglichkeit nachzugehen. Diesen Auftrag hatte ich angenommen und auch den Vorschuß von fünfzehntausend Franken, auch wenn ich an die Unmöglichkeit dieser Möglichkeit glaubte und jetzt noch glaube: Denn daß Dr. h. c. Isaak Kohler der Mörder Winters ist, daran ist nicht zu zweifeln. Daß es auch ein anderer hätte sein können, ist nur eine Möglichkeit, die nichts besagt, daß auf der Suche nach dieser Möglichkeit übersehene Fakten ans Licht kommen, liegt am Wesen der Fiktion, Kohler sei nicht der Mörder, die ich für diese Suche machen mußte. Im übrigen habe ich die Wahrheit zu schreiben, bei der Wahrheit zu bleiben, doch eben: Was ist die Wahrheit hinter der Wahrheit? Ich stehe vor Vermutungen, tappe herum. Was stimmt? Was ist übertrieben? Was verfälscht? Was wird verschwiegen? Was soll ich bezweifeln? Was glauben? Ist überhaupt etwas Wahres, Sicheres, Gewisses hinter diesen Vorgängen, hinter diesen Kohlers, Steiermanns, Stüssi-Leupins, Lienhards, Hélènes, Bennos usw., die mir da über den Weg gelaufen sind, etwas Wahres, Sicheres, Gewisses, Wirkliches hinter unserer Stadt, hinter unserem Land? Ist nicht alles rettungslos abgekapselt, hoffnungslos ausgeschlossen von den Gesetzen und Motiven, die die übrige Welt in Schwung und Atem halten, ist nicht alles hinterwäldlerisch, mitteleuropäisch, provinzlerisch eben, unwirklich, was hier lebt, liebt, frißt, schiebt, geschäftelt und tüftelt, sich weiterzeugt und weiterorganisiert? Was stellen wir noch dar? Was repräsentieren wir noch? Steckt noch ein Körnchen Sinn, ein Gran Bedeutung in der Bagage, die ich beschreibe? Aber vielleicht lauert die Antwort auf diese Frage hinter allem und jedem, vielleicht bricht sie unvermutet aus jeder denkbaren menschlichen Situation und Konstellation hervor, überfallartig, wie aus einem Versteck. Die Antwort wird das Urteil über uns sein, der Vollzug dieses Urteils die Wahrheit. Ich will es glauben. Leidenschaftlich und beharrlich. Nicht der exquisiten Gesellschaft zuliebe, in der ich vegetiere, nicht dieser unerträglichen Relikte wegen, die mich umgeben, sondern um der Gerechtigkeit willen, der zuliebe ich handle, handeln muß, will ich mir den letzten Rest Menschlichkeit bewahren (pathetisch, feierlich, erhaben, heiliger Ernst mit Orgelbegleitung, was ich da niederschreibe, aber ich streiche es nicht durch, korrigiere es nicht, wozu auch Korrekturen, wozu auch Stil, nicht literarische Ambitionen leiten mich, sondern mörderische Absichten, im übrigen: nicht betrunken, Herr Staatsanwalt, Irrtum, nicht betrunken, nur nüchtern, eisig nüchtern, tödlich nüchtern). Es bleibt mir darum nichts anderes übrig (Auf Ihr Wohl, Herr Staatsanwalt!), als zu saufen, zu huren, zu berichten, meine Bedenken anzumelden, meine Fragezeichen zu setzen und zu warten, zu warten, bis sich die Wahrheit enthüllt, bis sich die grausame Göttin entschleiert (doch literarisch geworden, zum Kotzen). Das wird nicht in diesen Papieren geschehen, die Wahrheit ist keine Formel, die sich aufzeichnen läßt, sie liegt außerhalb jeder sprachlichen Bemühung, außerhalb jeder Dichterei, nur im Hereinbrechen des Gerichts, in diesem ewigen Selbstvollzug der Gerechtigkeit wird sie wirksam, ist sie zu ahnen. Wahrheit wird sein, wenn ich einmal vor Dr. h. c. Kohler stehen werde,

Auge in Auge, wenn ich die Gerechtigkeit verwirklichen und das Urteil vollziehen werde. Dann wird einen Augenblick, einen Herzschlag, eine blitzschnelle Ewigkeit, die peitschende Sekunde eines Schusses lang die Wahrheit aufleuchten, die Wahrheit, die sich mir jetzt beim Nachdenken verflüchtigt, die kaum mehr zu sein scheint als ein bizarres böses Märchen. Als ein solches kommt mir auch mein Besuch bei der »echten« Steiermann vor: mehr Traum als Wirklichkeit, mehr Sage als Tatsache.

Monika Steiermann II: ›Mon Repos‹ ist am Rande unserer Stadt in einem riesigen und so verwilderten Park gelegen, daß die Villa seit langem beinahe unsichtbar geworden ist, nur im Winter sind bisweilen mühsam und unbestimmt einige Gemäuer und ein Giebel durch das wirre Geäst alter Bäume gegen den Wagnerbühl hin zu erraten. An Empfänge in ›Mon Repos‹ vermögen sich nur noch wenige zu erinnern. Vater und Großvater der »echten« Monika gaben ihre

Feste und Jubiläen schon auf ihren Landsitzen am Zuger- und Genfersee, hielten sich in unserer Stadt nur auf, um zu arbeiten (sie stellten noch Schwerarbeiter der Industrie dar), feiern taten sie auswärts, während die Damen, besuchten sie unsere Stadt, im ›Dolder‹, im ›Baur au Lac‹ oder eben im ›Breitingerhof‹ logierten. ›Mon Repos‹ wurde nach und nach eine Sage, besonders nachdem eines Morgens drei Einbrecher, die aus Deutschland eingereist waren, jämmerlich zusammengeschlagen vor dem Parkportal der Steiermannschen Villa lagen; die Polizei gab dazu keinen Kommentar. Lüdewitz hatte sich eingeschaltet. Außer Daphne, die man für Monika Steiermann hielt, schien sich niemand in dem Haus aufzuhalten, die Lieferanten hatten ihre Ware in eine leere Garage neben dem Parkportal zu stellen, doch war die Menge der Lebensmittel beträchtlich. Daphne selber lud niemanden in die Villa ein, sie besaß noch ein Appartement in der Aurorastraße. Ich hatte schon zwei Treupel zu mir genommen, als ich zum Wagnerstutzweg fuhr. Der Wetterumsturz war wieder einmal umgestürzt, der See schien ein Rinnsal, so nah war das andere Ufer. Vier Uhr nachmittags. Vor dem Parkportal hielt ich an, den Wagen halb auf dem Trottoir geparkt. Das Portal war unverschlossen. Ich ging in den Park hinein, unsicher, die Treupel wirkten noch. Der Kiesweg führte aufwärts, hin und wieder einzelne hölzerne Stufen, aber er war durchaus nicht steil, wie ich erwartet hatte, bedeutet doch Stutz eine jähe Steigung. Der Park war ungepflegt, die Wege nicht gejätet, die Springbrunnen vermoost, dazwischen urwäldliche Partien, alles besetzt mit Unmengen von Gartenzwergen. Sie standen nicht einzeln herum, sondern in Gruppen, in Völkern, sinnlos, mit weißen Bärten, rosig, lächelnd, idiotisch, saßen sogar in den Bäumen, wie Vögel auf den Ästen befestigt, dann wieder gab es größere Gartenzwerge, grimmigere, ja bösartigere, auch weibliche, die größer als die männlichen waren, unheimliche Zwergweiber mit großen Köpfen. Ich fühlte mich von ihnen verfolgt, eingekreist, lief immer schneller, bis ich nach einer jähen

Kurve um eine mächtige alte Esche herum unvermittelt aufgefangen wurde: Es war, als würde ich gegen Eisen geschmettert, ohne daß ich recht erkennen konnte, wer mich da auf sich aufprallen ließ und mich umdrehte, offenbar ein Leibwächter, worauf ich den restlichen Weg zur Villa mehr getragen als geführt wurde. In der Haustüre stand ein zweiter Leibwächter, so massig, daß er die Türe auszufüllen schien, nahm mich in Empfang und schob mich ins Innere der Villa, zuerst durch eine Vorhalle, dann durch eine Halle mit einem prasselnden Kamin, ein ganzer Baumstamm schien darin zu brennen, und endlich in einen Salon oder, wenn man will, mehr in ein Kabinett. Man ließ mich in einen Ledersessel fallen. Benommen schaute ich auf. Die Arme und der Rücken schmerzten. Die beiden Leibwächter saßen mir gegenüber in klobigen Ledersesseln. Sie waren kahlköpfig. Ihre Gesichter waren wie aus Ton. Schlitzäugig, Backenknochen wie Fäuste. Sie waren sorgfältig gekleidet, dunkelblaue Anzüge aus reiner Seide, als wäre Hochsommer, seidene weiße Krawatten, doch Schuhe, wie Gewichtheber sie tragen. Sie wirkten wie Kolosse, ohne eigentlich sonderlich groß gewachsen zu sein. Ich nickte ihnen zu. Ihre Gesichter blieben ausdruckslos. Ich sah mich um. An den getäfelten Wänden hingen und klebten Fotos, derart zahlreich, daß das dunkelbraune Getäfel fast wie mit einer Fototapete überdeckt war; und mit jener merkwürdigen Art von Schrecken, die jede Entdeckung begleitet, begriff ich, daß es sich um immer die gleiche Person handelte, die hier abgebildet war: Dr. Benno, und dann erst erkannte ich an der Wand gegenüber den vergitterten Fenstern in einer Nische die unanständige Meisterplastik Mocks, die nackte »falsche« Steiermann, Daphne, nur jetzt in Bronze, ihre Brüste wie Gewichte mit den Händen stemmend, und wie ich sie wahrgenommen hatte, öffnete sich die gegenüberliegende Doppeltür, und ein dritter kahlköpfiger Leibwächter, noch mächtiger, noch seidiger als die beiden in den Ledersesseln, trug ein verrunzeltes und verkrümmtes Wesen von der Größe eines vierjährigen Kindes herein. Es trug ein groteskes, tief ausgeschnittenes schwarzes Kleid, auf dem ein Saphir funkelte, über dem winzigen, zerkrüppelten Leib.

»Ich bin Monika Steiermann«, sagte das Wesen.

Ich erhob mich. »Spät, Rechtsanwalt.«

»So, so, ein Rechtsanwalt«, meinte das winzige Wesen mit dem mächtigen Kopf. Das Unheimliche war die Stimme. Es war, als ob aus dieser Ungestalt ein anderer Mensch spräche. Es war die Stimme einer Frau: »Was wollen Sie von mir?«

Der Leibwächter, die Zwergin in seinen Armen, blieb unbeweglich.

»Monika ...«

»Frau Steiermann«, korrigierte mich die Zwergin, und dann zupfte sie an ihrem Kleid: »Dior. Chic, nicht?« In ihrer Stimme lag ein ruhiger, überlegener Spott.

»Frau Steiermann, Daphne will nicht mehr zu Ihnen zurückkehren.«

»Das sollen Sie mir ausrichten?« fragte die Zwergin.

»Das soll ich Ihnen ausrichten«, antwortete ich.

Es war nicht zu erraten, wie die Zwergin die Botschaft aufnahm.

»Whisky?« fragte sie.

»Gern.«

Ohne daß die Zwergin ein Zeichen gegeben hätte, öffnete sich die Doppeltür hinter mir, und ein vierter kahlköpfiger Leibwächter brachte Scotch und Eis.

»Pur?« fragte sie.

»Mit Eis.«

Der vierte Leibwächter bediente, blieb. Auch die beiden ersten hatten sich erhoben.

»Wie gefallen Ihnen meine Diener, Rechtsanwalt?« fragte die Zwergin, und jener, der sie trug, führte ihr den Scotch zum Mund.

»Imponierend«, sagte ich. »Ich habe sie für Ihre Leibwächter gehalten.«

»Imponierend, aber blöd«, antwortete sie. »Usbeken. Die Russen haben sie irgendwo in Innerasien aufgegabelt und in die Rote Armee gesteckt, dann sind sie in deutsche Kriegsgefangenschaft geraten, und weil die Nazi-Anthropologen nicht imstande gewesen sind, sich zu einigen, zu welcher Rasse sie gehören, sind sie am Leben geblieben. Mein Vater hat sie in einem Institut für Rassenforschung aufgekauft. Solche Biester sind damals billig zu haben gewesen. Als unbrauchbarer Restposten der Menschheit. Für mich sind sie Usbeken, weil mir das Wort gefällt. Haben Sie die Gartenzwerge gesehen, Rechtsanwalt?«

Der Schweiß lief mir über das Gesicht. Der Raum war überheizt.

»Eine ganze Armee, Frau Steiermann.«

»Ich stelle mich manchmal unter die Weiblein«, sagte die Zwergin, »und kein Mensch bemerkt mich, auch wenn ich mich bewege. *Cheerio.*«

Der Usbeke, der sie trug, hielt ihr wieder den Scotch an die Lippen. Sie trank.

»Auf Ihr Wohl, Frau Steiermann«, sagte ich und trank ebenfalls.

»Setzen Sie sich, Rechtsanwalt Spät«, befahl sie. Ich setzte mich in den Ledersessel. Der

Usbeke blieb vor mir stehen, die Steiermann im Arm.

»Daphne will nicht mehr zu mir zurück«, sagte sie, »ich hatte gewußt, daß sie einmal nicht mehr zurückkommt«, und in ihren großen Augen im kleinen faltigen Gesicht unter dem mächtigen, fast haarlosen Schädel waren Tränen.

Bevor ich etwas zu sagen vermochte, setzte der Usbeke die Zwergin auf meinen Schoß, drückte mir ihren Scotch in die freie Hand und warf sich mit den drei anderen zum Fenster hin auf die Knie, sie berührten mit ihrer Stirn den Boden, und ihre gewaltigen Hintern schnellten hoch. Die Zwergin krallte sich an mich. Ich war etwas unbeholfen mit den zwei Gläsern.

»Da beten sie wieder. Fünfmal im Tag. Setzen mich dabei meistens auf einen Schrank«, sagte sie.

Dann befahl sie: »Trinken.«

Ich hielt ihr das Glas an die Lippen.

»Ist der Olympia-Heinz nicht wunderschön?« fragte sie unvermittelt und trank erst dann den Scotch aus, ohne innezuhalten.

»Sicher«, antwortete ich und stellte das leere Glas neben meinem Ledersessel auf den Teppich. Sie fiel mir dabei fast vom Schoß.

»Unsinn«, sagte sie mit ihrer dunklen Stimme, die voller Selbstverachtung war. »Benno ist ein verkommener, kitschiger Geck, in den ich mich verliebt habe. Ich verliebe mich immer in kitschige Männer, weil Daphne sich immer in kitschige Männer verliebt.«

Die Frau, die ich in den Armen hielt, fühlte sich wie ein winziges Gerippe an.

»Ich habe Daphne meinen Namen gegeben, damit sie das Leben führt, das ich hätte führen wollen, und sie hat es geführt«, sagte die Zwergin. »Ich hätte auch mit jedem geschlafen. Haben Sie auch mit ihr geschlafen?« fragte sie auf einmal trocken.

»Nein, Frau Steiermann.«

»Schluß mit Beten!« kommandierte sie.

Die Usbeken erhoben sich. Jener, der die Zwergin hereingetragen hatte, nahm sie wieder in die Arme. Ich hatte mich unwillkürlich ebenfalls erhoben, immer noch das Glas Whisky mit Eis in der Hand. Ich hatte meinen Auftrag ausgeführt und wollte mich verabschieden.

»Setzen Sie sich wieder, Rechtsanwalt«, befahl sie. Ich gehorchte. In den Armen des Usbeken sah sie auf mich nieder. Ihre Augen hatten nun etwas Drohendes. Verbannt in einen kleinen, zerkrüppelten Leib, konnte sie sich nur durch ihre Augen und durch die Stimme ausdrücken.

»Ein Messer«, sagte sie.

Einer der Usbeken klappte ein Messer auf, reichte es ihr.

»Zu Bennos Fotos«, sagte sie.

Der Usbeke trug sie zu den Fotos an den Wänden, und sie zerschnitt ruhig, als operiere sie, Dr. Benno wie er lächelte, zerschnitt Dr. Benno wie er aß, wie er saß, zerschnitt Dr. Benno wie er nachdachte, wie er schlief, wie er strahlte, wie er trank, zerschnitt Dr. Benno im Frack, zerschnitt Dr. Benno im Smoking, im Maßanzug, im Reitkostüm, zerschnitt, zerschnitt, zerschnitt Dr. Benno als Seeräuber auf einem Maskenball, in der Badehose, ohne Badehose, zerschnitt Dr. Benno im Fechttenue am Olympia-Turnier, zerschnitt Dr. Benno im Tennisanzug, Dr. Benno im Schlafanzug, Dr. Benno, Dr. Benno, wir machten Platz, ich war von den Usbeken umstellt, jener, der das kleine Wesen trug, umkreiste uns in der höllischen Hitze dieses Kabinetts, dessen Boden sich mit den Fetzen der zerschnittenen Fotos zu bedekken begann. Als alle Fotos zerschnitten waren, nahmen wir unsere Plätze ein, als ob nichts geschehen wäre. Die Zwergin wurde mir wieder auf den Schoß gesetzt. Ich saß da wie ein Vater mit einer Mißgeburt.

»Das hat mir gutgetan«, sagte sie ruhig. »Jetzt lasse ich Daphne fallen. Ich sorge dafür, daß sie wird, was sie einmal gewesen ist.«

Die Zwergin auf meinem Schoß drehte ihren großen Kopf zu mir, blickte zu mir auf, und dennoch war es mir, als sei ich der Zwerg. »Lassen Sie den alten Kohler von mir grüßen«, sagte sie. »Er hat mich oft besucht. Wenn ich zornig geworden bin, weil er seinen Willen durchsetzen wollte, bin ich in der Bibliothek herumgeklettert und habe ihn mit Büchern beworfen. Aber er hat immer seinen Willen durchgesetzt. Noch jetzt leitet er meine Geschäfte. Vom Zuchthaus aus. Daß wir statt in die Optik und in die Elektronik in die Produktion von Panzerwaffen und Flugabwehrkanonen, Mörsern und Haubitzen einsteigen, ist Kohlers Verdienst. Denken Sie, Lüdewitz ist dazu fähig, oder gar ich? Sehen Sie mich an.«

Das Wesen schwieg.

»Ich habe nichts im Kopf als Vögeln«, sagte es dann, und der Hohn und die Verachtung, die dieses mißgestaltete Geschöpf gegenüber sich selber hatte, wurde wieder spürbar.

»Wegtragen«, befahl es.

Der Usbeke nahm es wieder auf die Arme.

»Adieu, Rechtsanwalt Spät«, sagte es, und in seiner Stimme war wieder der ruhige, überlegene Spott. Die Flügeltür wurde geöffnet, der Usbeke trug Monika Steiermann hinaus. Die Flügeltür schloß sich wieder. Ich war mit den zwei allein, die mich hereingebracht hatten. Sie traten vor meinen Ledersessel. Der eine nahm mir das Glas Whisky aus der Hand, ich wollte mich erheben, der andere drückte mich nieder. Dann klatschte mir der Scotch ins Gesicht, das Eis war schon vergangen. Die beiden rissen mich hoch, trugen mich aus dem Kabinett, durch die Halle, aus der Haustüre, den Park hinunter, an den Gartenzwergen vorbei, öffneten das Parkportal und warfen mich vor meinen Porsche. Ein altes Ehepaar, das auf dem Trottoir spazierte, starrte mich und dann die beiden Usbeken verwundert an, die sich im Park verloren.

»Fremdarbeiter«, sagte ich und nahm den Strafzettel zu mir, den ein Polizist unter den Scheibenwischer geklemmt hatte. Vor einer Ausfahrt sollte man nicht parken.

Bericht über einen Bericht über Berichte: Das Kommuniqué erschien drei Tage nach meinem Besuch am Wagnerstutz in unserem weltbekannten Lokalblatt, verfaßt von einem gewissen Nationalrat Äschisburger, dem Anwalt der Hilfswerkstätte Trög AG, des Inhalts, die Person, die seit zehn Jahren, von einem Internat an der Côte d'Azur auf die Gesellschaft losgelassen, unsere Stadt mit ihren Skandalen in Atem halte, sei nicht Monika Steiermann, als die sie sich mit der gütigen Erlaubnis der körperlich schwerbehinderten Erbin der Hilfswerkstätte Trög AG ausgebe, sondern die am 9. 9. 1930 geborene Daphne Müller, uneheliches Kind der Ernestine Müller, Lehrerin in Schangnau, Kanton Bern, gestorben am 2. 12. 1942, und des Adolf Winter, außerordentlicher Professor an der hiesigen Universität, ermordet am 25. 3. 1955. Diese dem Charakter des Nationalrats entsprechende grobe Pressemitteilung erweckte jenen Skandal, den Äschisburger beabsichtigt hatte, die Presse, vorher rücksichtsvoll, wurde rücksichtslos, selbst die Prügelei im ›Breitingerhof‹ wurde ausführlich geschildert, Pedroli gab bekannt, Benno schulde ihm Aufenthalt und Essen für drei Monate, er hätte angenommen, die Steiermann würde schließlich zahlen, und nun sei die Steiermann gar nicht die Steiermann, doch blieben sowohl Daphne als auch Benno unauffindbar, die Meute stürzte sich auf mich, Äschisburger hatte angedeutet, ich hätte die echte Steiermann besucht, Ilse Freude wehrte sich wie eine Löwin, einige Reporter drangen gleichwohl zu mir vor, ich rettete mich in Vages, Unbestimmtes, verwies auf Lienhard, nannte unvorsichtigerweise Cuxhafen, den Pedroli verschwiegen hatte, die Meute stob nach Reims davon, zu spät, Cuxhafens neuer Maserati explodierte bei einer Testfahrt, und mit ihm löste sich der Prinz in seine Bestandteile auf, die Reporter, wieder in unserer Stadt, belagerten ›Mon Repos‹, Autokarawanen am Wagnerstutz, niemand wurde in den Park gelassen, geschweige in die Villa, ein Wagemutiger, der nachts, versehen mit allen technischen Apparaturen, über die Mauer kletterte, fand sich morgens, ohne daß er wußte, was ihm geschehen war, nackt, bar jeder Kleidung und Kameras, vor dem Parkportal im Matsch, denn mit dem

Kommuniqué war auch der Herbst über Nacht zusammengebrochen, ein Sturm hatte die rostbraunen und gelben Farben von den Bäumen gefegt, man watete durch Laub und Äste, dann setzte Regen ein, später Schnee, wieder Regen, ein schmutziger Brei deckte die Stadt zu, in welchem nun der Reporter frierend stand. Doch setzte der Skandal nicht nur die Presse in Bewegung, er entzündete auch die Phantasie. In unserer Stadt wurden die unsinnigsten Gerüchte ausgebrütet, die ich allzulange nicht wahrnahm. Ich war zu sehr mit meiner Lage beschäftigt. Meine Klienten begannen sich abzusetzen, die Reise nach Caracas zerschlug sich, die lukrative Scheidung fiel ins Wasser, beim Steueramt fand ich keinen Glauben. Der hoffnungsvolle Neubeginn sah auf einmal hoffnungslos aus, der Vorschuß Kohlers war aufgebraucht, ich kam mir vor, als wäre ich bei einem Marathonlauf wie ein 100-Meter-Läufer gestartet, nun lag endlos die Strecke zur rentierenden Anwaltspraxis vor mir. Ilse Freude sah sich nach einem neuen Arbeitsplatz um. Ich stellte sie zur Rede.

Sie saß im Vorzimmer hinter dem Schreibtisch, hatte einen kleinen Spiegel auf die Tastatur gestellt und schminkte die Lippen karminrot. Ihr Haar, das gestern strohblond gewesen war, war schwarz mit einem Stich ins Blaue, das grünlich wirkte. Es war fünf Minuten nach sechs.

»Sie spionieren mir nach, Herr Doktor!« reklamierte Ilse Freude und schminkte sich weiter.

»Wenn Sie derart laut mit der Stellenvermittlung telefonieren«, verteidigte ich mich.

»Sondieren darf man wohl noch«, meinte sie, nachdem sie sich geschminkt hatte, »aber ich lasse Sie nicht im Stich, jetzt wo die Riesenarbeit auf uns zukommt.«

»Welche Riesenarbeit?« fragte ich verwundert.

Ilse Freude gab vorerst keine Antwort, stellte ihre prallvolle Umhängetasche auf den Schreibtisch, warf den Spiegel und den Schminkstift achtlos hinein.

»Herr Doktor«, erklärte sie, »Sie sehen zwar

harmlos aus, viel zu gutmütig für einen Rechtsanwalt, Rechtsanwälte haben anders auszusehen. Ich kenne die Rechtsanwälte, entweder sehen sie vertrauenerweckend aus oder künstlerisch, wie Pianisten, nur ohne Frack, aber Sie, Herr Doktor ...«

»Worauf wollen Sie hinaus?« unterbrach ich sie ungeduldig.

»Ich will darauf hinaus, daß Sie ein gerissener Hund sind, Herr Doktor. Sie sehen nicht aus wie ein Rechtsanwalt und sind doch einer. Sie wollen auch den unschuldigen Kantonsrat aus dem Zuchthaus befreien.«

»Was soll der Unsinn, Ilse?« staunte ich.

»Wozu haben Sie denn sonst einen Scheck von fünfzehntausend Franken vom Kantonsrat Kohler erhalten?«

Ich war perplex. »Woher wissen Sie das?« herrschte ich sie an.

»Hin und wieder muß ich schließlich Ihren Schreibtisch aufräumen«, fauchte sie zurück, »bei Ihrem Durcheinander. Und jetzt werden Sie noch grob.«

Sie wischte sich die Augen. »Aber Sie werden's schaffen. Sie holen den guten Kantonsrat raus. Ich bleibe bei Ihnen! Wie eine Klette! Wir beide schaffen das, Herr Doktor!«

»Sie glauben, der alte Kohler sei unschuldig?« fragte ich bestürzt.

Ilse Freude erhob sich graziös, trotz ihrer respektablen Fülle, hing sich die Tasche um.

»Das weiß doch die ganze Stadt«, sagte sie. »Und auch wer der Mörder ist.«

»Da bin ich aber gespannt«, sagte ich und fröstelte plötzlich.

»Doktor Benno«, erklärte Ilse. Der war schweizerischer Meister im Pistolenschießen. Das steht in allen Zeitungen.«

Später aß ich mit Mock im ›Du Théâtre‹. Er hatte mich eingeladen, eine Seltenheit für den alten Geizkragen. Ich nahm die Einladung an, obgleich ich wußte, daß Mock nur einlud, wenn er sicher war, eine Absage zu erhalten. Aber ich war neugierig darauf, ob es stimme, daß Mock seit der Ermordung Winters nun an dessen Tisch zu speisen pflegte. Es stimmte. Zu meiner

Überraschung begrüßte mich Mock freudig, doch kaum hatte ich Platz genommen, setzte sich der Kommandant zu uns, das erste Mal, daß ich ihn kennenlernte, auch stellte sich heraus, daß er gekommen war, um mich kennenzulernen, überhaupt das Treffen organisiert hatte und der Gastgeber war und am Schluß denn auch alles bezahlte. Mock war nur der Köder gewesen. Der Kommandant bestellte Leberknödelsuppe, Tournedos Rossini mit Rösti und Bohnen und eine Flasche Chambertin, Winter zu Ehren, wie er sagte, der sei zwar ein fürchterlicher Schwätzer gewesen, aber ein herrlicher Fresser. Es sei stets eine Freude gewesen, ihm dabei zuzuschauen. Ich machte mit. Mock wählte vom Wagen Rindsbraten mit Kartoffelpüree. Das Mahl hatte etwas Makabres. Wir aßen schweigend, so daß es eigentlich überflüssig war, daß Mock seinen Hörapparat neben seinen Teller gelegt hatte, um ungestört essen zu können. Dann bestellte der Kommandant eine Mousse au chocolat, und ich erzählte ihm mein Gespräch mit Ilse Freude.

»Sie wissen nicht, Spät, wie recht Ihr Unikum von einer Sekretärin hat. Das Gerücht ist im Zuchthaus entstanden. Der Direktor und die Wärter schwören, Kohler könne unmöglich der Mörder sein. Wie das der alte Gauner zustande gebracht hat, weiß der Teufel. Glauben einmal einige einen Unsinn, glauben es andere. Es geht zu wie bei einer Lawine. Immer größere Glaubensunsinnsmassen stürzen herunter. Zuerst glauben's die vom Morddezernat selber. Na ja, es geht Sie, Spät, eigentlich nichts an, aber Leutnant Herren ist unbeliebt, und da wäre seine Mannschaft überglücklich, erwiese sich Kohlers Verhaftung als ein Irrtum, und was die übrige Polizei angeht, so ist die auf das Morddezernat eifersüchtig, während gegenüber der Polizei die Feuerwehr und die Angestellten des öffentlichen Verkehrs unter Minderwertigkeitskomplexen leiden, und schon ist die Lawine unaufhaltsam geworden und erreicht die Bevölkerung, die uns ohnehin jede Schlappe gönnt. Vor allem mir, und bereits hat sich der Mörder in ein Unschuldslamm verwandelt. Dazu kommt noch, daß es ein populärer Mord gewesen ist, der manchem in den Kram gepaßt hat, und daß die Zünfte und der Kreis um Kohler, die Ständeräte, die Nationalräte, Regierungsräte, Kantonsräte und Stadträte und wer sonst noch die Finger im Spiel hat, all die Generaldirektoren und Direktoren, Bosse und Chefs, sich über das forsche Vorgehen Jämmerlins und über das Umfallen der Richter ärgern. Sie haben nichts gegen eine Verurteilung, aber haben mit einer Strafe auf Bewährung oder gar mit einem Freispruch infolge Unzurechnungsfähigkeit gerechnet, was einen Politiker ja nicht unzurechnungsfähig macht. Kohlers Unschuld wäre Balsam auf viele Wunden, Spät.«

Mock schob den Teller von sich und stopfte sich seinen Hörapparat in die Ohren.

»Sie haben vom alten Kohler einen recht seltsamen Auftrag bekommen, und jetzt dieses blödsinnige Gerede, er sei unschuldig und der Luftikus Benno sei der Mörder. Nur weil er ein Meisterschütze gewesen ist, wobei sich hierzulande ein jeder einbildet, er sei einer. Aber weshalb muß sich der Blödian auch verstekken«, sagte der Kommandant und beschäftigte sich mit seiner Mousse au chocolat. »Gefällt mir nicht. Der Auftrag Kohlers, das Gerücht, er sei unschuldig, und das Verschwinden Bennos hängen zusammen.«

»Spät ist in eine Falle gegangen«, sagte Mock und begann mit einem Kohlestift aufs Tischtuch zu zeichnen. Eine Ratte, schon eingeklemmt in der Falle, doch immer noch am Speck nagend.

Im Zeltweg saß Lienhard in meinem Büro.

»Wie sind Sie reingekommen?« fragte ich ungehalten.

»Unwichtig«, gab Lienhard zur Antwort und wies auf den Schreibtisch: »Die Berichte.«

»Halten Sie Kohler auch für unschuldig?« fragte ich argwöhnisch.

»Nein.«

»Mock meint, ich sei in die Falle gegangen«, sagte ich düster.

»Kommt auf Sie an«, antwortete Lienhard.

Hundertfünfzig Seiten, eng beschrieben, Telegrammstil. Hatte ich eine hypothetische Abhandlung erwartet, vage Kombination, stand ich Tatsachen gegenüber. Anstelle eines Unbekannten wurde ein Name genannt. Die Berichte selber waren verschieden zu würdigen, im ganzen mit Vorsicht aufzunehmen. Die Befragung der Zeugen durch Schönbächler: Zeugen widersprechen sich, aber das Ausmaß dieser Widersprüche war erstaunlich. Beispiele: Eine Serviertochter behauptete, Kohler habe ausgerufen »Sauchaib«, während der Prokurist eines Damenwäschegeschäfts, der damals am Nebentisch saß (»noch einen Saucespritzer habe ich abgekriegt«), aussagte, die Worte Kohlers hätten »Guten Tag, alter Freund« gelautet. Ein dritter Zeuge wollte gesehen haben, wie der Kantonsrat dem Professor noch die Hand schüttelte. Einer sagte aus, Kohler sei, nachdem er Winter niedergeschossen habe, mit Lienhard zusammengestoßen. Dazu ein Fragezeichen und eine Anmerkung Lienhards: »War nicht dort.« Weitere gegensätzliche Aussagen über fünfzig Seiten. Nun gibt es keinen objektiven Zeugen. Jeder Zeuge neigt dazu, dem Erlebten unbewußt Erfundenes beizumischen. Ein Vorfall, dessen Zeuge er ist, spielt sich außerhalb und im Zeugen ab. Dieser nimmt den Vorfall auf seine Weise wahr, prägt den Vorfall in sein Gedächtnis, und das Gedächtnis prägt ihn um: Jedes Gedächtnis gibt einen anderen Vorfall wieder. Auch häuften sich die Unstimmigkeiten, weil Schönbächler im Gegensatz zur Polizei *alle* Zeugen ausgefragt hatte. Je mehr Zeugen, desto widersprüchlicher die Aussagen, über fünfzig Seiten füllten die entgegengesetzten Behauptungen. Endlich der Zeitunterschied: Der Vorfall hatte sich nun vor eindreiviertel Jahren zugetragen. Die Phantasie hatte Zeit, das Gedächtnis umzuformen, dazu kam Wunschdenken, Wichtigtuerei usw., weitere fünfzig Seiten hätten mit den Aussagen jener gefüllt werden können, die sich einbildeten, beim Mord dabeigewesen zu sein, aber nicht dabeigewesen waren. Doch hatte Schönbächler sorgfältig recherchiert. Der Bericht Feuchtings: seine Methode die simpelste. Er fragte direkt und konnte sich das leisten, weil er immer direkt fragte. Es fiel nicht einmal mehr auf, wenn er sich erkundigte. Er erkundigte sich über alles, auch über Dinge, die sinnlos waren oder sinnlos zu sein schienen. Am Schluß setzten sich seine Steinchen zusammen, mühsam genug, durch unzählige Martinis gekittet, und gaben ein Mosaik frei, das bedenklicherweise die Aussagen verschiedener Zeugen bestätigte, die im Bericht Schönbächlers vorkamen, hatten doch einige behauptet, Dr. Benno sei auch im ›Du Théâtre‹ gewesen, andere, er habe sich vor Kohler dem Professor genähert, wieder andere, er habe am gleichen Tisch gesessen, einer sogar meinte, er habe das Lokal unmittelbar nach dem Kantonsrat verlassen, und eine Bardame sagte aus, Benno sei kurz nach der Ermordung Winters in die Bar gestürzt gekommen, habe getanzt vor Freude, Gläser zerschlagen und geschrien »Der Zeck ist tot, der Zeck ist tot«, jeden angerempelt und erklärt, jetzt werde er sie heiraten. Man habe das auf die Steiermann bezogen, ihm Glück gewünscht und sich von ihm einladen lassen. Das alles hatte sich in der ›Himmelfahrtsbar‹ abgespielt, wie eine Räuberhöhle in der Nähe des Münsters ihrer scharfen Schnäpse wegen genannt wurde, in der in letzter Zeit Benno viel gesehen wurde. Diese »letzte Zeit« währte bei Benno schon mehr als zwei Jahre. Aus gutem Hause, nach guter Erziehung, nach erfolgreichen Studien, nach sportlicher Karriere, nach glänzenden geschäftlichen Erfolgen, nach der Verlobung mit der Steiermann, mit der reichsten Partie der Stadt, verkam Benno plötzlich, veränderte sich, wurde gemieden. Allgemein wurde angenommen, die Steiermann habe ihre Verlobung rückgängig gemacht. Viele Auslandsreisen, Gerüchte, daß er spiele. Er konnte vorerst seine Kontakte zu den guten, einträglichen Häusern noch mühsam aufrechterhalten, wurde dann kaum mehr eingeladen, endlich boykottiert. Noch lebte er auf großem Fuß, später verkaufte er, was er vom einstigen Glanz hatte retten können: Stiche, Möbel, einige Harasse alten Bordeaux. Verschiedene Gegenstände, die er verkauft hatte, gehörten ihm nicht, so Schmuckstücke, zwei Prozesse waren hängig.

(Eine genaue Darstellung der Schulden des Olympia-Heinz übergehe ich, sie waren katastrophal, geradezu abenteuerlich, über zwanzig Millionen.) Merkwürdigerweise trafen Feuchtings Recherchen über Benno in vielem auch für den ermordeten Winter zu (außer den Schulden): Auslandsreisen zu PEN-Club-Kongressen, die gar nicht stattgefunden hatten, über die er aber wochenlang berichtete, Gerüchte über Spielcasinobesuche. Auch Winter trieb sich samt seinen ewigen Goethe-Zitaten in der ›Himmelfahrtsbar‹ herum, hatte er den literarischen Stammtisch im zweiten Stock des ›Du Théâtre‹ verlassen. Dort saß er bei den Verlegern, Redakteuren, Theaterkritikern und den literaturhagiographischen Koryphäen unserer Stadt, um sich mit ihnen die Herrschaft über unsere Kultur nicht entgleiten zu lassen. Der erlauchte Kreis duldete ihn zwar, aber belächelte ihn, nannte ihn, entschwand er zu den Niederdorf-Bajaderen, »Mahadöh«. Es sei unzweifelhaft, zog Lienhard die Schlußfolgerung, daß, klammere man Kohler als Mörder aus, nur

Benno als möglicher Täter in Frage komme. Er habe Daphne für Monika Steiermann gehalten. Dann sei zwischen ihm und Winter etwas vorgefallen. Daß Daphne mit Benno gebrochen habe, sei die Folge dieses Vorfalls gewesen, auch der Ruin Bennos. Als Verlobter einer Steiermann hätte er jeden Kredit gehabt, ohne die Steiermann keinen. Ich wurde mißtrauisch. Lienhards Version fügte sich nicht in die Fakten ein. Daphne hatte mit Benno erst Schluß gemacht, nachdem sie von ihm verprügelt worden war, und Monika Steiermann gab Benno erst auf, als Daphne mit ihr Schluß gemacht hatte. Winter und Lüdewitz hatten gewußt, daß Daphne nicht Monika Steiermann war, aber sie waren nicht die einzigen. Daß jemand die Identität des andern annimmt und sich selber ins Nichts auflöst, ist keine einfache Angelegenheit, dazu waren noch andere Mitwisser nötig. Auch von der Behörde mußten es einige gewußt haben. Und dann hatte es Kohler gewußt. Die Steiermann hatte es mir selber erzählt. Vielleicht hatten es viele gewußt. Die Falle, in die ich nach

Mock geraten war, konnte nur darin bestehen, daß ich, ob ich wollte oder nicht, den Glauben an Kohlers Unschuld spürte, auch wenn ich diesen Glauben nicht teilte. Ich machte ihn mit, weil ich Kohlers Auftrag angenommen hatte. Gab ich der Fiktion nach, er sei nicht der Mörder, mußte ich auf einen anderen stoßen, war es nicht Brutus, der Cäsar tötete, war es Cassius; war es nicht Cassius, war es Casca. Vielleicht. Vielleicht waren nicht der Zuchthausdirektor und die Wärter die Urheber des Gerüchts, Kohler sei unschuldig, ich war es selber. Woher wußte der Kommandant von meinem Auftrag? Der Wärter Möser war dabei, als er erteilt wurde, die Knulpes, Hélène, Förder, Kohlers Privatsekretär, sicher verschiedene Anwälte, dann Lienhard, wer von seinen Leuten? Ilse Freude wußte es, hielt sie dicht? Vielleicht war Kohlers Auftrag schon ein Stadtgespräch, zwar war ich überzeugt, er habe seinen Mord aus wissenschaftlicher Neugier begangen, aber durch den Auftrag führten meine Recherchen von Kohler weg, statt auf ihn zu. War das der Sinn seines Auftrags? War ich der Urheber eines undurchsichtigen Manövers, lieferte ich die Berichte über die Recherchen meinem Auftraggeber ab? Aber ich war in einer Zwangslage. Lienhard würde bald die Spesen vorlegen. Ich brauchte Geld, und die einzige Geldquelle war Kohler. Ich mußte weitermachen. Trotz meiner Skrupel. Oder gab es einen Ausweg? Ich kam auf den Einfall, meinen früheren Chef Stüssi-Leupin aufzusuchen und mich mit ihm zu besprechen. Noch zögerte ich. Dann entschloß ich mich, doch nicht zu ihm zu gehen, die Recherchen nicht abzuliefern, geschehe, was wolle. Doch dann zögerte ich nicht mehr. Dr. Benno besuchte mich in der Nacht vom 30. November auf den 1. Dezember 1956, von einem Freitag auf einen Samstag. Gegen Mitternacht. Ich weiß es noch genau. Weil sich in dieser Nacht sein Schicksal entschied und das meine. Ich studierte zum dritten Mal den Bericht, als er die Tür zum Büro aufriß, das einmal ihm gehört hatte und an dessen Schreibtisch ich saß. Er war ein großer, nun massiger Mann, mit langem strähnigem schwarzem Haar, das er zurückgekämmt hatte, so daß es seine Glatze bedeckte. Er hinkte auf meinen Schreibtisch zu. Er wirkte wie einer, der zu schwer für sein Knochengerüst geworden ist. Er stützte sich mit seinen im Gegensatz zum massigen Körper beinah kindlich wirkenden Händen auf die Schreibtischplatte, starrte mich an, halb beschienen von der Schreibtischlampe. Er war nicht mehr nüchtern, verzweifelt und in seiner Hilflosigkeit sympathisch. Ich lehnte mich zurück. Sein schwarzer Anzug glänzte speckig.

»Dr. Benno«, sagte ich, »wo sind Sie gewesen? Die Presse sucht Sie überall.«

»Egal, wo ich gewesen bin«, keuchte er. »Spät, lassen Sie den Prozeß sein. Ich bitte Sie.«

»Welchen Prozeß, Dr. Benno?« fragte ich.

»Den Sie gegen mich anstrengen«, sagte er heiser.

Ich schüttelte den Kopf. »Niemand strengt einen Prozeß gegen Sie an, Dr. Benno«, erklärte ich.

»Sie lügen«, schrie er. »Sie lügen! Sie haben gegen mich Lienhard eingesetzt, Fanter, Schönbächler, Feuchting. Und die Presse haben Sie auch auf mich gehetzt. Sie wissen, daß ich ein Motiv gehabt hätte, Winter zu erschießen.«

»Kohler hat es getan«, antwortete ich.

»Das glauben Sie ja selber nicht.« Er zitterte am ganzen Leib.

»Kein Mensch zweifelt daran«, versuchte ich ihn zu beschwichtigen.

Benno starrte mich an, trocknete sich mit einem schmutzigen Taschentuch die Stirn, »Sie werden mir den Prozeß machen«, sagte er leise. »Ich bin verloren, ich weiß es, ich bin verloren.«

»Aber, Dr. Benno«, antwortete ich.

Er wankte zur Tür, öffnete sie langsam und ging, ohne sich weiter um mich zu kümmern.

Das Alibi: Wurde wieder unterbrochen. Das Schicksal schlug zu. Diesmal durch Lucky. In seiner Begleitung ein Subjekt, das er mir als den »Marquis« vorstellte. (Indem ich als Schreibender aus dem unheilvollen Geschehen herausgetreten bin, worin ich mich als Handelnder verstrickte, habe ich Farbe zu bekennen: In einer verbrecherischen Welt bin ich selbst ein Verbrecher geworden: Ihrer Zustimmung zu dieser Feststellung, Herr Staatsanwalt, bin ich sicher, mit der Einschränkung freilich, daß ich auch Sie, samt der Gesellschaft, die sie von Amts wegen vertreten, zu dieser verbrecherischen Welt zähle, und nicht nur Lucky, den Marquis und mich.) Was das menschenähnliche Subjekt betrifft, so war es aus Neuchâtel hergespült worden. Samt einem offenen Jaguar. Eine Visage mit einem Lächeln, als käme der Kerl aus Caux, mit Manieren, als würde er Luxusseife verkaufen. Es ging gegen zehn nachts. Es war Sonntag (diesen Bericht schreibe ich Ende Juli 1958, schwacher Versuch, Ordnung in meine Papiere zu bringen). Draußen war ein Gewitter gewesen, ungeheure krachende Entladungen, der Regen rauschte noch, doch ohne Erleichterung zu bringen, es war schwül und dumpf. Unter mir dröhnten die Psalmen »Sinke, Welt, in Christi Arm, gehe fröhlich unter« und »Heiliger Geist, mit Blitz und Knall auf uns Sünder niederfall«. Lucky zupfte etwas geniert an seinem Schnurrbärtchen herum, schien mir leicht nervös, auch wiesen seine Apostelaugen einen grüblerischen Schimmer auf, den ich vorher noch nie an ihnen wahrgenommen hatte: Lucky dachte offenbar nach. Die beiden hatten Regenmäntel an, die jedoch so gut wie trocken waren.

»Wir brauchen ein Alibi«, sagte Lucky kleinlaut, »der Marquis und ich. Für die letzten zwei Stunden.«

Der Marquis lächelte salbungsvoll.

»Und vor zwei Stunden?« fragte ich.

»Da ist unser Alibi bombensicher«, beteuerte Lucky und sah mich lauernd an. »Wir waren mit Giselle und Madeleine im ›Monaco‹.«

Der Marquis nickte bestätigend.

Ich wollte wissen, ob sie unbemerkt zu mir gekommen seien. Lucky war wie immer Optimist. »Erkannt hat uns niemand«, behauptete er. »Da sind Schirme praktisch.«

Ich überlegte. »Wo habt ihr die Schirme?« fragte ich dann, erhob mich von meinem Schreibtischsessel und schloß meine Papiere ein.

»Drunten. Wir haben sie hinter die Kellertür gestellt.«

»Gehören sie euch?«

»Wir haben sie gefunden.«

»Wo?«

»Auch im ›Monaco‹.«

»Ihr habt sie also vor zwei Stunden mitlaufen lassen?«

»Es hat geregnet.«

Lucky spürte besorgt, daß mich seine Antworten nicht begeisterten. Er holte hoffnungsvoll aus seinem Mantel eine Flasche Cognac Napoléon, und auch der Marquis zauberte eine solche auf den Schreibtisch.

»Schön«, nickte ich, »das sind menschlichere Züge.«

Dann legten die beiden je einen Tausenderlappen hin.

»Wir sind splendide Geschäftsleute«, stellte Lucky fest.

Ich schüttelte den Kopf. »Mein lieber Lucky«, bedauerte ich, »wegen einer falschen Aussage sitze ich prinzipiell nicht.«

»Begriffen«, sagte Lucky.

Die beiden stifteten noch je einen Tausender.

Ich ließ mich nicht erweichen. »Die Geschichte mit den Schirmen ist zu blöd«, stellte ich fest.

»Die Polizei sucht uns ja nicht der Schirme wegen«, wandte Lucky ein, doch war es ihm dabei sichtlich nicht geheuer.

»Aber sie könnte euch der Schirme wegen auf die Spur kommen«, gab ich zu bedenken.

»Kapiert«, sagte Lucky.

Die beiden opferten wieder je einen Tausender.

Ich staunte. »Ihr seid wohl Millionäre geworden?«

»Man hat so seine Einkünfte«, sagte Lucky. »Wenn wir den Rest bekommen, hauen wir ab. Ins Ausland.«

»Welchen Rest?«

»Den Rest vom Honorar«, erklärte der Marquis.

»Von welchem Honorar?« fragte ich mißtrauisch.

»Für einen Auftrag, den wir erledigt haben«, präzisierte Lucky. »Sind wir in Nizza, übergebe ich dir Giselle und Madeleine.«

»Ich überlasse Ihnen meine Mädchen«, versicherte der Marquis. »Neuchâtel ist praktisch.«

Ich prüfte die Scheine sorgfältig, faltete sie zusammen und steckte sie in die hintere Hosentasche. Lucky wollte Genaueres berichten, doch ich unterbrach ihn: »Ein für allemal: weshalb ihr das Alibi braucht, will ich nicht wissen.«

»Pardon«, entschuldigte sich Lucky.

»Rückt mal eure Zigaretten raus«, befahl ich dann.

Lucky war mit Zigaretten vollgestopft: Camel, Dunhill, Black and White, Super King, Piccadilly. Die Pakete häuften sich auf dem Schreibtisch.

»Eine Freundin hat einen Kiosk«, entschuldigte er sich.

»Und was raucht der Herr Marquis?«

»Nur selten«, lispelte der verlegen.

»Du hast keine Zigaretten bei dir?«

Der Marquis schüttelte den Kopf.

Ich setzte mich wieder hinter den Schreibtisch. Wir mußten handeln.

»Jetzt rauchen wir eine halbe Stunde lang«, ordnete ich an, »so viel und so schnell wie möglich. Ich Camel, Lucky die langen Super King, der Marquis in Gottes Namen Dunhill. Die Zigaretten so rauchen, daß man noch die Marke sieht, dann ausdrücken und alle in den gleichen Aschenbecher. Am Schluß nimmt jeder eine aufgebrochene Schachtel mit.«

Wir qualmten auf Tod und Leben. Wir hatten es bald los, vier Zigaretten auf einmal anzurauchen, dann brannten sie von selber ab. Draußen donnerte das Gewitter von neuem los, und unter uns heulten die Psalmen auf: »Zermalme, Gott, uns Otternbrut, zerschmettre, Jesu, unser Gut, wir haben Dich geschlachtet, den Heiligen Geist mißachtet.«

»Ich rauche sonst eigentlich überhaupt nie«, stöhnte der Marquis. Es ging ihm so schlecht, daß er beinahe menschlich wurde.

Nach einer halben Stunde häuften sich im Aschenbecher die Zigarettenstummel. Die Luft war lebensgefährlich, denn wir hatten das Fenster geschlossen. Wir verließen das Zimmer und liefen ein Stockwerk tiefer in die Arme der Polizei, doch galt ihr Besuch nicht uns, sondern den Heiligen vom Uetli. Nachbarn, die ohne Psalmen zur Hölle zu fahren wünschten, hatten protestiert. Der dicke Stuber von der Sittenpolizei rüttelte an der Tür, seine zwei Begleiter, Streifenpolizisten, betrachteten uns argwöhnisch, wir drei waren bekannte Persönlichkeiten.

»Aber Stuber«, sagte ich, »Sie sind doch bei der Sittenpolizei und haben nichts mit Heiligen zu tun.«

»Passen Sie lieber auf Ihre Heiligen auf«, brummte Stuber und ließ uns vorbei.

»Hurenanwalt«, rief mir einer der Streifenpolizisten nach.

»Wir marschieren am besten gleich zur Hauptwache«, stöhnte Lucky. Die Polizei hatte ihn demoralisiert. Der Marquis schien vor Entsetzen zu beten. Ich ahnte, daß ich mich in etwas Bedenkliches eingelassen hatte.

»Unsinn«, machte ich den beiden Mut. »Etwas Besseres als die Polizei hätte uns nicht begegnen können.«

»Die Schirme ...«

»Die beseitige ich später.«

Die frische Luft tat uns gut. Der Regen hatte aufgehört. Die Straßen waren belebt, und in der Niederdorfstraße gingen wir ins ›Monaco‹. Giselle war noch da, Madeleine nicht mehr (jetzt weiß ich ihren Namen), dafür aber Corinne und Paulette, die Neuen in Luckys Diensten, eben aus Genf importiert, alle drei fein hergerichtet, den Preisen entsprechend, und schon einige Freier hinter sich.

»Sieht der Marquis grün aus«, rief Giselle und winkte. »Was habt ihr denn mit dem angerichtet?«

»Wir haben zwei Stunden gepokert«, erklärte ich, »und der Marquis mußte mitrauchen. Zur Strafe, daß er dich Lucky abspannen wollte.«

»Je m'en suis pas rendue compte«, sagte Paulette.

»Geschäfte wickeln sich in der Stille ab.«

»Et le résultat?«

»Ich bin jetzt dein Rechtsanwalt«, erklärte ich. Paulette staunte. Ich wandte mich Alphons zu. Der Barmann hatte eine Hasenscharte und wusch Gläser hinter der Theke. Ich verlangte Whisky. Alphons stellte drei Sixty-Nine vor uns hin. Ich trank mein Glas in einem Zug hinunter, sagte zum Barmann »Die Herren bezahlen« und verließ das ›Monaco‹. Als ich mich kaum zehn Schritte vom Eingang entfernt hatte, hörte ich einen Wagen halten. Ich beobachtete, wie der Kommandant mit drei Detektiven vom Morddezernat die Bar betrat. Ich drückte mich um die nächste Ecke und in die übernächste Kneipe. Auch später hatte ich Glück (wenigstens einmal): Stuber und die zwei Streifenpolizisten befanden sich nicht mehr im Haus an der Spiegelgasse, als ich eine Stunde später zurückkehrte. Es war still, auch die Uetli-Brüder mußten sich verzogen haben. Die beiden Schirme fand ich hinter der Kellertür. Ich wollte damit schon in den Keller hinuntersteigen, um sie dort zu verbergen, als ich auf eine andere Idee kam. Ich stieg die Treppe hinauf. Vor dem Lokal der Sekte war es still. Die Tür war unverschlossen, ich hätte sie sonst mit dem Hausschlüssel geöffnet, der wie bei vielen alten Häusern für alle Türen brauchbar war.

Ich betrat einen Vorraum. Er war nur spärlich vom Treppenhaus her beleuchtet. Neben der Tür stand ein Schirmständer mit einigen Schirmen. Ich stellte die beiden nassen Schirme zu den anderen, schloß die Tür sorgfältig und stieg zu meiner Wohnung hinauf. Ich machte Licht. Das Fenster stand weit offen. Im Lehnstuhl saß der Kommandant.

»Hier ist viel geraucht worden«, sagte er und schaute auf den mit Kippen gefüllten Aschenbecher. »Ich habe das Fenster geöffnet.«

»Lucky und der Marquis sind bei mir gewesen«, erklärte ich.

»Der Marquis?«

»So eine Type aus Neuchâtel.«

»Sein Name?«

»Will ich lieber nicht wissen.«

»Henry Zuppey«, sagte der Kommandant. »Wann sind sie bei Ihnen gewesen?«

»Von sieben bis neun.«

»Hatte es schon geregnet, als sie gekommen sind?« fragte der Kommandant.

»Sie sind gekommen, bevor es geregnet hat«, antwortete ich. »Um nicht durchnäßt zu werden. Warum?«

Der Kommandant betrachtete den Aschenbecher. »Stuber von der Sitte hat Sie, Lucky und den Marquis gesehen, als Sie um neun Ihre Bude verlassen haben. Wo sind Sie dann hingegangen?«

»Ich?«

»Sie.«

»Ins ›Höck‹. Ich habe zwei Whisky getrunken. Lucky und der Marquis sind ins ›Monaco‹ gegangen.«

»Das weiß ich«, sagte der Kommandant. »Ich habe sie dort verhaftet. Aber nun muß ich sie freilassen. Sie haben ein Alibi. Sie haben bei Ihnen geraucht. Zwei Stunden lang.« Er betrachtete wieder den Aschenbecher. »Ich muß Ihnen glauben, Spät. Einer, dem es um die

Gerechtigkeit geht, liefert zwei Mördern kein Alibi. Das wäre absurd.«

»Wer ist ermordet worden?« fragte ich.

»Daphne«, antwortete der Kommandant. »Das Mädchen, das sich als Monika Steiermann ausgegeben hat.«

Ich setzte mich hinter meinen Schreibtisch.

»Ich weiß, Sie sind im Bild«, sagte der Kommandant. »Sie haben die echte Monika Steiermann besucht, die hat die falsche fallenlassen, und so ist Daphne Müller denn auf den Strich gegangen. Ohne sich mit Lucky und Zuppey zu einigen. Und jetzt hat man sie tot in ihrem Mercedes auf dem Parkplatz am Hirschenplatz gefunden. Gegen halb neun. Um sieben ist sie gekommen, aber im Wagen geblieben. Es hat ja mordsmäßig gewittert. Na, Lucky und Zuppey haben jetzt ein Alibi und hatten keine Waffe bei sich, und ihre Regenmäntel sind trocken gewesen. Ich muß sie laufenlassen.« Er schwieg. »Ein verdammt schönes Mädchen«, sagte er dann. »Haben Sie mit ihr geschlafen?«

Ich antwortete nicht.

»Ist ja auch nicht wichtig«, meinte der Kommandant und zündete sich eine seiner Bahianos an, hustete.

»Sie rauchen zuviel, Kommandant.«

»Ich weiß, Spät«, antwortete der Kommandant. »Wir alle rauchen zuviel.« Er schaute wieder auf den Aschenbecher. »Aber ich sehe, daß Sie mir eine gewisse Aufmerksamkeit schenken. Nun, ich schenke Ihnen ja auch eine gewisse Aufmerksamkeit: Ein undurchsichtiger Mensch, wie Sie einer sind, ist mir noch nie vorgekommen. Haben Sie eigentlich keinen Freund?«

»Ich schaffe mir nicht gern einen Feind an«, antwortete ich. »Wollen Sie mich verhören, Kommandant?«

»Nur neugierig, Spät«, wich der Kommandant aus. »Sie sind noch nicht einmal dreißig.«

»Ich hab es mir nicht leisten können, mein Studium zu verbummeln«, antwortete ich.

»Sie sind unser jüngster Rechtsanwalt gewesen«, meinte der Kommandant, »und jetzt sind Sie keiner mehr.«

»Die Aufsichtskommission ist ihrer Pflicht nachgekommen«, sagte ich.

»Wenn ich mir nur ein Bild von Ihnen machen könnte«, sagte der Kommandant, »fiele es mir dann leichter, Sie zu verstehen. Aber ich kann mir kein Bild machen. Als ich Sie zum ersten Mal besucht habe, hat mir Ihr Kampf für die Gerechtigkeit eingeleuchtet, und ich bin mir schäbig vorgekommen, aber jetzt leuchten Sie mir nicht ein. Das Alibi nehme ich Ihnen noch ab, aber daß es Ihnen um die Gerechtigkeit geht, nehme ich Ihnen nicht mehr ab.«

Der Kommandant erhob sich. »Sie tun mir leid, Spät. Daß Sie in eine absurde Geschichte verstrickt sind, ist mir klar, daß Sie dabei selber absurd werden, ist wohl nicht zu ändern. Ich denke, darum lassen Sie sich fallen. Hat Kohler wieder einmal geschrieben?«

»Aus Jamaika«, antwortete ich.

»Wie lange ist er jetzt weg?«

»Über ein Jahr«, sagte ich, »fast anderthalb Jahre.«

»Der Mensch saust kreuz und quer um den

Erdball«, sagte der Kommandant. »Aber vielleicht kommt er doch bald zurück.«

Dann ging er.

Nachschrift. Wieder drei Tage später: Daß ich mit Daphne geschlafen hatte, verschwieg ich dem Kommandanten. Er fragte ja auch nicht weiter, und es war ihm nicht wichtig. Ich habe lange überlegt, ob ich es niederschreiben soll. Aber der Kommandant hat recht, es ist alles so unsinnig geworden, daß es keinen Sinn hat, etwas zu verschweigen: Zur Realität gehört auch das Schändlichste, zu diesem Schändlichen gehört meine Rolle, die ich beim Untergang Daphnes spielte, auch wenn der Grund ein Racheakt der »echten« Monika Steiermann war. Nach dem Skandal war Daphne fast ein Jahr lang unauffindbar gewesen. Kein Mensch wußte, wo sie war, auch Lienhard nicht, wie er behauptete. Ihre Wohnung in der Aurorastraße blieb leer, die Miete wurde bezahlt. Von wem, war nicht auszumachen. Dann war sie wieder aufgetaucht. In ihrer alten Pracht. Wie wenn nichts geschehen wäre, wenn auch mit neuem Gefolge. Was sie verschwenderisch getrieben hatte, betrieb sie nun beruflich. Von ihren Freunden im Stich gelassen, machte sie nun in ihrem weißen Mercedes die Runde, verlangte horrende Preise und kam finanziell wieder auf die Beine. Auch nach Abzug der Steuern. Gemeindesteuer, Staatssteuer, Wehrsteuer, Alters- und Hinterbliebenenversicherung. Es galt als chic, mit ihr zu schlafen; es ist überflüssig, episch zu werden. Nur daß sie einmal bei mir erschien, will ich nicht verschweigen: Sie klopfte gegen zwei Uhr nachts an meine Wohnungstür in der Spiegelgasse. Ich kroch von der Couch, auf der ich schlief, dachte, es sei Lucky, machte Licht, öffnete, und sie trat ein. Sie schaute sich um. Das Fenster halb offen, das Zimmer eisig (es war Mitte Februar), an der kitschigen Tapete wieder die ›Beobachter‹-Bilder, auf dem Schreibtischsessel meine Kleider, auf dem Lehnstuhl mein Mantel. Sie trug einen Chinchilla – das mit den Preisen mußte wahr sein, oder die »echte« Steiermann zahlte noch immer –, zog sich aus, warf alles auf den Lehnstuhl und legte sich auf die Couch. Ich legte mich zu ihr. Sie war schön, und es war kalt. Sie blieb nicht lange. Sie zog sich wieder an, griff dann nach ihrem Chinchilla und legte einen Tausender auf meinen Schreibtisch. Als ich protestierte, schlug sie mir mit der rechten Hand mit aller Kraft ins Gesicht. Solche Geschichten erzählt man nicht gern, und ich habe sie auch niemandem erzählt. Wenn ich sie jetzt niederschreibe, so nur, weil mir die Felle davonschwimmen. Heute morgen, kurz vor sechs, war Freund Stuber von der Sitte bei mir und berichtete, man hätte Lucky und den Marquis bei Zollikon aus dem See gezogen (die Steiermannsche Villa ist nicht weit von der Fundstelle). Ich war etwas beleidigt, als der glückliche Stuber wieder ging: Er hatte mir nicht einmal Fragen gestellt, wenigstens einen vom Morddezernat hätte mir der Kommandant schicken können. Lucky und der Marquis hatten sich nicht schnell genug ins Ausland abgesetzt. So begann unser Nationalfeiertag, der Erste August 1958, recht trübselig. Außerdem war es ein Freitag, außerdem wurde Daphne beerdigt, die Gerichtsmedizin hatte sie zur Beerdigung freigegeben. Um zehn Uhr. Am Ersten August arbeitet man am Vormittag, auch die Totengräber, ein ganzer Nationalfeiertag ist für einen Kleinstaat zuviel, er kennt seine Dimensionen. Ich hatte eben mein Zimmer verlassen, als es donnerte, wie überhaupt die Gewitter in diesem Sommer etwas Alltägliches sind. Mein vw ist in Reparatur. (Ich hatte irgendwo über einem See gegessen, war dann unter einem wilden Nachthimmel mit meinem Porsche – na ja, Herr Staatsanwalt, um auch das zu beichten –, ich schlitterte mit ihm und mit Madeleine [war's Madeleine?] irgendwo vom Tüfweg ab in ein Gehölz, Lucky brachte die Sache in Ordnung, die Kleine lag zwei Monate im Spital, und ich hatte meinen alten vw wieder. Hatte. Ich hatte ihn wieder gehabt. Ich hätte ihn zwar längst holen können, aber habe beim Garagisten keinen Kredit mehr. Ich fürchte mich vor der

Rechnung.) So mußte ich denn mit der Straßenbahn zu Daphnes Beerdigung fahren. Warum ich freilich die Türfalle des Vereinssälchens der Heiligen vom Uetli niederdrückte und warum ich, als die Tür sich öffnete, einen der beiden Schirme ergriff, die ich vor sechs Tagen hineingestellt hatte, ist nicht mehr auszumachen. Geschah es aus Gedankenlosigkeit oder aus einem makabren Humor heraus, ich weiß es nicht mehr. Der Himmel war schon tiefschwarz, obwohl es erst halb zehn war, als ich durch die Altstadt zum Bellevue lief, den Schirm wie einen Stock benutzend. Alles war nervös, und ich hatte es eilig wie vor jedem Gewitter, und das hereinbrechende mußte ein besonderes sein, weil es ja erst Vormittag war. Typisch Daphne, dachte ich. Beim Bellevue nahm ich die Straßenbahn. Eigentlich war es unter diesen Wetterbedingungen Unsinn, zur Beerdigung zu gehen, aber ich stieg gleichsam mechanisch in den überfüllten Tramwagen. Hin und wieder durchbrach die Sonne die schwarze Wolkenwand, sie war dann wie ein Scheinwerfer, der aufleuchtete und erlosch. Am Kreuzplatz stieg ein schwerer, schwarz gekleideter, eher kleingewachsener Mann mit leuchtender Glatze, gepflegtem schwarzem Vollbart mit weißen Strähnen und mit einer goldenen randlosen Brille in den Wagen. Ich glaubte zuerst unwillkürlich, es müsse sich um den ermordeten Winter handeln, der als Gespenst wiederkehre, um dem Begräbnis seiner Tochter beizuwohnen, so sehr glich der Mann dem Verstorbenen, auch trug er einen Totenkranz, dessen Schleife ich freilich nicht zu lesen vermochte. Im Friedhof waren schon viele versammelt. Die ganze Prominenz war anwesend, gegen Nostalgie ist niemand gefeit, von ihren neuen Kunden war niemand erschienen. Aber Daphne Müller war nicht der einzige Grund, diesen Vormittag unseren schmuck angelegten städtischen Friedhof zu besuchen. Im Grab neben ihr wurde Staatsanwalt Jämmerlin der Ewigkeit übergeben. Auch sein Ableben wurde allgemein bedauert, gibt es doch nichts Traurigeres, als sich nicht mehr ärgern zu können. Zum Glück mischte sich in die Trauer

Schadenfreude. Sein Ende entbehrte nicht der Komik. Er war in der Sauna, die er wöchentlich besuchte, nackt neben den nackten Lienhard zu sitzen gekommen und nicht mehr imstande gewesen, den Schreck zu überleben. So trauerte man auf den Stockzähnen. Auch die gleichzeitigen Beerdigungen hatten ihr Gutes. Man konnte an beiden zusammen teilnehmen. Ich überlegte, wer zu wessen Beerdigung gekommen war, der Stadtpräsident, Staatsanwalt Feuser und einige freigesprochene Unzüchtler, weil sie den Verstorbenen noch im Grab ärgern wollten, zu Jämmerlins, Lienhard, Leuppinger, Stoss und Stüssi-Leupin zu beiden, Friedli, Lüdewitz, Mondschein dagegen wohl nur zur Beisetzung Daphnes. Jedermann hatte einen Schirm bei sich. Pfarrer Senn stand an Daphnes, Pfarrer Wattenwyl an Jämmerlins Grab. Beide startbereit. Ich wartete ungeduldig, trat von einem Bein aufs andere. Es donnerte. Doch weder Pfarrer Senn noch Pfarrer Wattenwyl begannen zu beten. Der ältere Mann, dem ich im Tram begegnet war, hatte seinen Kranz niedergelegt (es war sonst kein anderer beim Sarg), SEINER HALBSCHWESTER DAPHNE, HUGO WINTER. Es mußte sich um den Primarschullehrer Winter handeln. Es donnerte wieder, diesmal ein gewaltiges Krachen. Ein Windstoß. Alles wartete und wartete, sogar die vom Nachbargrab sahen zu uns herüber, man wartete auf etwas, ich wußte nicht worauf, bis ich begriff: Vom Eingang des Friedhofs her wurde auf einem Rollstuhl die »echte« Monika Steiermann von einer hageren Krankenschwester in Marschschritten an den Sarg gestoßen. Die Zwergin hatte sich grell geschminkt, auf ihrem Kopf saß eine zinnoberrote Perücke, den Haaren Daphnes nachgebildet, eine Perücke, die den Kopf des kleinen Wesens noch größer machte, dazu trug sie einen Minirock, der wie ein Kinderkleid wirkte, mit einer Perlenkette, die zwischen den verkrüppelten Beinchen über den Rollstuhl hing, auf dem Schoß hielt sie einen Gegenstand, der in ein schwarzes Tuch gewickelt war. Neben ihr schritt ein gedrungener Mann in einem dunklen Anzug, der zu kurz und zu eng war, der schwerreiche Grobian, Nationalrat Äschisburger. Er schleppte einen Kranz hinter sich her. Sogar der Stadtpräsident und Feuser, ja auch die Totengräber verließen das Grab Jämmerlins und wechselten zu Daphne Müllers hinüber. Pfarrer Wattenwyl stand allein. Er wäre wohl am liebsten auch gekommen. Erneutes Krachen, erneute Böen.

»Verflixt«, sagte jemand neben mir. Es war der Kommandant.

Die Krankenschwester hatte die Steiermann ans offene Grab gefahren, Äschisburger warf den Kranz auf den Sarg, MEINER EWIG GELIEBTEN MONIKA, IHRE MONIKA stand auf der Schleife.

Pfarrer Senn trat vor, zuckte zusammen, als es wieder donnerte, und alle Anwesenden traten näher. Ich wurde wider Willen unmittelbar hinter die Steiermann gedrängt und befand mich zwischen der Krankenschwester und dem Kommandanten, vor diesem befand sich Äschisburger, und vor der Krankenschwester Stüssi-Leupin. Der Sarg wurde ins Grab gesenkt. Am Nebengrab war niemand, Jämmerlins Sarg ins Grab zu senken, Pfarrer Wattenwyl sah noch immer zu uns herüber, Pfarrer Senn öffnete zaghaft die Bibel, kündete Johannes 8, Vers 5 bis 11 an, kam aber nicht dazu, den Text auch zu lesen. Monika Steiermann hielt den Gegenstand, den sie trug, hoch und schmetterte ihn mit einer Kraft, die ihr niemand zutraute, ins Grab, so daß er mit Wucht auf Daphnes Sarg polterte, durch den er krachend brach: Es war der bronzene Kopf von Mocks »falscher« Monika Steiermann. Pfarrer Wattenwyl kam herbeigestürzt, und Pfarrer Senn war so erschrokken und verwirrt, daß er automatisch sagte: »Lasset uns beten.«

Aber da fielen schon die ersten schweren Tropfen, die Windstöße backten sich zum Sturm zusammen, und die Regenschirme öffneten sich. Da ich hinter der Steiermann stand, wollte ich die Zwergin schützen und öffnete auch den meinen. Ich drückte auf einen Knopf in der Nähe des Griffs, und zu meiner Verblüffung flog mein Schirmdach davon, stieg hoch, kreiste über der Trauergemeinde und fiel, da der Sturm schlagartig aufhörte, wie ein großer schwarzer Vogel in Daphnes Grab. Viele unterdrückten ein Lachen. Ich starrte auf den Schirmstab, den ich in der Hand hielt: es war ein Stilett. Es kam mir vor, als hielte ich mit der Mordwaffe am Grabe der Ermordeten Wache, während der Pfarrer das Unservater betete. Dann begannen die Totengräber mit ihren Schaufeln zu arbeiten, und auch der Sarg mit Jämmerlin konnte hinuntergelassen werden. Die Krankenschwester rollte die Steiermann zurück, ich mußte Platz machen, stand immer noch da mit dem Stilett, während sich die Schirme schlossen: Das Gewitter, unseren Friedhof pietätvoll verschonend, entlud sich über dem Stadtzentrum, noch am Abend wurde Wasser aus den Kellern gepumpt, dafür von irgendwoher einige Knallfrösche. Man feierte schon. Überaus mächtig flutete grelles Sonnenlicht über die zum Friedhofsausgang strömende Menge und über die schaufelnden Totengräber. Auch Pfarrer Senn war bemüht, so schnell als möglich davonzugehen, und Pfarrer Wattenwyl stand verwirrt herum, auch der Stadtpräsident und Feuser waren schon gegangen. Nur noch Lienhard stand am Grabe Jämmerlins und sah zu, wie es zugeschaufelt wurde. Als er an mir vorbeiging, weinte er. Er hatte einen Feind verloren. Ich starrte wieder auf das Stilett. Seine Spitze war dunkelbraun und die Rinne in der schmalen Waffe auch.

»Ihr Schirm ist nicht mehr brauchbar, Spät«, meinte neben mir der Kommandant, nahm mir das Stilett mit dem Schirmgriff aus der Hand und wandte sich dem Friedhofsausgang zu.

Der Verkauf: Eine Postkarte Kohlers aus Hiroshima beruhigt mich, er reist nach Singapur. Endlich Zeit, das Entscheidende zu berichten, auch wenn das Entscheidende eine Dummheit ist, die von keiner finanziellen Notlage entschuldigt werden kann. Ich schickte Stüssi-Leupin die Berichte zu, und er empfing mich zwei Tage später im Wohnzimmer seines Heims weit außerhalb der Stadt. Die Bezeichnung Wohnzimmer ist untertrieben, unbewohnte Halle genauer. Der Raum ist quadratisch, ich schätze 20 × 20 Meter, drei Seiten aus Glas, eine Türe nirgends sichtbar, durch die eine der Wände sieht man auf ein altes Städtchen hinunter, das, noch von der Autobahn verschont, von endlosen Autokolonnen durchrollt wird, die in der Abenddämmerung der Landschaft etwas Lebendiges, Gespenstisches geben, Lichterketten ziehen durch die Adern der alten Gemäuer, durch die zwei andern Glaswände blickt man auf von hinten angestrahlte Findlinge, auf tonnenschwere erratische Blöcke, von Mock sparsam behauen, Granitgötter, die vor den Menschen die Erde beherrschten, die Gebirge aus der Tiefe zerrten, die Kontinente auseinanderrissen, Monolithen, die riesenphallengleich ihre Schatten in die damals leere Halle warfen, denn außer einem Konzertflügel befanden sich ihm in der Diagonale gegenüber nur noch zwei Klubsessel. Der Konzertflügel stand fast vor dem Eingang, denkbar ungünstig postiert, neben einer Holztreppe, die zu einer Empore führt, wo sich mehrere nicht sehr große Zimmer befinden müssen, schien doch das Haus, als ich mit dem Porsche angefahren kam, einstöckig zu sein, vom Städtchen aus gesehen hatte ich es als Bungalow in Erinnerung. In einem der beiden Klubsessel saß mein ehemaliger Chef, in einen Schlafrock gehüllt, unbeweglich, nur von einer Stehlampe zwischen den Sesseln beleuchtet. Ich räusperte mich, er rührte sich nicht, ich ging über die verschieden gefärbten, kunstvoll angeordneten Marmorplatten, womit der Boden der Halle ausgelegt war, Stüssi-Leupin rührte sich immer noch nicht. Ich setzte mich in den anderen Klubsessel, versank in einem Meer von Leder. Neben meinem Klubsessel entdeckte ich auf dem Boden in einem Körbchen eine entkorkte Flasche Rotwein, ein kleines tulpenförmiges Kristallglas und eine Schale mit Baumnüssen, das gleiche stand neben dem etwa vier Meter entfernten Klubsessel, in welchem Stüssi-Leupin saß, nur daß sich vor ihm noch ein Telefon auf dem Boden befand. Ich betrachtete

Stüssi-Leupin. Er schlief. Ich dachte an das Porträt von Varlin, das ich für übertrieben gehalten hatte, erst jetzt erkannte ich die Genialität, mit welcher der Maler den Anwalt gesehen hatte: unter einem wirren Fell schlohweißer Haare ein quadratischer Bauernschädel, brutal zurechtgehauen, eine Nase wie ein knolliges Gewächs, tiefe Furchen, die sich zu dem wie von einem Meißel bearbeiteten Kinn hinunterzogen, der unsäglich trotzige und doch zarte Mund. Ich betrachtete dieses Gesicht, als wäre es eine mir vertraute und doch rätselhafte Landschaft, denn ich wußte wenig von Stüssi-Leupin, obgleich er einige Jahre mein Chef gewesen war, aber er hatte nie ein persönliches Wort mit mir gewechselt, vielleicht der Grund, weshalb ich nicht in seiner Kanzlei geblieben war.

Ich wartete. Plötzlich glotzten mich durch eine randlose Brille seine verwunderten Kinderaugen an.

»Warum trinken Sie denn nicht, Spät«, sagte er, hellwach, als hätte er nicht geschlafen (vielleicht hatte er auch nicht geschlafen), »schenken Sie sich ein, ich schenke mir ja auch ein.«

Wir tranken. Er beobachtete mich, schwieg und beobachtete mich.

Bevor wir auf die Schwierigkeit zu sprechen kämen, begann er und schaute vor sich hin, und er könne sich denken, worin sie bestünde, eine persönliche Bemerkung, die auch mit den Skrupeln zu tun habe, die mich jetzt plagten, derentwegen ich anmarschiert käme – na ja, auch nicht ganz richtig, ich sei ja mit einem Porsche vorgefahren, nobel, nobel.

Er lachte in sich hinein, irgend etwas schien ihn ungemein zu amüsieren, trank und fuhr fort, ob er mir je seine Lebensgeschichte erzählt habe. Nein? Wozu auch. Schön. Er sei der Sohn eines Bergbauern, und seine Familie nenne sich Stüssi-Leupin, um nicht mit den Stüssi-Bierlin verwechselt zu werden, mit denen seine Familie seit Menschengedenken in einem Streit um einen Kartoffelacker liege, der so steil sei, daß sie ihn jedes Jahr wieder heraufbuckeln müßten, und das oft mehrere Male, der, habe man

Glück, die Kartoffeln für drei, vier Röstis liefere, und dennoch werde um dessentwillen prozessiert, geprügelt und gemordet. Noch jetzt. Kurz und gut, junger Kollege, nach seinem Studium habe er sich gleich in seinem Heimatdorf als Rechtsanwalt angesiedelt, im Stüssi-Dorf, wie es genannt werde, seien doch nicht nur die Stüssi-Leupin mit den Stüssi-Bierlin, sondern auch die Stüssi-Moosi mit den Stüssi-Sütterlin verfeindet und so die ganzen Stüssis hindurch, doch das sei nur am Anfang gewesen, bei der Dorfgründung sozusagen, wenn es so eine je gegeben habe, heute sei jede Stüssi-Familie mit jeder anderen verkracht. Und in diesem Bergnest, Spät, in diesem Genist von Familienzwist, Mord, Inzest, Meineid, Diebstahl, Unterschlagung und Verleumdung habe er seine Lehrjahre als Bauernanwalt durchgemacht, als Fürsprecher, wie dort die Leute sagen, nicht um die Justiz in dieses Tal einzuführen, sondern um sie von ihm fernzuhalten, ein Bauer, der einen Unfall seiner Alten vortäusche und seine Magd heirate, oder eine Bäuerin den Knecht, nachdem sie ihren Alten mit Arsen auf den Friedhof gezaubert habe, nützten auf ihren Höfen mehr als im Gefängnis. Leere Gefängnisse kosteten den Staat weniger als volle, leere Bauernhöfe, und die Matten verfilzten und die Heimaterde rutsche ins Tal.

Er lachte vor sich hin.

»Himmel, ist das noch eine Zeit gewesen!« staunte er. »Da muß mich der Teufel reiten, und ich heirate eine Von, Melchior, gehe in unsere verschissene Stadt und werde Staranwalt. Wie ist das Wetter?«

»Föhn. Viel zu warm für den Dezember«, antwortete ich. »Wie im Frühling.«

»Gehen wir nach draußen?«

»Gern«, antwortete ich.

»Gehen ist vielleicht nicht gerade das richtige Wort«, meinte er, drückte auf einen Knopf in der Lehne seines Klubsessels, und die überdimensionierten Glaswände senkten sich in den Boden, die Scheinwerfer hinter den Findlingen erloschen. Wir saßen unter der freischwebenden Betondecke wie im Freien, nur von der Stehlampe beschienen.

Eine aufschneiderische Konstruktion, meinte er, vor sich hin starrend. Er komme sich wie der Führer in der Reichskanzlei vor. Aber was wollen Sie, Spät, als Staranwalt müsse er sich einen Van der Heussen leisten, obwohl ihm der Füdlibürger Friedli lieber wäre. Schicksal, komme man in Mode. Und nun sitze er allein hier. Einst habe es in dieser Halle ein Fest um das andere gegeben, die Leute im Städtchen hätten sich beschwert, auch Füdlibürger, bis – nun, das tue nichts zur Sache. Die Möbel habe er draufhin fortschaffen lassen. Alles modernes Zeug.

Dann sagte er, sich Wein einschenkend: »Kommen wir zur Sache, Spät.«

Ich berichtete vom Auftrag Dr. h. c. Isaak Kohlers.

Er sei im Bild, unterbrach Stüssi-Leupin meine Ausführungen, trank, auch die Knulpes seien bei ihm gewesen. Über meinen Auftrag habe ihn Hélène unterrichtet, Kohlers Tochter, und die Recherchen Lienhards und Konsorten habe er auch studiert.

Ich erzählte von meinen Überlegungen über Kohlers Motive, von Hélènes Verdacht, er sei gezwungen worden, den Mord zu begehen, berichtete auch von meiner Begegnung mit Daphne, von meinem Besuch bei der echten Monika Steiermann und vom Auftauchen Bennos in meinem Büro.

»Junger Mann, haben Sie eine Chance«, staunte Stüssi-Leupin und schenkte sich erneut Wein ein.

»Ich verstehe nicht, was Sie damit meinen«, antwortete ich unsicher.

»Natürlich verstehen Sie«, entgegnete Stüssi-Leupin, »sonst wären Sie nicht zu mir gekommen. Machen wir einmal das Spiel Kohlers mit. Einmal angenommen, er sei nicht der Mörder, ist ein anderer Mörder verdammt leicht zu finden. Es kann nur Benno sein, darum schlottert er ja. Er hat über zwanzig Millionen von der vermeintlichen Steiermann durchgebracht, Winter hat die echte Steiermann aufgeklärt, die

Verlobung geht in Brüche, Benno wird ruiniert, schießt Winter im ›Du Théâtre‹ über den Haufen. Voilà. Das ist die Version, die Ihr Auftraggeber braucht und die Sie brauchen werden.«

Stüssi-Leupin hielt sein Glas gegen das Licht der Stehlampe. Vom Städtchen her tutete es herauf, minutenlang, nach den stehenden Lichtern der Scheinwerfer zu schließen, hatten sich die Autokolonnen ineinander verkeilt.

Stüssi-Leupin lachte: »Ausgerechnet einem Grünschnabel wie Ihnen muß der schönste Revisionsprozeß des Jahrhunderts in den Schoß fallen.«

»Ich habe keinen Auftrag, einen Revisionsprozeß zu führen«, sagte ich.

»Der Auftrag, den Sie angenommen haben, führt dazu.«

»Kohler hat Winter ermordet«, stellte ich fest.

Stüssi-Leupin wunderte sich. »Na und?« sagte er. »Sind Sie dabeigewesen?«

Hinten im Raum kam eine schwarze Gestalt die Holztreppe herunter und hinkte auf uns zu.

Beim Näherkommen erkannte ich, daß es sich um einen Priester handelte, der eine kleine schwarze Handtasche trug. Er blieb etwa drei Meter vor Stüssi-Leupin stehen, hustete, die Scheiben tauchten wieder herauf, die Scheinwerfer setzten ein, die granitenen Götter warfen ihre Schatten in den wieder geschlossenen Raum. Der Priester war uralt, schief, verrunzelt und hatte einen Klumpfuß.

»Ihre Frau hat die Letzte Ölung bekommen«, sagte er.

»In Ordnung«, sagte Stüssi-Leupin.

»Ich werde für sie beten«, versicherte der Priester.

»Für wen?« fragte Stüssi-Leupin.

»Für Ihre Frau«, präzisierte der Priester.

»Ihr Beruf«, antwortete Stüssi-Leupin gleichgültig und schaute auch nicht hin, als der Priester etwas murmelte und dem Ausgang zuhinkte, wo ihm die Hausdame, die auch mich hereingelassen hatte, die Türe öffnete.

»Meine Frau liegt im Sterben«, meinte Stüssi-Leupin beiläufig und trank sein Glas aus.

»Unter diesen Umständen...«, stammelte ich und erhob mich.

»Mein Gott, Spät, sind Sie zimperlich«, sagte Stüssi-Leupin. »Nehmen Sie wieder Platz!«

Ich setzte mich, er schenkte sich neu ein. Die Glaswände versanken in die Erde, die Scheinwerfer erloschen, wir saßen wieder im Freien.

Stüssi-Leupin starrte vor sich hin.

»Meine Frau hat die Größe, mir die Tortur zu ersparen, ihrem Sterben beizuwohnen«, sagte er, und es klang gleichgültig, »dazu ist der Priester bei ihr gewesen, und jetzt sind der Arzt und eine Krankenschwester bei ihr. Meine Frau, Spät, sie ist nicht nur saulebenslustig gewesen, saureich und saukatholisch, sie ist auch sauschön. Komisch, unser Schweizerdeutsch. Sie hat mich ein Leben lang betrogen. Der Arzt, der bei ihr sitzt, ist ihr letzter Liebhaber gewesen. Aber ich verstehe sie. Ein Mann wie ich ist Gift für die Weiber.«

Er lachte vor sich hin, wechselte dann unvermittelt das Thema.

Ich sei ein Narr, meinte er, ich hielte Dr.

Isaak Kohler für schuldig. Er, Stüssi-Leupin, auch. Zwar widersprächen sich alle Zeugen, zwar sei die Mordwaffe nie gefunden worden, zwar fehle ein Motiv. Trotzdem. Wir hielten ihn für schuldig. Warum? Weil der Mord in einem überfüllten Restaurant geschehen sei. Die Anwesenden hätten es irgendwie bemerkt, auch wenn sie sich nun widersprächen. Wir wüßten es also nicht unbedingt, aber wir glaubten es unbedingt. Das habe ihn schon beim Prozeß gewundert. Weder sei nach dem Revolver gefragt noch seien Zeugen vernommen worden, auch habe sich der Richter mit der Aussage des Kommandanten zufriedengegeben, der zwar bei der Tat in der Nähe gesessen sei, aber weder erwähnt habe, ob er den Mord direkt gesehen oder Zeugen vernommen hatte, dazu sei der Verteidiger eine Niete und Jämmerlin in Hochform gewesen. Wir hätten unsere liebe Mühe, unser Wissen über Kohlers Schuld unserem Glauben an Kohlers Schuld anzugleichen. Unser Wissen hinke unserem Glauben hinterher, ein geschickter Verteidiger fabriziere allein aus dieser Diskrepanz schon einen Freispruch. Doch sollten wir unserem guten Jämmerlin noch eine Chance geben, nach einem Motiv zu suchen. Kohler habe mir den lukrativen Auftrag zugeschanzt, weil ich nichts von Billard verstehe. Ich hätte daraus den Schluß gezogen – er habe aufmerksam zugehört –, Kohler hätte getötet, um zu beobachten, gemordet, um die Gesetze der Gesellschaft zu untersuchen, und nur deshalb sein Motiv nicht angegeben, weil er damit vor Gericht keinen Glauben gefunden hätte. Lieber Freund, er könne dazu nur sagen, so ein Motiv sei zu literarisch, Schriftsteller erfänden solche Motive, wenn er auch glaube, bei einem Mann wie Kohler müsse es sich um ein besonderes Motiv handeln. Aber um welches?

Stüssi-Leupin überlegte.

»Sie haben den falschen Schluß gezogen«, sagte er dann. »Weil Sie von Billard nichts verstehen. Kohler hat *à la bande* gespielt.«

»A la bande«, erinnerte ich mich. »Das hat Kohler einmal gesagt. Beim Billard im ›Du

Théâtre‹. ›*A la bande,* so muß man den Benno schlagen.‹«

»Und wie hat er gespielt?« fragte Stüssi-Leupin.

»Ich weiß nicht recht«, dachte ich nach. »Kohler hat die Kugel an die Umrandung gespielt, von dort ist die Kugel zurückgeprallt und hat Bennos Kugel getroffen.«

Stüssi-Leupin schenkte sich Wein ein.

»Kohler hat Winter erschossen, um Benno zu erledigen.«

»Warum denn?« fragte ich verständnislos.

»Spät, Sie sind auch gar zu naiv«, wunderte sich Stüssi-Leupin. »Dabei hat Ihnen die Steiermann das Stichwort geliefert. Kohler führt ihre Geschäfte. Auch vom Zuchthaus aus. Der flicht nicht nur Körbe. Die Steiermann braucht Kohler, und Kohler braucht die Steiermann, Lüdewitz ist Attrappe. Aber wer ist Herr, wer Knecht? Irgendwie hat Kohlers Tochter recht. Es war ein Gefälligkeitsmord. Warum nicht? Auch eine Art Erpressung. Die Abermillionen liegen bei der Steiermann, die zwanzig Millionen waren ihre zwanzig Millionen, da wird Kohler gespurt haben, und so hat er über Winter Benno erledigt. Auf Wunsch der Steiermann. Vielleicht brauchte sie den Wunsch gar nicht auszusprechen. Vielleicht hat er ihn nur erraten.«

»Eine noch wahnwitzigere These als die Wahrheit«, sagte ich. »Die Steiermann hat Benno geliebt, weil Daphne ihn geliebt hat, und hat ihn erst fallenlassen, als Daphne sie verlassen hat.«

»Eine realistischere These als die Wahrheit. Die ist meistens unglaubhaft«, entgegnete er.

»Ihre These wird kein Mensch abnehmen«, antwortete er, »kein Richter, kein Geschworener, nicht einmal Jämmerlin. Sie spielt sich in Etagen ab, die für die Justiz unerreichbar sind. Die einzige These, die der Justiz einleuchten wird, kommt es zum Revisionsprozeß, ist die, daß Dr. Benno der Mörder ist. Er allein hat ein handfestes Motiv. Auch wenn er unschuldig ist.«

»Auch wenn er unschuldig ist?« fragte ich.

»Stört Sie das?« antwortete er. »Auch seine Unschuld ist eine These. Er ist der einzige, der den Revolver hätte verschwinden lassen können. Mein Bester, führen Sie den Revisionsprozeß durch, und in einigen Jahren sind Sie meinesgleichen.«

Das Telefon läutete. Er nahm es ab, legte wieder auf.

»Meine Frau ist tot«, sagte er.

»Mein Beileid«, stammelte ich.

»Nicht der Rede wert«, sagte er.

Er wollte sich wieder Wein einschenken, aber die Flasche war leer. Ich stand auf und schenkte ihm ein, stellte meine Flasche neben die seine.

»Ich muß noch fahren«, sagte ich.

»Verstehe«, antwortete er, »der Porsche hat auch gekostet.«

Ich setzte mich nicht mehr. »Ich übernehme den Revisionsprozeß nicht, Herr Stüssi-Leupin, und auch mit dem Auftrag will ich nichts mehr zu tun haben. Ich vernichte die Ermittlungen«, erklärte ich.

Er hielt sein Glas gegen die Stehlampe.

»Wieviel beträgt der Vorschuß?« fragte er.

»Fünfzehntausend und zehntausend als Spesen.«

Die Treppe kam ein Mann mit einer Tasche herunter, offenbar der Arzt, zögerte, überlegte, ob er zu uns kommen solle, dann kam die Hausdame, führte ihn hinaus.

»Sie werden Mühe haben, das abzustottern«, meinte Stüssi-Leupin: »Wieviel im ganzen?«

»Dreißigtausend und die Spesen«, antwortete ich.

»Ich biete Ihnen vierzigtausend, und Sie übergeben mir, was Sie ermittelt haben.«

Ich zögerte.

»Sie wollen den Revisionsprozeß führen.«

Er betrachtete immer noch sein Glas mit dem roten Talbot. »Meine Angelegenheit. Verkaufen Sie mir nun die Papiere?«

»Ich muß wohl«, antwortete ich.

Er trank das Glas aus. »Sie müssen nicht, Sie wollen.« Dann füllte er das Glas von neuem, hielt es wieder gegen das Licht.

»Stüssi-Leupin«, sagte ich und fühlte mich

gleichwertig, »kommt es zum Prozeß, werd ich Bennos Anwalt.«

Ich ging. Als ich den Schatten eines Findlings erreicht hatte, sagte er noch: »Sie sind nicht dabeigewesen, hämmern Sie sich das ein, Spät, Sie sind nicht dabeigewesen, und ich bin nicht dabeigewesen.«

Dann leerte er sein Glas und schlief wieder ein.

... Dr. h. c. Isaak Kohler hat mir telegrafisch seine Ankunft angezeigt: Er wird übermorgen um 22 Uhr 15 von Singapur kommend landen, und ich werde ihn erschießen, und dann werde ich mich erschießen. Damit bleiben mir noch zwei Nächte, meinen Bericht zu Ende zu führen. Die Ankündigung überraschte mich, vielleicht, daß ich nicht mehr an seine Rückkehr glaubte. Zugegeben, ich bin betrunken. Ich war im ›Höck‹, ich war in der letzten Zeit immer im ›Höck‹, an den langen Holztischen, zwischen ebenfalls Betrunkenen. Lebe von Giselle und von den Mädchen, die seit dem Tode des Marquis hierhergezügelt sind, nicht von Neuchâtel, sondern von Genf und Bern, während viele von hier nach Genf oder Bern gezogen sind, eine beträchtliche Umorganisiererei hat eingesetzt, mit der ich persönlich nichts zu tun habe, legal darf ich nichts tun, und illegal habe ich nichts zu tun, als auf übermorgen 22.15 Uhr zu warten. Luckys Position hat der Orchideen-Noldi übernommen, er soll von Solothurn kommen, in Frankfurt Karriere gemacht haben und ist sehr vornehm, seine Mädchen tragen jetzt Orchideen, die Polizei ist wütend, Orchideen lassen sich nicht verbieten, eine Juristin aus Basel, die um ein Uhr nachts beim Bellevue über die Straße ging, eine Orchidee an der Bluse – sie kam von einer Diskussion über das Frauenstimmrecht im Fernsehen –, wurde verhaftet, sie hatte nichts bei sich, sich auszuweisen, es entstand ein Bombenskandal, die Polizei, der Polizeivorsteher – letzterer durch ein ungeschicktes Dementi – machten sich lächerlich. Orchideen-Noldi herrscht unumschränkt, hat sich jetzt Rechtsanwalt Wicherten geholt, einen unserer angesehensten Rechtsanwälte, der sich aus sozialen Beweggründen für das Recht jener Damen, die schließlich auch Steuern zahlen, einsetzen will und die Einführung von Massagesalons befürwortet. Mir selber deutete der Orchideen-Noldi an, daß ich »mit meinem Lebenswandel« für das Gewerbe nicht mehr tragbar sei, aber er werde mich nicht fallenlassen, das sei er Lucky schuldig, er habe mit seinem Personal, wie er sich ausdrückte, gesprochen, so daß ich einstweilen im ›Höck‹ bleiben darf, auch der Kommandant hat mich nicht mehr belästigt, niemand scheint daran interessiert zu sein, wie Lucky und der Marquis ums Leben gekommen sind, und der doch unaufgeklärte Tod Daphnes ist in Vergessenheit geraten. So bin ich denn zwar kein Zuhälter, aber ein Ausgehaltener. Wenn mich im ›Höck‹ die Gäste um Adressen fragen, mit denen ich, ohne Geld zu verlangen, herausrücke, worauf mir die Gäste – meist ältere Herren – den Whisky bezahlen, ist das nur nobel, eigentlich selbstverständlich. Das zur Begründung meines alkoholisierten Zustandes, meiner schlechten

Handschrift und meiner Eile, denn ehrlich gesagt, als ich das Telegramm Kohlers vorfand, ging ich vorerst auf eine Sauftour, kam irgendwie in die Spiegelgasse zurück und sitze nun zwanzig Stunden später an meinem Schreibtisch. Zum Glück habe ich noch eine Flasche Johnnie Walker bei mir, zu meiner Verwunderung, aber jetzt erinnere ich mich an den Zahnarzt aus Thun, der mich im ›Höck‹ aufgesucht hat und den ich Giselle im ›Monaco‹ vorgestellt habe – ich bin vom ›Monaco‹ gekommen und nicht vom ›Höck‹, wie ich wahrscheinlich behauptet habe –, die Eile, die bei dieser Niederschrift geboten ist, verbietet sowohl das Wiederlesen des Geschriebenen als auch das Abschweifen – die Flasche Johnnie Walker war verdient –, Giselle war vom Zahnarzt nicht angetan, es grauste ihr, er nahm beim Veuve Cliquot – bei der zweiten Flasche – seine Gebisse aus dem Mund, zuerst das obere und dann das untere, die er sich selber verfertigt hatte, zeigte er uns doch neben dem Weisheitszahn links des oberen Gebisses seine Initialien, C. V., nahm die Gebisse in die Hand, klapperte mit ihnen und versuchte, damit Giselle in den Busen zu beißen, Hindelmann am Nebentisch liefen vor Lachen die Tränen auf den Bauch, besonders als dem Zahnarzt seine Gebisse unter den Tisch fielen und nicht nur unter den unsrigen, sondern auch unter Hindelmanns Tisch, an dem dieser mit Marilyn saß, einer Neuen aus Olten, woher auch der Orchideen-Noldi kommt – nein, aus Solothurn – oder doch aus Olten –, worauf der Zahnarzt auf allen vieren seine Gebisse suchen mußte, die keiner aufheben wollte, sondern mit den Schuhen unter den nächsten Tisch stieß. Endlich wollte Giselle doch, vor lauter Lachen war es spät geworden, und ich bekam meinen Johnnie Walker. Daß ich mich über Hindelmanns Wiehern ärgerte, liegt daran, daß er im Prozeß Kohler ein gar zu kläglicher Vertreter der Anklage war. Prozeß, nicht Revisionsprozeß. Alle erwarteten, daß Stüssi-Leupin einen Revisionsprozeß anpeile, aber er überraschte durch seine Eingabe an das Justizdepartement. Dr. h. c. Isaak Kohler habe nie zugegeben, den Germanisten Professor Adolf Winter im Restaurant ›Du Théâtre‹ niedergeschossen zu haben. Ein bloßer Augenzeugenbericht genüge nicht, wenn der Täter die Tat abstreite, auch Augenzeugen könnten irren. Der Fall Kohler gehöre deshalb vor das Geschworenengericht und nicht vor das Obergericht. Es müsse deshalb alles juristisch und gesetzlich Mögliche unternommen werden, das alte Urteil für ungültig zu erklären und den Fall Kohler vor ein Geschworenengericht zu bringen, das ihm zukomme. Diese Eingabe Stüssi-Leupins, ein fieberhaftes Durchstöbern der Akten und Protokolle bewirkend, die zum Entsetzen des Justizvorstehers Moses Sprünglin das Fehlen eines Schuldbekenntnisses bestätigten – man hatte Kohlers philosophische Floskeln als solches genommen –, hatte zur Folge, daß der Justizvorsteher den Vorsitzenden Oberrichter Jegerlehner vorzeitig pensionierte und die vier Beisitzenden Oberrichter sowie Staatsanwalt Jämmerlin rüffelte, den Fall Kohler dem Geschworenengericht zuwies – ein rechtlich etwas überstürztes Vorgehen. Jämmerlins Tobsuchtsanfall nützte nichts, seine Eingabe ans Bundesgericht wurde mit geradezu sensationeller Eile abgelehnt, sozusagen umgehend, ein einmaliger Fall bei dieser durch Arbeitsüberlastung im Schneckentempo arbeitenden Behörde, kurz, der neue Prozeß Kohler kam schon im April 1957 zustande. Jämmerlin gab nicht nach, er wollte erneut als Ankläger auftreten, doch wurde er von Stüssi-Leupin als befangen abgelehnt. Er wehrte sich wie der Satan, gab erst nach, als er hörte, daß Stüssi-Leupin auch Lienhard als Zeugen aufgeboten hatte. Sicher, auch Feuser wäre Stüssi-Leupin nicht gewachsen gewesen, wobei mir bewußt wird, daß ich über den Prozeß selber noch nicht berichtet habe, nichts über die traurige Rolle, die der Kommandant darin spielte, der aussagte, er habe nicht gesehen, wie Kohler geschossen habe, er habe es nur angenommen. Überhaupt zog Stüssi-Leupin alle Register. Er war glänzend, ich gebe es zu. Die aufgebotenen Zeugen widersprachen sich derart, daß die Geschworenen oft das Lachen verbeißen mußten und das Publikum vor Vergnügen quietschte; daß der Revolver nie gefunden wurde, spielte Stüssi-Leupin nach Noten aus, daß dieser Umstand im ersten Prozeß übergangen, daß somit das Corpus delicti fehlte, allein schon ein Grund, Kohler des mangelnden Beweises wegen freizusprechen. Doch allmählich lenkte Stüssi-Leupin den Verdacht auf Benno, zur Tatzeit im ›Du Théâtre‹, immerhin auf einen Schweizermeister im Pistolenschießen, Besitzer einer Revolversammlung, die er laut Lienhard aus finanzieller Notwendigkeit heraus verkauft haben will – ein Raunen ging durch den Saal –, dann folgten Andeutungen über ein Zerwürfnis zwischen Dr. Benno und Professor Winter, ein Verhör Bennos war unumgänglich, alle sahen der Einvernahme mit Spannung entgegen, aber Dr. Benno erschien nicht vor dem Geschworenengericht. Ich hatte ihn schon tagelang gesucht. Ich war entschlossen, seine Verteidigung zu übernehmen, wie ich es Stüssi-Leupin verkündet hatte, dazu hatte ich Informationen von Benno nötig, um gegen

Kohler zu recherchieren, aber auch in der ›Himmmelfahrtsbar‹ wußte niemand Bescheid. Feuchting vermutete, er habe sich bei Daphne versteckt, diese sei eine gute Haut und lasse ihre alten Liebhaber nicht im Stich, ein gewisser Emil E., ein Deodorant-Vertreter, der letzthin bei ihr in der Aurorastraße einen Monatslohn hinterlassen habe, hätte den Eindruck gehabt, es sei noch jemand in ihrem Appartement. Er blieb unauffindbar. Man dachte, er sei geflohen. Die Polizei wurde aufgeboten, Interpol eingeschaltet, es ging beinahe zu wie bei Isaak Kohlers Verhaftung. Daphne machte Schwierigkeiten, verlangte eine richterliche Verfügung, ihre Wohnung zu durchsuchen, und als Ilse Freude am nächsten Morgen mein Büro am Zeltweg betrat, fand sie den flotten Fechter und Meisterschützen am Lüster baumelnd, vom Luftzug geschaukelt, dadurch entstanden, daß das Fenster offen und sie die Türe geöffnet hatte, Benno hatte einen Schlüssel zu seinem alten Büro behalten und war auf meinen Schreibtisch geklettert, der einst der seine war, während ich bei

Daphne, um Benno doch noch aufzutreiben – ich duftete noch tagelang nach allen möglichen Essenzen, die der Deodorant-Vertreter Emil E. ... Vielleicht liegt darin der Grund, daß ich über diesen Prozeß so ungern berichte: Mein erneutes Verhältnis mit Daphne wäre zur Sprache gekommen, und dies in Gegenwart Hélènes, hätte Stüssi-Leupin Daphne verhört, was er sicher getan hätte, wäre ihm Benno durch seinen Selbstmord nicht zuvorgekommen, was man als Geständnis seiner Schuld interpretierte: Dr. h. c. Isaak Kohler wurde mit Glanz und Gloria freigesprochen. Als er den Saal verließ und an mir vorbeikam, blieb er stehen und betrachtete mich mit seinen kalten, leidenschaftslosen Augen und sagte, was sich jetzt abgespielt habe, sei die erbärmlichste Lösung gewesen, daß ich in finanzielle Schwierigkeiten geraten sei, mein Gott, das sei verständlich, warum ich denn nicht zu ihm gekommen sei, statt die Recherchen Stüssi-Leupin zu übergeben, der dieses häßliche Justiztheater inszeniert habe, ein Freispruch, pfui Teufel, es sei peinlich, als ein Unschuldslamm dastehen zu müssen, wer sei denn schon ein solches, und dann sagte er einen Satz, der mich zur Weißglut brachte, der mir klarmachte, daß es meine Pflicht war, Kohler zu erschießen, denn jemand mußte die Gerechtigkeit wiederherstellen, sollte sie nicht ganz und gar zur Farce werden: Hätte ich ihm, sagte er nämlich, die Recherchen abgeliefert, statt an Stüssi-Leupin verkauft, so hätte Benno auch ohne Prozeß am Lüster gebaumelt, und damit gab er mir einen Stoß, als sei ich ein Lumpenhund, daß ich auf Mock taumelte, der hinter mir stand, seinen Hörapparat in der Westentasche versorgte und »na ja« sagte. Kohler verließ das Gerichtsgebäude. Siegesfeier im Zunfthaus ›Zur Ameise‹. Ansprache des Stadtpräsidenten in Hexametern, dann ab nach Australien, und ich komme mit meinem Revolver zu spät angerannt. Man kennt die Geschichte. Das sind jetzt anderthalb Jahre her, und wieder ist es Herbst. Immer ist es Herbst. Mein Gott, wieder betrunken, ich fürchte, daß meine Handschrift unleserlich wird, und es ist elf Uhr mittags – noch 35 Stunden 15 Minuten –, saufe ich weiter, kommt es zur Katastrophe. Schrecklich, wenn Hélène mich noch lieben würde, es wäre mein Todesurteil. Ich kann nur versichern, daß ich sie liebte, ja vielleicht noch liebe, obgleich sie mit dem alten Knochen Stüssi-Leupin schläft, und letzthin sah ich sie mit Friedli, er hatte seine Rechte um ihre Schulter gelegt, als wäre sie längst sein Eigentum, aber eigentlich spielt das keine Rolle. Es ist nicht nötig, über unsere Liebe zu schreiben, ebenso unnötig wie über das Gespräch mit dem Sektenprediger Berger vorhin auf der Treppe – vorhin, ich ging doch noch einmal ins ›Höck‹, aber es war ein Mißerfolg, kein Whisky war aufzutreiben, die Stammgäste schauten ein Fußballspiel und waren schlechter Laune, weil die Schweizer so schlecht spielten, und die Typen, die sonst nach Adressen fragten, waren auch schlechter Laune. Das ›Monaco‹ war geschlossen. Ich hatte kein Geld bei mir, das Portemonnaie hatte ich vergessen, ich mußte Whisky haben, ich wankte ins ›Du Théâtre‹, auch das war leer, Alfredo, wenn es Alfredo war, schaute mich merkwürdig an, Ella und Klara kamen entschlossen aus dem Hintergrund, jemand rief meinen Namen. Stüssi-Leupin saß am Tisch, wo James Joyce immer gesessen hatte, und lud mich mit einer Handbewegung ein, mich zu ihm zu setzen. Ella und Klara sahen es ungern, aber Stüssi-Leupin ist Stüssi-Leupin. Ich solle mir die Hose zuknöpfen, sagte er, und als ich mich gesetzt hatte, meinte er, ich ließe mich verdammt gehen, und goß Kirsch in seinen Kaffee. Ich brauche eine Flasche Whisky, sagte ich gedankenabwesend, mein Zustand war hoffnungslos, ich begriff, daß ich ohne Whisky nicht mehr leben konnte, eine panische Furcht ergriff mich, keinen Whisky auftreiben zu können, alles wehrte sich in mir, etwas anderes als Whisky zu trinken, etwa Wein oder Bier oder Schnaps oder gar jenen sauren Apfelmost, den hier die Clochards saufen (weshalb sie zwar eine Säuferleber, aber keinen Rheumatismus haben), ein Rest von Menschenwürde in mir verlangte, nur Whisky zu trinken, der Gerechtigkeit zuliebe, die mich zugrunde richtet, und da stellte Ella schon ein Glas vor mich hin. Das Stüssi-Tal hätte wieder einen Rechtsanwalt nötig, meinte Stüssi-Leupin trocken, sein Nachfolger, der Fürsprecher Stüssi-Sütterlin, sei auf der Jagd erschossen worden, jemand habe ihn für eine Gemse gehalten, entweder ein Stüssi-Bierlin oder ein Stüssi-Feusi, auch ein Stüssi-Moosi komme in Frage, der Untersuchungsrichter in Flötigen habe den Fall ad acta gelegt, hoffnungslos, ihn aufzuklären, das wäre doch ein Posten für mich, ich wäre der erste Nicht-Stüssi als Fürsprecher, daß ich wieder zu meinem Anwaltspatent käme, ließe sich schon einrichten. Ausgerechnet mir mache er diesen Vorschlag, antwortete ich und trank den Whisky in einem Zug aus, ausgerechnet Ihnen, antwortete er, wissen Sie, Spät, fuhr er fort, es sei Zeit, daß ich aus allem meine Schlüsse ziehe, wenn es seine, Stüssi-Leupins, Leidenschaft sei, auch Schuldige aus dem Haifischrachen der Justiz zu retten, wenn sie eine Chance hätten, ihm zu entgehen, um einmal dieses Bild zu brauchen, so nicht, um die Justiz zum Narren zu halten. Ein Rechtsanwalt sei kein Richter, ob er an die Gerechtigkeit und an die aus dieser Idee deduzierten Gesetze glaube oder nicht, sei seine Sache, das sei letztlich eine metaphysische Angelegenheit, wie etwa die Frage nach dem Wesen der Zahl, aber als Rechtsanwalt habe er zu untersuchen, ob ein von der Justiz erfaßtes Subjekt von ihr als schuldig oder unschuldig betrachtet werden dürfe, gleichgültig, ob es schuldig oder unschuldig sei. Hélène habe ihm von meinem Verdacht erzählt, aber meine Recherchen seien ungenügend gewesen, Hélène sei damals zwar Stewardeß gewesen – Herrgott, zu jener Zeit glaubte man noch, jener Beruf sei etwas Besonderes –, aber nicht im Flugzeug, in welchem der englische Minister nach seiner Insel zurückgeflogen sei. Der sei mit einem englischen Militärflugzeug zurückgeflogen worden, und dabei würde wohl kaum eine Swissair-Stewardeß gebraucht. Daß Hélène damals auf meine Frage so unbestimmt geantwortet habe, sei begreiflich, sie hätte die Bedeutung der Frage nicht gleich begriffen, was dagegen die Worte Kohlers betreffe, die er an mich gerichtet und von denen ihm Mock berichtet habe, so seien sie ihm unverständlich. Kohler habe einen neuen Prozeß gewollt, er hätte ja nur, um nicht als Unschuldsengel dazustehen, erklären müssen, er habe den alten PEN-Bruder abgeknallt und wie, verflixt einmal, er den Revolver habe verschwinden lassen, er, Stüssi-Leupin, habe ein verdammt ungutes Gefühl, daß er den Alten freibekommen habe, sei seine juristische Pflicht gewesen, aber nun dünke ihn, er habe ein Raubtier freigelassen, einen Einzelgänger, die immer am gefährlichsten seien, hinter Kohlers Vorgehen stecke ein Motiv, mit dem er nicht herausrücke, zuerst habe er geglaubt, die Steiermann bediene sich des Kohlers, jetzt scheine ihm, Kohler bediene sich der Steiermann. Winter, Benno, Daphne, die beiden Zuhälter, etwas viel Tote, und plötzlich würde ich, gäbe ich mich nicht zufrieden, aus der Sihl gefischt. Na ja, dann hatte ich eben meine Flasche, und wie ich in die Spiegelgasse geraten bin, weiß ich nicht – Ella hatte, während mir Stüssi-Leupin seine Weisheiten auftischte, noch einen Whisky hingestellt –, daß ich überhaupt imstande war, sein Gespräch wiederzugeben, ist ein Wunder, es ist schon halb zwei nachts, ich muß inzwischen eingenickt sein – noch etwas mehr als zwanzig Stunden – neunzehn Stunden, ich habe mich verschaut, es ist halb drei Uhr nachts – wird Kohler – Dr. h. c. Isaak Kohler –, das Gespräch mit Simon Berger muß auf der Treppe stattgefunden haben, als ich mit dem Whisky Stüssi-Leupins in die Spiegelgasse zurückgekehrt bin. Es müssen Wochen vergangen sein, seit die Psalmen der Letzten vom Uetli verstummt sind, plötzlich hatten sie aufgehört zu dröhnen – Stuber von der Sitte hatte mich aufgesucht und mir nicht undeutliche Winke gegeben, daß man amtlicherseits einen Zusammenhang zwischen mir und dem organisierten Strich weiterhin vermute, als der Psalm ›Jesu Christ, an deinen Wunden‹ jäh abbrach, darauf ertönte ein Schreien, Protestieren, Aufheulen, ein Lärm sondergleichen, darauf ein Treppen-Hinunterpoltern von vielen Füßen, dann Totenstille, und Stuber setzte seine Vermutungen fort: Darum hätte ich eigentlich erstaunt sein müssen, vor der Türe des Sektenlokals im Stockwerk unter mir den Prediger vorzufinden. Er lehnte gegen die Türe, unbeweglich, ich wollte an ihm vorbei, er taumelte gegen mich. Er wäre gefallen, hätte ich ihn nicht aufgefangen. Wie ich ihn von mir schob, sah ich, daß sein Gesicht verbrannt und augenlos war. Entsetzt wollte ich weitergehen, die Treppe hinauf, in mein Zimmer, aber Berger ließ mich nicht los, er umklammerte mich und schrie, er habe in die Sonne gestarrt, um Gott zu schauen, und wie er Gott erblickt habe, sei er sehend geworden, vorher sei er blind gewesen, aber nun sehe er, sehe er, und dies schreiend, riß er mich nieder, worauf wir auf die Treppe zu liegen kamen, die zu meinem Zimmer führte. Ich weiß nicht, was er mir alles erzählte, ich war zu betrunken, um es zu begreifen, wahrscheinlich war es Unsinn, was er vom Innern der Sonne schwatzte, von der totalen Finsternis, die dort herrsche, die eins sei mit der Verborgenheit Gottes, die man nur zu erkennen vermöge, wenn man sich von der Sonne die Augen ausbrennen lasse, erst dann nehme man wahr, wie sich Gott als dimensionsloser Punkt vollendeter Schwärze im Sonneninnern vertiefe, mit unendlichem Durst die Sonne in sich aufsauge, in sich hineinschlürfe, ohne größer zu werden, als sei er ein Loch ohne Boden, der Abgrund des Abgrunds, und wie sich die Sonne nach innen entleere, so weite sie sich aus, noch bemerke man nichts, doch morgen halb elf Uhr nachts werde es soweit sein, die Sonne werde, nur noch Licht geworden, aufstrahlen und sich ausweiten, mit Lichtgeschwindigkeit, und alles versengen, die Erde werde im ungeheuren Lichtschein verdampfen, so ungefähr, er sprach wie betrunken zu einem Betrunkenen, der ich damals war und der ich jetzt noch betrunkener bin und nicht weiß, warum ich von diesem Sektenprediger schreibe, der verhüllt vor seine Gemeinde trat, ihr den Weltuntergang verkündete und mit der Aufforderung, seine Anhänger sollten sich wie er die Augen von der Sonne ausglühen lassen, das

Tuch vom Kopf riß: Das Schreien, Protestieren, Aufheulen, der Lärm sondergleichen, den ich gehört hatte, die die Treppe hinunterpolternde Gemeinde war die Antwort gewesen. Wiedergelesen, was ich geschrieben habe. Noch drei Stunden etwa, bis ich zum Flughafen aufbrechen muß. Der Kommandant war schon um halb acht morgens gekommen, oder noch früher, er saß vor meiner Couch, ich war erstaunt, als ich erwachte, ihn dasitzen zu sehen, das heißt, ich bemerkte ihn erst, als ich mich übergeben hatte und vom WC zurückkam und mich wieder auf die Couch legen wollte. Der Kommandant fragte, ob er Kaffee zubereiten solle, er ging dann, ohne meine Antwort abzuwarten, zur Kochnische, ich schlief wieder ein, als ich zu mir kam, war der Kaffee schon bereit, wir tranken schweigend. Ob ich wisse, fragte dann der Kommandant, daß ich ein jeder zehnte sei, und auf meine Frage nach der Bedeutung seiner sonderbaren Frage antwortete er, daß er jeden zehnten laufenlasse, und ich sei einer von diesen. Sonst hätte er mich am Grabe Daphnes verhaften müssen, er sei wie ich Rechtsanwalt gewesen, ein erfolgloser wie ich, nur hin und wieder sei er als Pflichtverteidiger eingesetzt worden, und so sei er denn bei der Polizei gelandet, als Sozialist hätten ihm Parteifreunde, die nie im Traume daran gedacht hätten, sich an ihn zu wenden, hätten sie privat einen Rechtsanwalt gebraucht, einen Posten in der Kriminalabteilung der Stadtpolizei zugeschanzt, als Rechtsberater, daß er nach oben gerutscht und schließlich Kommandant geworden sei, stelle nicht das Ergebnis von besonderen Leistungen dar, es seien die Intrigen der Politik gewesen, die ihn hinaufgespült hätten, und bei den anderen Instanzen des Justizapparates sei es ebenso, nicht daß er von Korruption sprechen wolle, aber der Anspruch der Justiz, etwas Objektives darzustellen, ein von jeder gesellschaftlichen Rücksicht und Vorurteilen keimfreies Instrumentarium, sei derart weit davon entfernt, was es in Wirklichkeit sei, daß er den Fall Kohler nicht so tragisch zu sehen vermöge wie ich, gewiß, es sei meinerseits ein Fehler gewesen, den Auftrag anzunehmen und Stüssi-Leupin das Material zu liefern, womit er Benno an den Lüster hetzen und den Prozeß gewinnen konnte, aber – ob nun Kohler schuldig sei hin oder her – und es wisse im Grunde ja jeder, daß der Kantonsrat den Universitätsprofessor niedergeschossen habe, auch er, der Kommandant, zweifle nicht daran – wenn er mich nun betrachte und überlege, wohin mich mein Aufbegehren gegen einen juristisch gesehen außergewöhnlichen, aber einwandfreien und damit berechtigten Freispruch gebracht habe – auch wenn damit die Gerechtigkeit schachmatt gesetzt worden sei –, so bliebe mir nichts anderes übrig, wolle ich in dieser Angelegenheit noch Gerechtigkeit üben, als Kohler und mich selber zum Tode zu verurteilen und an beiden das Todesurteil zu vollziehen, den Revolver zu nehmen, den ich hinter meiner Couch versteckt halte, und damit Kohler und dann mich selber ins Jenseits zu befördern, was er, der Kommandant, zwar für logisch, aber auch für unsinnig halte, denn vor der Gerechtigkeit, absolut genommen, was sie als Idee nun einmal sei, stünde ich nicht besser da als Kohler, er brauche nur an meine Rolle, die ich bei Daphnes Tod gespielt habe, zu erinnern. Vor der Gerechtigkeit stünden sich Kohler und ich als zwei Mörder gegenüber. Ein Richter dagegen übe ein diskutables Amt aus. Er habe dafür zu sorgen, daß eine so unvollkommene Institution funktioniere, wie es die Justiz nun einmal sei, die dazu diene, im Diesseits für ein gewisses Einhalten menschlicher Spielregeln zu sorgen. Ein Richter brauche persönlich ebensowenig gerecht zu sein wie der Papst gläubig. Wenn jedoch einer auf eigene Faust Gerechtigkeit ausüben wolle, gehe es verdammt unmenschlich zu. Dieser übersehe, daß Gaunereien bisweilen humaner seien als Korrektheiten, weil das Weltgetriebe nun einmal von Zeit zu Zeit geschmiert werden müsse, eine Funktion, die unserem Land ja besonders liege. So ein Gerechtigkeitsfanatiker müsse selber gerecht sein, und ob ich das sei, sei an mir zu beantworten. Sie sehen, Kommandant, ich bin in der Lage, unser Gespräch – oder besser Ihren

Vortrag, denn ich sprach ja kein Wort, lag einfach da, verkotzt wie ich war, und hörte Ihnen zu – seinem Sinn nach halbwegs genau wiederzugeben, ich war auch nicht verwundert, daß sie erraten hatten, was zu tun ich von Anfang an beschlossen hatte, und vielleicht ließ ich mich nur deshalb fallen, möglicherweise verhalf ich nur deshalb Lucky und dem Marquis aus Neuchâtel zu ihrem Alibi, wahrscheinlich wurde ich nur deshalb zu dem, was ich bin, selbst für einen Orchideen-Noldi zu schäbig und unter der Würde der Damen, die er vertritt, um auf meine Weise ebenso schuldig zu werden wie Dr. h. c. Isaak Kohler, aber dann ist mein Urteil und die Ausführung meines Urteils durch mich die gerechteste Sache der Welt, denn die Gerechtigkeit kann sich nur unter Gleichschuldigen vollziehen, so wie es nur eine Kreuzigung gibt, jene des Isenheimer Altars, ein gekreuzigter Riese hängt am Kreuz, ein gräßlicher Leichnam, unter dessen Gewicht sich die Balken biegen, an die er genagelt ist, ein Christus noch entsetzlicher als jene, für welche dieses Altarbild gemalt wurde, für die Aussätzigen, wenn diese jenen Gott hängen sahen, stellte sich zwischen ihnen und diesem Gott, der ihnen doch nach ihrem Glauben den Aussatz geschickt hatte, Gerechtigkeit ein: dieser Gott war für sie gerecht gekreuzigt worden. Ich schreibe nüchtern, Herr Staatsanwalt Feuser, ich schreibe nüchtern, und gerade deshalb bitte ich Sie, dem Kommandanten nicht vorzuwerfen, er hätte meinen Revolver zu sich nehmen sollen, das ganze Gespräch oder besser die ganze kreuzbrave Ansprache des Kommandanten war nicht väterlich gemeint, die Geschichte mit jedem zehnten, den er springen lasse, glaube, wer will, wahrscheinlich wäre er froh, wenn er jeden zehnten Verbrecher fangen würde, das Ganze war eine Provokation: Er wird sich nachträglich ärgern, mich damals nicht verhaftet zu haben, als er mir bei der Beerdigung, als das Schirmdach davonflog, das Stilett aus der Hand nahm, aber ich kenn ihn, er denkt schnell, er begriff, daß dann nicht nur die Frage nach den Mördern der armen Daphne Müller neu gestellt werden mußte, sondern auch die nach den Mördern der Mörder, daß er dann in die Bezirke der Monika Steiermann geraten wäre, und wer legt sich schon gern mit einem Prothesen-Imperium an, das sich anschickt, wieder ins Waffengeschäft einzusteigen, aber wenn ich in zwei Stunden – genauer in zwei Stunden und dreizehn Minuten – auf Dr. h. c. Isaak Kohler schieße, wird der Kommandant zugreifen, auch wenn die Schüsse ohne Wirkung wären – doch, Herr Staatsanwalt, einigen wir uns beide dahin: Einerseits versuchte der Kommandant mit seiner rührenden Ansprache zu verhindern, daß die Schüsse, wenn ich schon schösse, gefährlich würden, daß ich schon längst die Platzpatronen gegen echte umgetauscht habe, konnten Sie wirklich nicht ahnen, Herr Kommandant (ich wende mich wieder an Sie). Darum bin ich denn wohl auch nie näher auf den Trödler eingegangen im Parterre. Instinktiv. Damit *Sie* nicht näher auf ihn eingehen. Der Einäugige ist ein Original, und bei ihm war alles aufzutreiben. War. Denn auch das ist jetzt Vergangenheit, der Trödler ist seit drei Wochen ausgezogen, der Laden im Parterre und die Wohnung im ersten Stock sind leer, und da es auch bei den Heiligen vom Uetli still und verlassen geworden ist und ich außerdem gestern (oder vorgestern oder vorvorgestern) einen eingeschriebenen Brief gefunden habe, den ich vor Monaten empfangen, aber nicht gelesen hatte, des Inhalts, daß das Haus an der Spiegelgasse, unter Denkmalschutz stehend, aus Gründen seiner Baufälligkeit dringend der Renovation bedürfe, durch Friedli, der es innen umbauen und im alten Gehäuse Luxuswohnungen einrichten wird, seine neue Tätigkeit, so daß ich denn bis zum 1. 10. meine Wohnung zu verlassen habe, und weil dieser 1. 10. längst vorüber ist, mußte ich in der Stadt herumirren, um meine letzte Flasche Whisky aufzutreiben, irgendwann, gestern, bei Stüssi-Leupin im ›Du Théâtre‹, sonst hätte ich beim Einäugigen in seiner Wohnung zwar nicht den Whisky, doch eine Flasche Grappa aufgetrieben, so wie ich in seinem Trödlerladen im Trichter eines Alphorns die Patronen gefunden und die Platzpatronen hineingeschüttet habe, mit denen Sie, Herr Kommandant, meinen Revolver geladen hatten. Dr. h. c. Isaak Kohler und ich werden volksmusikalisch sterben. Doch bevor ich – wenn auch meine Nüchternheit immer bedrohlicher wird, so bedrohlich, als ob vor mir eine Sonne auftauche, in die ich wie der wahnsinnige Prediger zu starren gezwungen bin –, bevor ich in nicht ganz einer Stunde zum Flughafen fahre (mit meinem vw, er hat die Reparatur nur mäßig überstanden, das heißt, ich ließ sie abbrechen, Geldmangel), ein letztes Wort an Sie, Kommandant: Ich nehme meinen Verdacht zurück. Sie haben anständig gehandelt. Sie wollten mir die Freiheit der Entscheidung überlassen, meine Würde nicht antasten. Es tut mir leid, daß ich anders entschieden habe, als Sie gehofft haben. Und jetzt ein letztes Geständnis: Ich habe in diesem Spiel um die Gerechtigkeit nicht nur mich verspielt, sondern auch Hélène, die Tochter des von mir Ermordeten, der mein Mörder ist. Ich werde mich erschießen müssen, weil ich ihn erschossen haben werde. Futurum exactum. Die Lateinstunden fallen mir wieder ein, die mir im Waisenhaus ein alter Pfarrer gab, mich auf das Gymnasium in der Stadt vorzubereiten. Ich habe immer gern vom Waisenhaus erzählt, sogar bei Mock erzählte ich davon, obgleich es schwer war, sich mit ihm zu unterhalten. Als ein Schriftsteller vom Tod seiner Mutter berichtete, an der er offenbar sehr gehangen hatte, und ich die Vorzüge des Waisenhauses zu erläutern begann und die Familie als Brutstätte des Verbrechens bezeichnete, dieses ewig gepriesene Familienglück sei zum Kotzen, was den Schriftsteller sichtlich irritierte, lachte Mock, von dem man nie weiß, was von einem Gespräch er realisiert und was nicht – daß er von den Lippen zu lesen versteht, hat er wieder einmal seinen Hörapparat verlegt, nehme ich an, was er zwar bestreitet (auch eine List von ihm), wenn ich mich brüste, meinte er, ohne Vater und Mutter aufgewachsen zu sein, komme ihm das unheimlich vor, zum Glück, führte er in seiner umständlichen Art aus – der Schriftsteller war längst gegangen –, sei ich Jurist geworden und hätte nicht im Sinn, Politiker zu werden, was zwar immer noch möglich sei, aber ein Mensch, der für ein Waisenhaus schwärme, sei schlimmer als einer, der sich in seiner Jugend entweder mit seinem Vater oder mit seiner Mutter oder gar mit beiden herumgeschlagen habe wie er, Mock, der seine Alten, wie er sich ausdrückte, wie die Pest gehaßt habe, obgleich sie herzensgute Christenmenschen gewesen seien, aber er habe sie gehaßt, weil sie acht Kinder und ihn noch dazu gezeugt hätten, ohne jemanden von der weit überdurchschnittlichen Kinderschar zu fragen, ob er oder sie es gestatte, geboren zu werden, Zeugen sei ein Verbrechen sondergleichen, wenn er jetzt an einem Chemp (er meinte damit einen Stein) wütend herummeißle, so bilde er sich zwar ein, es sei entweder sein Vater oder seine Mutter, an dem oder an der er sich räche, aber bei mir müsse er sich fragen, was für einer ich denn sei mit meinem Waisenhausfimmel. Schön, er, Mock, habe einen Haß im Bauch, gegen die, welche ihn gezeugt, geboren und dann nicht in den nächsten Kehrichteimer geschmissen hätten, und haue diesen Haß aus dem Stein heraus zu einer Gestalt, zu einer Form, die er liebe, weil er sie geschaffen habe, und die, wenn sie fühlen könnte, ihn wiederum hassen könnte, wie er seine Eltern gehaßt habe, die ihn auch geliebt hätten, deren Sorgenkind er gewesen sei, das alles sei menschlich, ein Kreislauf von Haß und Liebe zwischen Schöpfer und Geschöpf, aber wenn er sich dagegen so einen wie mich vorstelle, der, statt zu hassen, durch wen er sei und daß er sei, eine Institution liebe, die ihn hervorgebracht und abgerichtet habe, und der damit prädestiniert werde, eine Leidenschaft für etwas Nicht-Menschliches auszubrüten, für eine Ideologie, oder sei es nur für ein Prinzip, für die Gerechtigkeit zum Beispiel, und wenn er sich dann noch ausdenke, wie so einer wie ich darauf mit Menschen umgehen werde, die seinem Prinzip, das der Gerechtigkeit, um beim Beispiel zu bleiben, nicht entsprächen, und wer entspreche dem schon, so breche ihm der pure Angstschweiß aus. Sein Haß sei produktiv, der meine destruktiv, der

Haß eines Mörders. »Mensch, Spät«, schloß er seinen kaum verständlichen Gedankengang, »Sie tun mir leid. Sie sind verdammt schief gewickelt.« Daraufhin habe ich sein Atelier nie mehr betreten. Warum ich von diesem Gespräch erzähle, Herr Kommandant: weil dieser Bildhauer, der soeben in Venedig gefeiert wurde, verdammt recht hat. Ich bin ein Retortenmensch, gezüchtet in einem Musterlaboratorium, geleitet nach den Prinzipien der Erzieher und Psychiater, die unser Land nebst Präzisionsuhren, Psychopharmaka, Bankgeheimnis und ewiger Neutralität hervorgebracht hat. Ich wäre ein Musterprodukt dieser Versuchsanstalt geworden, nur eines fehlte in ihr: ein Billardtisch. So wurde ich in die Welt gesetzt, ohne sie durchschauen zu können, weil ich mich nie mit ihr auseinandergesetzt hatte, weil ich mir vorstellte, in ihr müsse die Waisenhausordnung herrschen, in der ich aufgewachsen war. Unvorbereitet wurde ich in die Raubtierordnung der Menschen gestoßen, unvorbereitet sah ich mich den Trieben gegenüber, durch die sie geformt wird, Gier, Haß, Furcht, List, Macht, aber ebenso hilflos wurde ich jenen Gefühlen ausgesetzt, welche die Raubtierordnung menschlich macht, der Würde, dem Maß, der Vernunft, der Liebe endlich. Ich wurde von der menschlichen Wirklichkeit weggetrieben wie ein Nichtschwimmer von einem reißenden Fluß, mit meinem Untergang kämpfend, wurde ich im Untergang selber ein Raubtier, zu welchem nach dem nächtlichen Gespräch mit Stüssi-Leupin, in welchem ich das Material verkaufte, das dazu dienen sollte, einen Mörder freizusprechen, dessen Tochter kam: Hélène erwartete mich in meiner Anwaltspraxis am Zeltweg, in meiner piekfeinen Dreizimmerwohnung, die ich von Benno übernommen hatte. Erst jetzt fällt mir auf, daß sie mich in und nicht vor der Wohnung erwartete. Im Sessel vor meinem Schreibtisch. Und daß sie sich in der Wohnung auskannte. Aber Benno – wer fiel nicht auf ihn herein. So kam sie, weil sie mir vertraute, und so gab sie sich hin, weil ich sie begehrte, aber den Mut, mich auch ihr anzuvertrauen, und den Glauben, daß auch sie mich begehrte, weil sie mich liebte, hatte ich nicht. So verfehlten wir unsere Liebe. Ich verschwieg ihr, daß ihr Vater nicht gezwungen war zu morden (auch wenn es die teuflische Zwergin gewünscht haben soll), daß es ihm nur gefiel, auf diesem armseligen Planeten den Herrgott zu spielen, und daß ich mich zweimal hatte kaufen lassen, von ihm und von einem Staranwalt, der Freude daran hatte, das Spiel der Justiz zu Ende zu spielen, wie ein Großmeister, der eine Schachpartie großmütig übernimmt, die ein Anfänger begann. So schliefen wir miteinander, ohne miteinander zu sprechen, ahnungslos, daß es kein Glück ohne Sprache gibt. Vielleicht gibt es darum nur das momentane Glück, das Glück, das ich in jener Nacht spürte, als ich ahnte, was aus mir hätte werden können, eine unfaßliche Möglichkeit, die in mir lag und die ich dann nicht verwirklicht habe, und weil ich damals glücklich war, eine Nacht lang, war ich überzeugt, daß ich würde, was ich nicht wurde. Als wir uns am Morgen anstarrten, wußten wir, daß alles vorüber war. Nun muß ich zum Flughafen.

III

Nachwort des Herausgebers: Ich machte auf eine recht seltsame und im Grunde zufällige Weise Bekanntschaft mit einigen Personen, von denen ich erst später begriff, daß sie nicht nur in diese vielschichtige Handlung verwickelt, sondern auch deren Hauptakteure waren.

Es muß um das Jahr 1984 herum gewesen sein. In München. Ich führe kein Tagebuch. Meine Zeitangaben sind nie allzu genau. Ich nehme an, Ende Mai, und ich hielt die Geschichte damals für erfunden. Eine bequeme Villa, ein bequemer Park, der sich unter hohen Bäumen verliert. Im Park, der Villa entlang, gedeckte Tische. Eine angenehme Gastgeberin. Verleger, Journalisten, Film-, Theater-, klug dosiertes Kulturleben. Wie immer verwechsle ich jemand mit jemandem. Bin unsicher, ob eine andere die sei, von der ich glaube, daß sie es sei. Dann ist es doch eine andere. Dann ist ein anderer jemand ganz anderes. Dann erschrecke ich erschrocken einen Intendanten eines Hauses, wo ich einst alle kannte und jetzt niemand mehr kenne. Ich denke, er denkt, ich wolle ihm ein Stück andrehn, und er denkt, ich wolle ihm ein Stück andrehn. Ein Schauspieler läuft herum wie ein König Lear, der seinen Text vergessen hat, und ist untröstlich: »Das Theater ist am Ende. Es gibt keine neuen Stücke.« Einen anderen Schauspieler habe ich so oft im Fernsehen gesehen, daß ich mir einbilde, er sei ein alter Bekannter, und er ist bestürzt, weil wir uns zum ersten Mal begegnen. Eine Frau schiebt einen Greis im Rollstuhl herein. Elegant, überlegen, schön. Um die Fünfzig. Ich kenne sie, aber weiß ihren Namen nicht. Sie begrüßt mich reserviert, duzt mich und nennt mich Max. Sie hat mich verwechselt. Gelächter. Sie entschuldigt sich. Ich fühle mich geehrt. Sie siezt mich wieder. Wer der Greis sei? Ihr Vater. Er muß uralt sein. Bald hundert. Zart und zerbrechlich. Ungemein lebendig. Rosige Haut. Dünnes weißes Haar, gestutzter

Schnurrbart, gepflegter Bart, halb Voll-, halb Spitzbart. Er habe mit dem bayerischen Ministerpräsidenten konferiert. Über Politik? Über eine Stiftung effektiver Wissenschaft. Verstehe nicht. Es gebe heute zuviel unnütze Wissenschaft. Verstehe. Sie denkt immer noch, ich kenne sie, und ich kenne sie nicht. Die Gastgeberin unterhält sich mit dem Greis. Plaudert mit ihm. Lacht viel. Der Greis muß witzig sein. Sitze zwischen der unbekannten Bekannten und der deutschen Witwe eines italienischen Verlegers, den ich einmal einen Tag lang in Mailand kennengelernt habe. Die Bekannte, auf deren Namen ich nicht komme, hat bemerkt, daß ich nicht weiß, wer sie ist. Sie ist verstummt. Die Witwe erzählt mir von einer Schauspielerin, in die ich einmal verliebt war. Die sei mit einem Feuerwehrmann durchgebrannt. Nach dem Essen in den Salon. Die Film- und Theatermenschen scharen sich um den Intendanten. Sie interessieren sich für die Kunst. Die anderen um den Greis im Rollstuhl. Sie interessieren sich für die Wirklichkeit. Ein Kunstkritiker hält mit einer kurzen Dankesrede an die Gastgeberin einige Minuten lang die beiden Sphären zusammen. Er versteht zuviel von der Kunst, um die Wirklichkeit nicht zu unterschätzen, und zuviel von der Wirklichkeit, um die Kunst nicht zu überschätzen. Dann fallen die beiden Sphären wieder auseinander. Die einen diskutieren über Botho Strauss, die andern über Franz Josef Strauß. Was der Greis von diesem halte. Historiker, kein Meteorologe. Was er damit sagen wolle? Der Historiker komme mit langfristigen Aussagen. Er sei Metaphysiker. Bilde sich ein, den Weltgeist im Griff zu haben. Der Meteorologe wage nur kurzfristige Aussagen. Er sei Wissenschaftler. Bilde sich nicht ein, eine Gashülle im Griff zu haben. Die Welt sei undurchschaubar. Was politisch möglich sei? Schnelle chirurgische Eingriffe und dann die zufällige Wirkung beobachten. Was er damit meine? Ein Konzern, den er freiwillig beraten und unfreiwillig geführt habe, sei in eine diffizile Lage geraten. Es sei unnötig, sie näher zu beschreiben. Wirtschaftliche Zusammenhänge seien noch komplizierter als eine Gashülle, die Voraussagen noch ungenauer. Der Greis sprach leicht, leise und schnell. Nur hin und wieder war ein leises Gebißgeklapper bemerkbar. Es habe sich eigentlich nur um die Notwendigkeit gehandelt, eine Person zu ermorden oder ermorden zu lassen. Alles war verblüfft. Verlegen. Doch dann wieder gerührt. Als würde der Greis eine Liebesgeschichte erzählen. Gewiß, mit einem Mord zu kommen, war ein Fauxpas. Auch der Kulturzirkel horchte herüber. Es war schon ein wenig, als hätte der Greis einen Fisch mit dem Messer gegessen. Aber ein König und beinah Hundertjähriger darf auch das. »Er ist einfach reizend«, hauchte eine Schauspielerin herüber, die ich auch schon im Fernsehen oder im Film gesehen hatte oder glaubte gesehen zu haben. Leinwand und Bildschirm backen die Gesichter zusammen. Mindestens zehn sehen gleich aus. Der Greis ließ sich ein Glas Champagner geben. Schlürfte. Ein Regisseur und Schauspieler, mit mir seit langem befreundet, erschien. Schweizerischer Herkunft. Typ russischer Großfürst nach Verlust seiner Ländereien, gewohnt, mit Leibeigenen umzugehen, groß, wohlbeleibt. Gepflegter Bart, gewählt nachlässig gekleidet. Handküßte die Gastgeberin, bemerkte die irritierte Gesellschaft, überflog sie amüsiert, sagte mit der nur ihm eigenen herzerwärmenden Grandezza, »Grüß Gott, Herr Kantonsrat, grüß dich, Hélène«, winkte mir zu, nicht ungnädig, sagte dann, »ich seh, der Herr Kantonsrat ist dabei, seine Geschichte zu erzählen. Sie ist phantastisch«, goß sich Champagner ein, setzte sich. Der Greis erzählte weiter. Es ging eine Autorität von ihm aus, die alle in Bann zog. Es lag nicht daran, was er sagte, sondern wie er es sagte. Es ist darum auch eigentlich unmöglich, seine Geschichte, so wie er sie erzählte, wiederzugeben. Die Gastgeberin möge verzeihen, wenn er unverblümt von Mord gesprochen habe. Man habe ihn gefragt, was politisch möglich sei, fuhr er ungefähr fort. Die Politik und die Wirtschaft unterlägen den gleichen Gesetzen, jenen der Machtpolitik. Das gelte auch für den Krieg. Besonders die Wirtschaft sei eine Fortsetzung des Kriegs mit anderen Mitteln. Wie es Kriege zwischen Staaten gebe, gebe es Kriege zwischen Konzernen. Den Bürgerkriegen entsprächen die internen Machtkämpfe innerhalb eines Konzerns. Überall stehe man immer wieder vor der Notwendigkeit, Menschen von der Macht auszuschalten oder selber ausgeschaltet zu werden. Da sei ein schneller chirurgischer Griff vonnöten und abzuwarten, ob er erfolgreich gewesen sei oder nicht. Das brauche, das sei zugegeben, in den seltensten Fällen durch einen Mord zu geschehen. Morde seien eigentlich wirkungslose Methoden. Der Terrorismus kräusle nur die Oberfläche der Weltstruktur. Sein Mord sei notwendig gewesen. Doch sei nicht der Mord das Problem gewesen, sondern die Erkenntnis, daß nur ein Mord weiterhelfen konnte. Gewiß, er hätte den Mord anordnen können. Alles lasse sich delegieren. Aber er sei jetzt bald hundert und habe sich bis jetzt seine Schuhe selber gebunden. Seien später noch weitere Morde nötig, die erledigten sich von selber, Gott habe bei der Erschaffung der Welt nur einmal zugegriffen. Ein Anstoß hätte genügt. Auch ihm sei die Lösung des Problems blitzschnell gekommen. Er schmunzelte. Er habe vor mehr als dreißig Jahren einen zu jener Zeit ebenso berühmten wie unbeliebten Politiker von einer Privatklinik zum Flughafen begleiten müssen. In der Klinik habe der berühmte Politiker in einem dicken Wintermantel wirr vor dem Bett gestanden. Er werde verfolgt. Die Erbschaftssteuer, die er durchgesetzt habe, hätte zu viele ruiniert. Er werde sich zur Wehr setzen. Er habe einen Revolver aus dem Mantel gezogen. Damit werde er jeden enterbten Erben niederschießen. Eine Schwester sei um Hilfe schreiend davongestürzt. Dann habe er den Revolver wieder in den Mantel gesteckt. Der Arzt sei mit zwei Pflegern herbeigerast gekommen. Ein Oberst im Militär, ein rüder Kerl in der Medizin, diagnostizierte, die Krankheit sitze dem Politiker nun auch im Hirn, na ja, beruflich nicht schlimm, er pumpe den Mano noch einmal mit Beruhigungsmitteln voll, dann ab mit ihm in die Heimat, sonst kratze der ihm noch hier ab. Der arme Bursche sei nach kurzem Kampf, bei dem ein Pfleger k.o. ging, aus seinem Wintermantel samt Revolver ausgepackt, sein Hintern – pardon, die Damen – vollgespritzt, in seinen Wintermantel wieder eingepackt und in seinen Rolls-Royce gestopft worden. So sei er denn mit einem bewaffneten, verrückt gewordenen Staatsmann in die Stadt gefahren. Ein wunderschöner Frühlingsabend. Beim Eindunkeln. Gegen sieben. Da man bei ihnen früh aufstehe, speise man auch frühabends. Wie er nun mit dem vor sich hin dösenden Finanzgenie die Rämistraße hinuntergefahren sei und die in die Restaurants stürzenden Menschen gesehen habe, sei ihm eine Möglichkeit durch den Kopf geschossen, wie er sein Problem auf die eleganteste Weise der Welt zu lösen vermöchte. »Mein Gott«, sagte die deutsche Witwe des italienischen Verlegers, sei das spannend. Die Person, erzählte der Greis weiter, deren Einfluß auf den Konzern er zu beseitigen hatte, habe oft die Gewohnheit gehabt, um diese Zeit in einem aller

Welt bekannten Lokal zu speisen. Der Greis hatte ein zweites Glas Champagner geleert. Er habe anhalten lassen, dem nun leise schnarchenden Minister den Revolver aus dem Mantel gezogen, sei ins Lokal gegangen, habe festgestellt, daß er richtig spekuliert hatte, daß die Person anwesend war, worauf er sie erschoß und, wieder im Rolls-Royce, den Revolver dem Politiker in die Manteltasche zurückgeschoben und ihn, den ehrenwerten Minister Ihrer Majestät, nach dem Flughafen gefahren und in eine Spezialmaschine verfrachtet, die den kranken Parteiführer samt Revolver durch die Lüfte auf seine Insel davongetragen habe, wo er, kaum angekommen, das einstige Weltreich endgültig finanziell ruinierte. Leises Gekicher von der Kultur her. Die Tochter von einer gespenstisch hoheitsvollen Ruhe. Ihr Vater hätte erzählen können, er habe ein Konzentrationslager geleitet, sie hätte keine Miene verzogen. Wir hörten alle gebannt zu. Wie in einem bösen Märchen. Und doch amüsiert, ja belustigt, verzaubert von der Leichtigkeit und dem Sarkasmus, mit welchen der Greis erzählte, die alles ins Abstrakte, Unwirkliche rückten. Ein Verleger fragte verwirrt: »Und Sie?« – »Mein Bester«, antwortete der Greis, einem Etui eine schwere Zigarre entnehmend (ich schätze, mich an meine Raucherzeit erinnernd, daß es eine Toppers war), »mein Bester«, er vergesse zweierlei. In welchen Gesellschaftskreisen wir uns bewegten, und die Justiz, die sich, wenn auch mehr unbewußt als bewußt, nach den Gesellschaftskreisen richte, über die sie zu befinden habe, wenn sie auch – besonders Privilegierteren gegenüber – manchmal allzu rabiat vozugehen pflege, um die Vorurteile abzustreiten, die sie nun einmal habe. Aber wozu langweilen. Er sei verhaftet worden, vom Obergericht verurteilt, aber dann vom Geschworenengericht freigesprochen worden, trotzdem der Mord in aller Öffentlichkeit begangen worden sei. Na ja, notwendigerweise. Eindeutige Beweise fehlten. Die Zeugen hätten sich widersprochen. Die Tatwaffe sei nie gefunden worden. Wer schaue schon im Mantel eines Ministers nach. Ein Motiv habe man ihm nicht nachweisen können. Ein Konzern sei für einen Staatsanwalt undurchschaubar. Und dann sei auch zufällig ein ehemaliger Schweizermeister im Pistolenschießen zugegen gewesen, der, als man ihn verhören wollte, sich erhängt habe, Glück müsse man haben, es sei natürlich auch möglich, daß dieser geschossen hätte im Augenblick, als er, damals siebzigjährig, hätte schießen wollen, was wirklich gewesen sei, sei der Tote, den Kopf auf dem Tournedos Rossini mit grünen Bohnen, wie er sich erinnere, doch wie diese Wirklichkeit möglich geworden sei, sei im Grunde nebensächlich. Er zündete sich die Zigarre an, mit der er vorher hantiert hatte, ein wenig wie ein Dirigent mit seinem Taktstock. Plötzlich brach die Gesellschaft in Gelächter aus, einige klatschten in die Hände, ein dicker Journalist öffnete ein Fenster und lachte in die Nacht hinaus: »Ein unsterblicher Witz.« Alle waren von seiner Unschuld überzeugt. Auch ich. Warum eigentlich? Durch seinen Charme? Durch sein Alter? Köstlich, strahlte die deutsche Witwe des italienischen Verlegers, die

Gastgeberin meinte, das Leben schreibe die unwahrscheinlichsten Geschichten, die Tochter sah mich an, kalt und aufmerksam, als wolle sie erforschen, ob ich die Geschichte glaube. Der Greis rauchte seine Zigarre und brachte das Kunststück zustande, das mir nie gelungen war, den Rauch in Ringen auszustoßen. Er verstehe, meinte er, ein zu Unrecht Beschuldigter sei nicht genierlich wie ein Mörder, daher der herzliche Beifall, es sei sein Schicksal, daß ihm niemand seinen Mord glauben wolle. Auch ich wohl nicht, und damit wandte er sich an mich, der ich in meinen Komödien meine Helden gleich haufenweise ins Jenseits schicke. Erneutes Gelächter, es ging hoch her, schwarzer Kaffee wurde serviert, Cognac. Was bleibe, sei die Frage nach der Moral, begann der Greis aufs neue, sich auf die Asche seiner Zigarre konzentrierend, die er nicht abstreifte, sondern sorgsam anwachsen ließ. Plötzlich war er ein anderer. Nicht mehr hundertjährig, sondern zeitlos. Ob er nun getötet habe oder nur töten wollte, sagte er, moralisch zähle die Absicht, nicht die

Ausführung. Doch die Frage der Moral sei eine Frage der Rechtfertigung einer Handlung, die nicht den allgemeinen Grundsätzen einer Gesellschaft entspräche, nach denen diese sich angeblich richte. Nun falle die Rechtfertigung in die Kategorie des Dialektischen. Dialektisch lasse sich alles rechtfertigen, somit auch moralisch. Darum halte er jede Rechtfertigung für stillos, überspitzt gesagt, jede Moral für unmoralisch, er könne nur ins Feld führen, er habe im Interesse eines Konzerns gehandelt, der übrigens trotzdem pleite gegangen sei, so daß auch sein schöner Mord nutzlos gewesen sei, ob er ihn nun begangen habe oder ob er von einem anderen verübt worden sei, worauf er die Frage, was politisch zu erreichen sei, dahin beantworten könne: Wenn etwas, nur durch Zufall, und, wenn etwas zufällig erreicht worden sei, stelle es das Gegenteil dessen dar, was man habe erreichen wollen. Dann entschuldigte er sich. Die verehrte Gastgeberin möge so gütig sein, ihn zu entlassen, und seine Tochter Hélène ihn in die ›Vier Jahreszeiten‹ führen. Sie rollte ihn hinaus, ohne mich noch eines Blickes zu würdigen. Ich hielt seine Geschichte für erfunden. Wer mordet schon so. Aber daß der Greis einmal mächtig gewesen war und noch beträchtlichen Einfluß hatte, war nicht zu übersehen, wozu hätte ihn sonst Strauß empfangen. Ich hielt ihn für einen Wirtschaftsführer, der seine Leichen im Keller hatte, doch Börsenmanöver sind komplizierter zu erzählen als Morde, und so plauderte er denn über einen erfundenen Mord, von dem er sicher sein konnte, daß man ihm diesen im Gegensatz zu seinen Spekulationen nicht zutraute. Schon im Taxi vergaß ich seine Geschichte, dachte nur noch der Dialektik nach, die er der Moral zugeordnet hatte, und erinnerte mich plötzlich an seinen Namen: Kohler, Isaak Kohler. Ich hatte einmal bei einem Bankett der Freunde des Schauspielhauses ihm gegenübergesessen. Neben seiner Tochter. Irgendwann. Vor vielen Jahren. Was gefeiert wurde, weiß ich nicht mehr. Endlose Reden. Kohler sah damals vital und braungebrannt aus, seine Tochter berichtete, er sei eben von einer Weltreise zurückgekommen.

Im Sommer darauf, vielleicht schon anfangs September. Der Vater einer Bekannten war gestorben, einer Stüssi-Moosi. Sie war vor etwa fünfzehn Jahren unsere Hausangestellte gewesen. Sie meldete mir, der Hof ihres Vaters sei zu verkaufen. Ich kannte den Hof. Er war alt und halb zerfallen. Ich war entschlossen, ihn zu kaufen. Die Aussicht beeindruckend. Unten das Stüssital mit Stüssikofen, dann Flötigen, die Hochalpen. Hinter dem Hof steil abfallend eine Fluh. Das Dorf ein Nest, noch nicht in den eigentlichen Alpen gelegen. Alte Häuser. Eine Kapelle. Hin und wieder predigt der Pfarrer von Flötigen. Ein Gasthof. Erstaunlich, daß es noch Dörfer ohne Fremdenverkehr gibt. Zu verhandeln hatte ich mit dem »Fürsprecher«, wie man dort einen Rechtsanwalt nennt. Er bewohnte ein Zimmer im Gasthof ›Zum Leuenberger‹, wickelte seine Geschäfte in der Gaststube ab. Zwischen Bauern als Zuhörer. Er schien mehr eine Art Dorfrichter zu sein, schlichtete, als ich ankam, eine Schlägerei. Ein Bauer mit verbundenem Kopf zog fluchend davon. Der Fürsprecher ist nachträglich schwer zu beschreiben. Etwa gegen Fünfzig. Er konnte auch wesentlich jünger sein. Schwerer Alkoholiker. Trank Bäzi, einen Schnaps, den man anderswo Obstler nennt. Er wirkte bucklig, ohne es zu sein. Griesgrämig. Das Gesicht aufgedunsen, nicht unedel. Die Augen wasserblau, rot unterlaufen. Meistens listig, oft verträumt. Er versuchte mich zu betrügen. Er verlangte den doppelten Preis, den mir die ehemalige Hausangestellte angedeutet hatte. Erzählte komplizierte Geschichten über Schwierigkeiten mit dem Gemeinderat von Stüssikofen. Er schwafelte über ungeschriebene Gesetze. Er nannte den Hof verhext, der Stüssi-Moosi-Bauer habe sich erhängt. Jeder Stüssi-Moosi-Bauer habe sich erhängt. Die Bauern hörten mit einer unverschämten Offenheit zu, mimten Sich-Erhängen, als er von den erhängten Bauern sprach, hoben die rechte Hand über den Kopf, als zögen sie an einem Strick, verdrehten die Augen, streckten ihre Zungen heraus. Ich begriff, daß der Fürsprecher mich nicht betrügen, sondern den Kauf des Hofs verhindern wollte – dafür betrog er später die Familie unserer ehemaligen Hausangestellten. Er verkaufte den Hof zu einem Spottpreis an einen Stüssi-Sütterlin. Als er spürte, daß mein Interesse am Hof nachließ, mehr durch die Feindseligkeit der Bauern als durch seine Ausflüchte, wurde er leutselig. Allerdings war er nun betrunken. Doch nicht unangenehm. Im Gegenteil. Er wurde witzig. Wenn auch auf eine bissige Weise. Er begann zu erzählen. Die Bauern rückten zusammen. Sie feuerten seine Erzählung an. Offenbar kannten sie seine Geschichten. Sie hörten ihm zu, wie man einem Märchenerzähler zuhört. Er behauptete, er sei in der größten Stadt unseres Landes ein berühmter Anwalt gewesen. Scheißberühmt, wie er sich ausdrückte. Er habe Geld wie Heu verdient. Mit den Großbanken, mit den reichen Familien der Stadt. Aber die liebsten Klienten seien ihm die Prostituierten gewesen. »Seine Huren«, wie er sich ausdrückte. Er erzählte unzählige Schnurren. Besonders über einen »Orchideen-Noldi«. Die meisten hielt ich für erfunden. Aber ich war gefesselt.

Weniger durch die Geschichten als durch die in sie verpackte Gesellschaftskritik. Sie hatte etwas Anarchistisches. Sie entsprach nicht der Wirklichkeit, sie entsprach seinem Kopf. Er verwirrte sich in eine Geschichte um einen Mordprozeß. Er machte den Angeklagten nach, die fünf Oberrichter. Die Bauern wieherten. Er als Verteidiger habe den Prozeß gewonnen. Darauf habe er bemerkt, daß der Freigesprochene doch der Mörder sei. Der Freigesprochene, ein Regierungsrat, hatte ihn, den Fürsprecher, und die fünf Oberrichter hereingelegt. Die Bauern jauchzten, soffen nun auch Bäzi. Offensichtlich hatten sie die Geschichte schon oft gehört und konnten sie nicht genug hören. Immer wieder forderten sie den Fürsprecher auf weiterzuerzählen, er zierte sich, man schenkte ihm Bäzi ein, er wies auf mich, das interessiere mich doch nicht, man schenkte mir Bäzi ein, doch, doch, das interessiere mich. Der Fürsprecher erzählte, wie er versucht habe, einen Revisionsprozeß zu erreichen, aber die Regierung und zuletzt das Bundesgericht hätten das verhindert. Ein Regierungsrat sei eben ein Regierungsrat. Jedes juristische Hindernis, jede Schikane rief ein Hohngelächter hervor. So gehe es zu in der freien Schweiz, rief ein Bauer und bestellte noch ein Bäzi. Dann habe er auf eigene Faust gehandelt, sagte der Fürsprecher. Er habe gewartet, bis der Regierungsrat von einer Weltreise zurückgekommen sei. Aus der Presse habe er die Ankunftszeit erfahren. Dann habe er dem Polizeikommandanten seine Absicht mitgeteilt. Der habe den Flughafen abriegeln lassen. Aber der Fürsprecher habe sich in der Putzmannschaft als Putzfrau verkleidet eingeschmuggelt. Er habe in einem aufklappbaren künstlichen Busen einen Revolver versteckt. Ein Polizist habe nach seinen falschen Brüsten gegriffen. Der Fürsprecher habe geschrien, man wolle ihn vergewaltigen. Der Polizeikommandant habe sich entschuldigt und den Polizisten in die Gefängniszelle des Flughafens gesperrt. Die Bauern schlugen sich johlend auf die Schenkel. Dann erzählte der Fürsprecher, wie er den durch ihn freigesprochenen Mörder erschossen habe. Auf dem Weg zur First Class Lounge. Der Regierungsrat fiel Kopf voran in den Putzkübel. Wie Tell den Geßler in der Hohlen Gasse hab er den »Uhung« erledigt, grölte ein Bauer. Die anderen brachen in Beifallsrufe aus. Ein Heidenlärm. Das sei noch echte Gerechtigkeit. Der Fürsprecher spielte seine Verhaftung vor. Schilderte, wie ihm der Polizeikommandant den falschen Busen vom Leib gerissen habe. Kletterte auf den Tisch. Hielt die Verteidigungsrede vor den fünf Oberrichtern, die den Ermordeten freigesprochen hatten und nun dessen Mörder freisprechen mußten. Da habe er den Oberrichtern gesagt »Pfui Teufel, Justiz« und sei Fürsprecher im Stüssital geworden. Dann fiel er auf den Stuhl herunter. Ein Bauer erhob sich, eine halbvolle Flasche Bäzi in der Linken, klopfte dem Erzähler auf die Schultern, erklärte, er selber sei ein Stüssi-Stüssi, und der Fürsprecher sei der einzige Nicht-Stüssi in Stüssikofen, aber trotzdem ein Schweizer von echtem Schrot und

Korn, dann trank er die Flasche leer und fiel über den Tisch, begann zu schnarchen. Die anderen stimmten die abgeschaffte Nationalhymne an, deren erste Strophe schließt: »Heil dir Helvetia! Hast noch der Söhne ja, wie sie St. Jakob sah, freudvoll zum Streit.« Die Geschichte kam mir irgendwie bekannt vor. Ich wollte noch einige Details wissen, aber der Fürsprecher war zu betrunken, um noch ansprechbar zu sein. Einige Bauern erhoben sich drohend, während die anderen schon den Schluß der zweiten Strophe sangen: »Da wo der Alpenkreis nicht dich zu schützen weiß, wall dir vor Gott, steh'n wir den Felsen gleich, nie vor Gefahren bleich, froh noch im Todesstreich, Schmerz uns ein Spott.« Der Fürsprecher tat mir leid. Aus dem Staranwalt war ein heruntergekommener Winkeladvokat geworden. Er hatte einen Mord begangen, hatte seinen eigenen Prozeß gewonnen, aber der Mord hatte ihn erledigt. Ich gab den Gedanken auf, den Hof zu kaufen. Ich hatte zu gehen, im Stüssital sind die Leute aus der Stadt unbeliebt, und da sie an meinem Wagen gesehen hatten, daß ich aus Neuchâtel kam, war ich ohnehin ein fremder Fötzel, obgleich ich die gleiche Sprache rede wie sie, vielleicht weniger singend. Ich verließ das Wirtshaus. »Trittst im Morgenrot daher, seh ich dich im Strahlenmeer, dich, du Hocherhabener, Herrlicher! Wenn der Alpen Firn sich rötet, betet, freie Schweizer, betet. Eure fromme Seele ahnt Gott im hehren Vaterland!« dröhnte es mir nach. Sie waren zur neuen Nationalhymne übergegangen.

Dann wieder Vergessen. Der Greis im Rollstuhl, seine Tochter, der besoffene Mörder in der Gaststube in Stüssikofen inmitten von besoffenen Bauern sanken ins Unterbewußte. Der Ärger, den Hof nicht kaufen zu können, deckte sie zu. Ich hatte den Hof nicht aus bloßer Laune zu kaufen versucht. Ich brauchte Veränderung. Zurückgekehrt, begann ich umzuorganisieren. Der Unrat, der sich während vierzig Jahren Schriftstellerei angesammelt hatte, wurde ausgemistet. Haufen unerledigter Korrespondenz, nie gesehene und doch bezahlte Rechnungen, Abrechnungen, nie zur Kenntnis genommen, Berge von Korrekturen, endlos umgeschriebene Manuskripte, Fragmente, Fotos, Zeichnungen, Karikaturen, eine Heidenunordnung, die teils in Ordnung verwandelt, teils zum Verschwinden gebracht werden mußte. Berge ungelesener Manuskripte, in der Sintflut unerledigter Post seit Jahrzehnten untergegangen, wahllos schlug ich eines auf. Justiz. Fort mit dem Plunder. Beim Wegwerfen fiel mein Blick auf die erste Manuskriptseite, und ich las den Namen Dr. h. c. Isaak Kohler. Ich holte das Manuskript wieder aus dem Plastiksack. Ein Dr. H. hatte es aus Zürich geschickt, aber ich lese nie die Manuskripte, die mir zugeschickt werden. Mich interessiert Literatur nicht, ich mache selber welche. Dr. H. Ich erinnerte mich. Chur. 1957. Nach einem Vortrag. In einem Hotel. Ich ging zur Bar, um noch einen Whisky zu trinken. Außer der älteren Bardame fand ich dort noch einen Herrn, der sich mir vorstellte, kaum daß ich Platz genommen hatte. Es war Dr. H., der ehemalige Kommandant der Kantonspolizei Zürich, ein großer und schwerer Mann, altmodisch, mit einer goldenen Uhrkette quer über der Weste, wie man dies heute nur noch selten sieht. Trotz seines Alters waren seine borstigen Haare noch schwarz, der Schnurrbart buschig. Er saß an der Bar auf einem der hohen Stühle, trank Rotwein, rauchte eine Bahianos und redete die Bardame mit Vornamen an. Seine Stimme war laut, und seine Gesten waren lebhaft, ein unzimperlicher Mensch, der mich gleicherweise anzog wie abschreckte. Er nahm mich am nächsten Morgen in seinem Wagen nach Zürich mit. Ich blätterte im Manuskript. Es war in Schreibmaschinenschrift. Über dem Titel in Handschrift: »Fangen Sie damit an, was Sie wollen.« Ich begann das Manuskript zu lesen. Ich las es durch. Der Verfasser, ein Rechtsanwalt, war seinem Stoff nicht gewachsen. Die Gegenwart kam ihm dazwischen. Das Wichtigste erzählte er am Schluß, und dann fehlte ihm auf einmal die Zeit. Er überhastete sich. Im großen und ganzen eine eher dilettantische Arbeit. Auch machten mich gewisse Szenen stutzig. Etwa die Kapitelüberschriften: Ein Versuch, Ordnung in die Unordnung zu bringen. Auch gewisse Namen. Wer heißt schon Nikodemus Molch, wer Daphne Müller, wer Ilse Freude? Und wer hält sich schon eine Armee von Gartenzwergen? Hatte mir nicht der Kommandant einmal gesagt, er liebe Jean Paul? Ich konnte den Kommandanten nicht fragen. Er war gestorben. 1970. Dann las ich den Brief, den der Kommandant beigelegt hatte: »Komme von der Beerdigung Stüssi-Leupins. Nur Mock war anwesend. Aß mit ihm nachher im ›Du Théâtre‹ Leberknödelsuppe, Tournedos Rossini mit grünen Bohnen. Nachher langes Suchen nach Mockens Hörgerät. Die Kellnerin hatte es mit der Platte hinausgetragen. Was unseren guten Gerechtigkeitsfanatiker betrifft, so war es ihm doch gelungen, sich in den Flughafen einzuschleichen. In der Putzmannschaft. Und geschossen hat er auch und fiel vor Schreck, daß der Schuß losging, kopfüber in den Putzkübel, zum Glück hat Kohler nichts bemerkt, da gerade ein viermotoriges Flugzeug startete. Schaden hätte der Attentäter ohnehin nicht anrichten können. Er hatte sich getäuscht. Ich bin doch auf den Trödler näher eingegangen. Die Patronen im Alphorn waren sorgfältig präparierte Platzpatronen. Wußte nachher nicht, was ich mit dem Gerechtigkeitsfanatiker anfangen sollte. Er war am Ende. Der Justiz übergeben mochte ich ihn nicht. Stüssi-Leupin (siehe oben) nahm sich seiner an. Verschaffte ihm eine Stelle. Sind nun einige Jahre her. Ihr Dr. H., Exkommandant.« Ich telefonierte nach Stüssikofen. Der Leuenbergerwirt meldete sich. Ich verlangte den Fürsprecher. Tot. Letzte Woche »verräblet«. Wie er geheißen habe? Geheißen? Fürsprecher. Wo er beerdigt sei? Denk in Flötigen. Ich fuhr hin. Der Friedhof lag außerhalb des Dorfes. Von einer Steinmauer eingefaßt. Ein schmiedeeisernes Eingangstor. Es war kalt. Das erste Mal im Jahr, daß ich den Winter ahnte. Friedhöfe haben für mich etwas Vertrautes. Ich spielte als Kind in einem Friedhof. Er war individuell. Jeder Tote hatte sein eigenes Grab,

Grabsteine, schmiedeeiserne Kreuze, Sockel, Säulen, sogar ein Engel war zu sehen. Auf dem Grab von einem Christeli Moser. Aber der Friedhof von Flötigen war ein moderner Friedhof, ein vom Gemeinderat von Flötigen vor zehn Jahren beschlossener Friedhof. Was vor zehn Jahren gestorben war, war nicht mehr vorhanden. Da der Friedhof begrenzt war und nicht mehr erweitert werden konnte – die Bodenpreise waren zu hoch –, wurde nur zehnjähriges Liegen in der Heimaterde gestattet. Dann ab in die Ewigkeit. Doch in diesen zehn Jahren mußte man strammliegen. Jedem sein gleiches Grab. Seine gleichen Blumen. Sein gleicher Grabstein. Mit der gleichen Schrift beschriftet. So lagen die Toten in Reih und Glied, sogar der, den ich suchte. Unordentlich im Leben, ordentlich als Leiche. Der letzte neben einem noch leeren Grab. Der Grabstein und die Blumen (Astern, Chrysanthemen) waren schon gesetzt. Auf dem Grabstein:

FELIX SPÄT, FÜRSPRECHER, 1930–1984.

Zu Hause las ich noch einmal das Manuskript durch. Es mußte vom Urmanuskript abgetippt worden sein. Trotz der Dichtereien, die durch den Kommandanten hineingeraten sein mochten, war es am authentischsten. Was Späts Erzählung betrifft, rühmte er sich in Stüssikofen eines Mordes, den er nicht begangen hatte, und Kohler unterschob in München seinen Mord jenem, den er mit dem Ermordeten beseitigen wollte. Ich ließ das Manuskript fotokopieren. Die Adresse des Dr. h. c. Isaak Kohler fand ich im Telefonbuch. Ich schickte ihm die Kopie. Einige Tage später erhielt ich einen Brief von Hélène Kohler. Sie bat mich, sie zu besuchen. Der Zustand ihres Vaters lasse ihre Abwesenheit nicht zu. Ich telefonierte. Anderntags betrat ich den Kohlerschen Besitz.

Es war, als träte ich ins Manuskript ein, als kommentiere es mich, als ich vom schmiedeeisernen Gartenportal der Villa entgegenging. Die Natur atmete Reichtum. Die Oktoberflora ließ sich nicht lumpen. Die Bäume durchweg majestätisch. Noch fast sommerlich. Kein Föhn. Kunstvoll zugeschnittene Hecken und Büsche. Bemooste Statuen. Nackte bärtige Götter mit jugendlichen Hintern und Waden. Stille Teiche. Ein gravitätisches Pfauenpaar. Alles totenstill und versponnen. Nur einige Vögel waren zu vernehmen. Das Haus von wildem Wein, Efeu und Rosen umrankt, vergiebelt, groß und geräumig. Innen bequem und leicht. Antike Möbel, kostbare Stücke. An den Wänden berühmte Impressionisten. Später alte Holländer (ein uraltes Dienstmädchen führte mich). Im Arbeitszimmer Dr. h. c. Isaak Kohlers hatte ich zu warten. Der Raum war geräumig. Von der Sonne vergoldet. Durch die geöffnete Flügeltür konnte man in den Park gelangen. Die beiden Fenster, die Tür flankierend, reichten fast bis zum Fußboden. Kostbares Parkett. Ein riesiger Schreibtisch. Tiefe Ledersessel. An den Wänden keine Bilder, nur Bücher bis zur Decke. Ausschließlich mathematische und naturwissenschaftliche Werke, eine beachtliche Bibliothek. In einer weiten Nische der Billardtisch, auf welchem vier Kugeln lagen. Durch die geöffnete Tür rollte sich der uralte Dr. h. c. Isaak Kohler, noch zarter, noch zerbrechlicher, noch durchsichtiger geworden, ein Phantom beinah. Er schien mich nicht zu bemerken. Er rollte sich zum Billardtisch. Er kletterte zu meinem Erstaunen aus dem Rollstuhl und begann Billard zu spielen. Aus einer Türe im Hintergrund kam Hélène. Sportlich, Blue jeans, Seidenhemd, handgestrickte Jacke mit drei großen roten, blauen und gelben Quadraten. Sie legte einen Finger an den Mund. Ich verstand. Ich folgte ihr. Ein großer Gesellschaftsraum. Wieder eine offene Flügeltüre. Auf einer Terrasse nahmen wir Platz. Unter einer Marquise. Das letzte Mal in diesem Jahr, daß ich draußen saß. Alte Korbstühle, ein Eisentisch mit einer Schieferplatte. Auf dem Rasen eine Mähmaschine. Die ersten Laubhaufen. Die Pfauen dazwischen. Sie sagte, sie gärtnere gerade. Ein Bursche stak hinten im Park Erde um. Pfiff dabei. Die Pfauen müßten sie abschaffen. Die Nachbarn reklamierten. Sie hätten ein halbes Jahrhundert reklamiert. Aber ihr Vater liebe Pfauen. Sie glaube, nur um die Nachbarn zu ärgern. Er habe die Pfauen einfach schreien lassen. Trotz der Polizei, die von Zeit zu Zeit vorgesprochen habe. Der Pfauenschrei sei das Gräßlichste, was man hören könne. Die Häuser um sie herum hätten der Pfauen wegen an Wert verloren. Der Bodenpreis sei gesunken. Ihr Vater hätte alles aufgekauft. Die Nachbarn hätten nicht mehr zu reklamieren gewagt. Dann schenkte sie mir Tee ein. Ihr Vater sei ein Ungeheuer, sagte ich. Das könne sein, sagte sie. Ob sie das Manuskript gelesen habe? Überflogen, antwortete sie. Spät habe sie geliebt, meinte ich, darüber hatte er Hemmungen zu schreiben, und auch sie habe ihn einmal geliebt. Der gute Spät, sagte sie, die einzige, die er je geliebt habe, sei Daphne gewesen, über die schreibe er auch am lebendigsten. Die Liebe zu ihr, Hélène, bilde er sich nur ein. Habe er sich eingebildet, stellte ich richtig, der gute Spät sei vor vierzehn Tagen gestorben, im Stüssital. »Der Tee ist kalt geworden«, sagte sie und goß den Inhalt ihrer Tasse über die Terrasse auf den mit gelbem Laub bedeckten Rasen, vor die Füße des Gärtnerjungen, der frech pfeifend vorbeilief.

Dann schrien die Pfauen. Das täten sie um diese Zeit sonst nicht, erklärte sie, sie würden gleich aufhören. Aber die Pfauen hörten nicht auf. Wir sollten am besten hineingehen, sagte sie, und wir gingen hinein, schlossen die Flügeltüre, setzten uns in zwei Fauteuils, zwischen uns ein kleiner Spieltisch. Cognac? Bitte. Sie schenkte ein. Die Pfauen schrien draußen weiter, stur, unheimlich. Zum Glück höre ihr Vater die Biester nicht, sagte sie, und dann fragte sie, ob ich das mit der echten Monika Steiermann gelesen habe. Das komme mir alles unwahrscheinlich vor, antwortete ich. Auch sie sei einmal bei ihr eingeladen gewesen, an einem Sommerabend, sagte Hélène, sie sei noch nicht ganz achtzehn gewesen und habe Daphne, wie alle in dieser Stadt, für Monika Steiermann gehalten und sie bewundert, aber auch neidisch sei sie gewesen und auch auf Benno sei sie neidisch gewesen, weil er sie gemieden hätte, wen habe der sonst damals nicht alles verführt, es sei geradezu schick gewesen, mit Benno zu schlafen, so wie es schick gewesen sei, mit Monika Steiermann zu schlafen, obgleich man überzeugt gewesen sei, die beiden würden heiraten, auch das habe man für schick gehalten, aber sie, Hélène, sei die Tochter Kohlers gewesen und unantastbar. Benno sei ihr aus dem Weg gegangen. Doch habe sie keine Bedenken gehabt, die Einladung der Steiermann anzunehmen, vielmehr im geheimen gehofft, dort Benno zu treffen, so verliebt sei sie gewesen. Sie habe es ihrem Vater nach dem Abendessen beim schwarzen Kaffee mitgeteilt. Ob sie in die Aurorastraße eingeladen worden sei, habe ihr Vater gesagt und zum Marc gegriffen, er trinke zu Hause immer Marc. Ins ›Mon Repos‹, habe sie gesagt, dorthin sei noch niemand eingeladen worden. Nein, habe ihr der Vater geantwortet, dorthin seien bis jetzt nur Lüdewitz und er eingeladen worden. Ob er ihr einen Rat geben dürfe? Sie befolge keinen Rat, habe sie störrisch entgegnet. Sie solle die Einladung nicht annehmen, habe ihr Vater gesagt und seinen Marc ausgetrunken, das sei sein Rat. Aber sie sei trotzdem gegangen. Sie sei mit dem Fahrrad zum Wagnerstutz geradelt und habe am Eingangsportal geklingelt, nachdem sie das Rad an das Gitter gelehnt habe, erzählte sie weiter. Sie sei erstaunt gewesen, daß nichts geschah. Dann habe sie bemerkt, daß die große Gittertür unverschlossen gewesen sei, sie habe das Portal geöffnet und den Park betreten, aber kaum hätte sie den Park betreten gehabt, sei sie von einer unerklärlichen Furcht ergriffen worden, sie wollte wieder zurück, aber das Portal habe sich nicht mehr öffnen lassen. Hatte sie in ihrer Erzählung bisweilen gezögert, so sprach sie von nun an, als hätte sich alles, was sich zutrug, nicht mit ihr, sondern mit jemand anderem zugetragen. Sie erzählte, sie sei sich von diesem Augenblick an bewußt gewesen, daß sie in eine Falle gelockt worden sei. Der verwilderte Park sei im Widerschein eines intensiven Abendrots gewesen, ein Glutstreifen, der ihr bösartig vorgekommen sei. Mechanisch sei sie den Weg zur unsichtbaren Villa hinaufgeschritten. Der Kies habe unter ihren Schritten geknirscht. Dann habe sie einen Gartenzwerg, dann drei, dann mehrere neben dem Weg bemerkt, durch die Halme des ungeschnittenen Rasens lugend, mitten in Lupinen und Rittersporn, von Cosmeen überwuchert, trotz ihrer pausbäckigen Gesichter in diesem infernalischen Abendlicht pervers und tückisch, besonders als sie bemerkte, daß noch von den Bäumen Zwerge Pfeife schmauchend heruntergrinsten, angeekelt sei sie immer rascher durch die Gartenzwerge geeilt, bis sie plötzlich weiblichen Gartenzwergen mit großen Köpfen gegenübergestanden habe, die größer gewesen seien als die anderen Gartenzwerge, etwa von der Größe eines vierjährigen Kindes. Starr vor Entsetzen habe sie allmählich bemerkt, daß sie von einem dieser Gartenzwergweiber angegrinst worden sei, dann sei sie in panischer Angst den Park hinaufgeeilt, durch immer dichtere und obszönere Gartenzwerge hindurch, bis sie auf eine Wiese gelangte, die ohne Gartenzwerge war, ein sanfter Abhang, an welchem oben die Villa sichtbar gewesen sei. Atemlos blieb sie stehen. Sie blickte zurück. In der Hoffnung, sie hätte sich getäuscht. Alles sei nur ein Angsttraum gewesen. Da sah sie wieder die grinsende Gartenzwergin hinter sich und mit kleinen schwankenden Schritten auf sich zukommen. Sie rannte gegen die Villa hinauf, sie rannte durch die offene Haustür, sie hörte hinter sich ein trippelndes Rennen, sie rannte durch eine Vorhalle, dann durch eine Halle mit einem prasselnden Kamin, trotzdem es Sommer war, alles leer, nur das trippelnde Rennen hinter ihr. Sie gelangte in eine Art Kabinett. Die mit Fotos von Benno bedeckten Wände erschreckten sie maßlos. Sie wollte instinktiv zurück, aber in der Halle im Schein des Kamins sah sie wieder die Zwergin mit dem mächtigen kahlen Schädel, dem kleinen faltigen Gesicht und den großen Augen. Sie schlug die Türe des Kabinetts zu und verriegelte sie von innen. Sie war allein. Sie warf sich in einen Ledersessel. Sie spürte einen seltsamen süßen Geruch und verlor die Besinnung. Als sie wieder zu sich kam, war sie von vier nackten Kolossen umklammert, von denen sie nachträglich nur wußte, daß sie glatzköpfig waren und nach Olivenöl stanken, mit dem sie sich eingerieben hatten, so daß sie glitschig wie Fische waren. Sie wurde entkleidet, obgleich sie sich wehrte. Sie hörte ein unbändiges Lachen. Sie bemerkte die Frau, die sie doch bewunderte und beneidete, die sie für Monika Steiermann gehalten hatte, Daphne Müller, nackt in einem Ledersessel sitzend. Sie war es, die lachte. Dann zwängten ihr die Kolosse die Schenkel auseinander. Plötzlich tauchte Professor Winter auf, nackt, dickbäuchig. Über den geilen Faun hinweg sah sie das Zwergweib. Es hockte auf einem Schrank. Es starrte Hélène triumphierend an. Als sie vom schwarzbärtigen Satyr genommen wurde, schoß ihr der Gedanke durch den Kopf – und es sei keine Redensart –, der Gedanke sei in ihr Gehirn wie ein Blitz eingedrungen, so daß sie nichts anderes fühlte als diesen Gedanken, alles was geschehe, geschehe nur um der Mißgeburt willen, die sie in die Villa gehetzt hatte, damit an ihr, Hélène, vollbracht werde, was an dem Zwergweib nicht vollbracht werden konnte und welches dieses wünschte, daß es an ihr selber vollbracht würde, und wie nun Benno sich über sie warf und dann die vier glitschigen Glatzköpfigen und immer wieder das Gelächter Daphnes, überkam sie, als einzige Waffe, eine unbändige Lust, sie schrie auf, schrie und schrie, und ihre Lust wurde desto unermeßlicher, um so neidvoller der Blick der Zwergin wurde. Die zitterte am ganzen Leib, in ihrem Blick war mehr als ein grenzenloser Neid, es war, als ob das Unglück sie schüttelte, daß sie, eine Zwergin, von der Lust ausgeschlossen war, die jene empfand, die auf ihren Befehl von ihren Kreaturen vergewaltigt wurde, bis die Zwergin im höchsten Entsetzen schrie: »Aufhören!« und in ein hemmungsloses Schluchzen ausbrach. Hélène wurde losgelassen, die Zwergin hinausgetragen, und sie befand sich allein im Kabinett. Sie sammelte ihre Kleider zusammen, in der Halle war noch Glut im Kamin, dann tappte sie durch die Vorhalle und durch den stockdunklen Park hinab, erreichte das Portal. Es sei unverschlossen gewesen, endete sie ihren Bericht, und sie sei nach Hause geradelt.

Sie schwieg. Ob ich schockiert sei, fragte sie dann. »Nein«, sagte ich, »aber noch etwas Cognac wäre schon das richtige.« Sie schenkte mir und sich ein. Zurückgekehrt, sagte sie, sei ihr Vater noch im Arbeitszimmer gewesen. Am Schreibtisch. Er habe sie kaum angeschaut. Sie habe ihm alles erzählt. Dann sei er zum Billardtisch gegangen und habe zu spielen begonnen. Was sie noch wolle, habe er gefragt. Rache, habe sie geantwortet. »Vergiß das Ganze«, habe ihr Vater gesagt. Aber sie habe auf Rache bestanden. Er habe das Spiel unterbrochen und sie angeschaut. Er habe ihr den Rat gegeben, nicht hinzugehen, und sie sei hingegangen. Ihre Sache. Kein Rat müsse befolgt werden, sonst wäre es ein Befehl. Was geschehen sei, sei unwichtig, weil es geschehen sei. Man müsse Geschehenes von sich schütteln, wer nie vergessen könne, werfe sich der Zeit entgegen und werde zermalmt. Sie wolle sich aber rächen, habe sie geantwortet. »Mein Kind«, sagte ihr Vater, und es sei das einzige Mal gewesen, daß er sie so genannt habe, was er vorgebracht habe, sei auch nur ein Rat gewesen. Sie wolle die Rache haben, schön, sie solle die Rache haben. Seine Sache. Dann habe er vier Kugeln auf den Billardtisch gesetzt und zugestoßen, nur einmal, zuerst eine Kugel an die Bande, von dort sei sie zurückgekommen und habe eine Kugel in die »Tasche« gestoßen, Winter, habe ihr Vater gesagt, als die nächste Kugel in einer Tasche verschwunden sei, Benno, dann Daphne, und als er Steiermann gesagt habe, sei der Tisch leer gewesen. Und sie? habe sie gefragt. Sie sei das Queue, habe er geantwortet. Er werde sie nur einmal brauchen. Was mit ihnen geschehe, habe sie gefragt. »Sie werden sterben«, habe er geantwortet. In der Reihenfolge, wie er es angekündigt habe. Sie solle schlafen gehen, er habe noch zu arbeiten.

Dieses Gespräch, fuhr sie etwas später fort, wir waren beim dritten Cognac, und aus dem Nebenzimmer war das Aufeinanderprallen der Billardbälle zu hören, dieses Gespräch sei ihr noch unheimlicher in Erinnerung, als was vorher im ›Mon Repos‹ geschehen sei, sie hätte in ihrem Zimmer das Licht gelöscht und lange in dieser endlosen Nacht die unbarmherzigen Sterne betrachtet, denen es gleichgültig sei, ob es auf der unsäglichen Nichtigkeit, die unsere Erde darstelle, Leben gebe oder nicht, geschweige denn menschliche Schicksale, und da sei ihr der Argwohn gekommen, ihr Vater hätte gewollt, daß sie hinginge, und damit gerechnet, daß ihre Neugier sie verführe. Aber warum hatte die Zwergin sie ausgewählt? War mit ihrer Demütigung sie, Hélène, oder ihr Vater gemeint? Wenn ihr Vater gemeint war, warum hatte er ihr, Hélène, zuerst abgeraten, sich zu rächen? Wollte er nur überlegen, ob er den Kampf aufnehmen solle oder nicht? Aber worum ging es in diesem Kampf? Wer stand wem gegenüber? Daß sich hinter dem Ziegeltrust, den ihr Vater immer spaßhalber erwähnte, noch andere, weit gewichtigere Unternehmen versteckten, und daß er hin und wieder vom Silikon sprach, dem die Zukunft gehöre, obgleich alle, die sie befragte, die Auskunft gaben, sie hätten keine Ahnung, was ihr Vater damit meinte, beunruhigte sie. War etwa zwischen ihm und Lüdewitz ein Machtkampf im Gange? War das, was an ihr geschehen war, nur ein Zeichen der Steiermann an ihren Vater, daß sie seine Einmischung nicht mehr dulde?

Ich überlegte, was sie mir erzählt hatte. Eines sei mir nicht klar, sagte ich, ihr Vater habe in München seinen Mord erzählt, gut, er habe ein falsches Motiv angegeben, aber daß ihm erst vor dem ›Du Théâtre‹ die Idee gekommen sei, er könne den Revolver des Politikers – nein, das sei nun ganz und gar unwahrscheinlich. Hélène schaute mich aufmerksam an. Sie war eine verdammt schöne Frau. Es stimme, sagte sie, ihr Vater habe nicht die Wahrheit erzählt. Sie hätten beide den Mord abgesprochen. Der arme Spät habe es erraten. Ihr Vater habe mit seinem eigenen Revolver Winter erschossen und die Waffe in den Mantel des Ministers geschoben, worauf sie den Revolver im Flugzeug wieder aus dessen Manteltasche genommen und in London in die Themse geschmissen habe. Der Minister sei nicht mit der Swissair nach London geflogen, warf ich ein. Stüssi-Leupin habe recht mit seinem Einwand gehabt, antwortete sie, aber er habe nicht wissen können, daß sie auf Wunsch des Ministers als seine Begleiterin mitgeflogen sei. Sie hätte ihn deswegen immer wieder in der Privatklinik besucht. Sie schwieg. Ich schaute sie an. Sie hatte ein Leben hinter sich, und ich hatte ein Leben hinter mir. »Spät?« fragte ich. Sie wich meinem Blick aus. Ich erzählte ihr meine Begegnung mit ihm. Sie hörte zu. Spät hätte sich von ihr ein falsches Bild gemacht, sagte sie ruhig, und auch ich würde mir von ihr ein falsches Bild machen. Schon wenige Wochen nach dieser Nacht habe sie ein Verhältnis mit Winter angefangen, dann mit Benno, darum der Streit Bennos mit Winter und jener Daphnes mit Benno und deren Bruch mit der Steiermann, mit wem sie sonst noch geschlafen habe, spiele keine Rolle, mit allen, sei die relativ exakteste Antwort. Sie sei sich selber unerklärlich. Sie versuche immer wieder rational etwas Irrationales zu erklären, aber ihr Verhalten sei stärker als ihre Vernunft. Vielleicht seien alle ihre Erklärungen nur Vorwände, ihre Natur zu rechtfertigen, die in jener Nacht im ›Mon Repos‹ zum Durchbruch gekommen sei, vielleicht sehne sie sich nach immer weiteren Vergewaltigungen, weil der Mensch nur dann wirklich frei sei, wenn er vergewaltigt werde: auch frei vom eigenen Willen. Aber das sei ebenfalls nur eine Erklärung. Das unheimliche Gefühl, sie sei nichts als ein Werkzeug ihres Vaters, habe sie nie verlassen. Alle, die er bei seinem Billardspiel genannt hatte, seien in der vorhergesagten Reihenfolge ums Leben gekommen, zuletzt die Steiermann. Vor zwei Jahren. Auf seinen Rat hin sei sie ins Waffengeschäft eingestiegen, woran die Trög AG zugrunde gegangen sei. Dann habe man sie tot auf ihrer griechischen Insel gefunden. Ihre vier Leibwächter von Kugeln durchsiebt. Die Steiermann habe man erst ein halbes Jahr später gefunden, mit dem Kopf nach unten in einem Olivenbaum. Ob ich es nicht gelesen hätte? Der Name sei mir kein Begriff gewesen, antwortete ich. Als die Nachricht vom Verschwinden der Steiermann in den Zeitungen stand, sagte Hélène, habe sie auf dem Schreibtisch ihres Vaters ein Telegramm gefunden, das nur aus einer Zahlenreihe bestanden habe, 1171953, die, lese man sie als Datum, den Tag ihrer Vergewaltigung bedeute. Sei jedoch der Mord im Auftrag ihres Vaters geschehen, wer hatte ihn ausgeführt, und wer stand hinter den Ausführern und wer hinter denen und wer wieder hinter denen? Ob der Tod der Steiermann das Ende eines Wirtschaftskriegs gewesen sei? Ob dieser als Machtkampf etwas Rationales oder Irrationales gewesen sei? Was gehe in der Welt vor? Sie wisse es nicht. Ich wisse es auch nicht, sagte ich.

»Kehren wir zu Spät zurück«, sagte ich, wenn es ihr nichts ausmache. Es mache ihr nichts aus, sagte sie, sie hätte gehofft, als Spät den Auftrag ihres Vaters angenommen hatte, er würde dahinterkommen. Hinter was? Dahinter, wer ihren Vater zum Mord angestiftet habe, sie. Nicht sehr logisch, sagte ich. »Warum?« antwortete sie, sie hätte ihren Vater angestiftet. Sie hätte wählen können. Sie drehe sich im Kreis herum, stellte ich fest, zuerst habe sie ihrem Vater alle Schuld zugewiesen, jetzt sich. Sie seien beide schuldig, antwortete sie. Das sei reichlich verrückt, sagte ich. Sie sei verrückt, entgegnete sie. »Weiter«, befahl ich. Sie ließ sich nicht aus der Ruhe bringen. Als nach dem Freispruch ihres Vaters, nachdem er abgereist sei, Spät sie angepöbelt habe und beinah auf die Wahrheit gestoßen sei, sei sie zum Kommandanten gegangen und habe ihm alles gestanden. Was das heiße, fragte ich. Gestanden, alles habe sie gestanden, wiederholte sie. »Und?« fragte ich. Sie schwieg. Dann sagte sie, der Kommandant habe auch nur gefragt, und? Dann habe er sich eine Zigarre angezündet und gesagt, alter Schnee. Benno habe sich das Leben genommen, nachträglich festzustellen, wer nun geschossen habe, oder gar die Themse nach dem Revolver abzusuchen, unmöglich, es gebe Fälle, wo die Gerechtigkeit ihren Sinn verloren habe, zur bloßen Farce werde. Sie solle wieder gehen, er vergesse, was sie ihm erzählt habe. Warum ihr Vater Spät nicht einmal erwähnt habe, fragte ich. Er habe ihn vergessen. Stüssi-Leupin auch, sagte ich. Es sei merkwürdig, antwortete sie, ihr Vater bilde sich ein, Benno, nicht er, habe den Mord begangen. Sie sei die einzige, die noch wisse, daß ihr Vater der Mörder gewesen sei. Ob sie denn das genau wisse, fragte ich, es sei zwar nicht sehr wahrscheinlich, aber vielleicht sei es doch Benno gewesen. Sie schüttelte den Kopf. Es sei ihr Vater gewesen. Sie habe den Revolver untersucht, den sie der Manteltasche des Ministers entnommen und zu Hause selber geladen habe.

Warum sie mir das alles erzähle, fragte ich. Sie schaute mich erstaunt an. Wozu in aller Welt ich ihr das Manuskript denn zugeschickt habe? Nur um hinter die Wahrheit zu kommen? Ich sei vor allem ein Schriftsteller, der nicht an der Wahrheit der anderen, sondern an seiner eigenen interessiert sei, mir gehe es darum, einen Roman zu schreiben, und um nichts anderes, und erscheine einmal das Buch, so werde es unter meinem Namen erscheinen, nicht unter jenem Späts. Ob das Manuskript von Spät sei oder von mir, wisse nur ich, ich behaupte, es vom Kommandanten bekommen zu haben. Sie habe den alten Schwafler auch gekannt, er sei oft bei ihrem Vater und ihr zu Gast gewesen und habe aus der Schule geplaudert. Das könne er auch bei mir getan haben. Aber wenn ich sie schon benutze, so solle ich sie nicht wie ein goethisches Frauenzimmer beschreiben, die man samt und sonders verprügeln sollte, so langweilig seien sie, außer Philine, der einzigen von seinen Geschöpfen, mit welcher der alte Herr gern geschlafen hätte. Dann blickte sie starr vor sich hin. Vor dem Fenster ging pfeifend der Gärtnerjunge vorbei. Ob ich hinausfinde? Ich verabschiedete mich. In seinem Arbeitszimmer spielte der Alte immer noch Billard. *A la bande.*

Vier vor zwei. Ich trete vor mein Arbeitszimmer. Als ich es anlegen ließ, sah ich von ihm aus den See. Nun versperren Bäume die Sicht. Einige von ihnen mußte ich schon fällen, die noch nicht waren, als ich hierher zog. Es ist traurig, Bäume fällen zu müssen, man mordet sie. Die Eiche ist mächtig geworden. An den Bäumen spüre ich die Zeit, meine Zeit. Anders als ich sie am Himmel erspähe. Mit einem gewissen Bedauern sehe ich schon die Plejaden, Aldebaran, Kapella, Wintersterne, und doch ist es noch Sommer, ein Anzeichen, in einem Drittel eines Jahres ein Jahr älter geworden zu sein. Am Himmel spult sich die objektive Zeit ab, die meßbare Zeit eines bald Fünfundsechzigjährigen, mit den Bäumen wächst sie mit mir subjektiv dem Tod entgegen, nicht mehr meßbar, nur noch spürbar. Aber wie empfindet die Erde die Zeit? Ich schaue auf den nächtlichen See, er hat sich nicht verändert, sieht man von dem ab, was ihm die Menschen antaten. Doch wie alt empfindet sich die Erde? Objektiv? Uralt? Viereinhalb Milliarden Jahre alt? Oder fühlt sie sich subjektiv im besten Alter, da es noch sieben Milliarden Jahre dauern könnte, bis sie von der Sonne verglüht wird? Oder fühlt sie die Zeit in Blitzgeschwindigkeit, fühlt sie sich als ungeduldige ungestüme Kraft, kocht sie sich zusammen, sprengt sie Kontinente auseinander, stemmt Gebirge hoch, schiebt Schichten übereinander, schwemmt Meere übers Land, ist unser Wandel über einen sicheren Boden in Wirklichkeit ein Gehen über einen schwankenden Boden, der sich jederzeit zu öffnen und uns zu verschlingen vermag? Und wie ist es mit der Zeit der Menschheit beschaffen? Wir haben sie so objektiv wie möglich gemessen und eingeteilt in Altertum, Mittelalter, Neuzeit und Neueste Zeit, eine noch neuere erwartend, ja, es gibt noch delikatere Einteilungen, wie etwa die, daß auf das Vermächtnis des Ostens das Zeitalter der Griechen folgt, daß sich daran Cäsar und Christus schließen, gefolgt vom Zeitalter des Glaubens, fröhlich läutet die Renaissance das Zeitalter der Reformation ein, und dann ist das Zeitalter, in welchem die Vernunft anhebt, nicht aufzuhalten, sie hebt sich bis heute an, sie hebt und hebt, seien wir nicht kleinlich, der Erste und der Zweite Weltkrieg und Auschwitz waren Episoden, Chaplin ist bekannter als Hitler, an Stalin glauben nur noch die Albaner und an Mao einige peruanische Terroristen, vierzig Jahre Frieden, das zählt, nicht überall, zugegeben, eigentlich nur zwischen den Supermächten und in Europa, im Pazifik im großen und ganzen und in Japan, reingewaschen von jeder Schuld durch Hiroschima und Nagasaki, und selbst China öffnet sich den Verkehrsbüros. Doch wie erlebt dieser Friede, wo er überhaupt Zeit hat, sich so zu nennen, seine Zeit? Bleibt sie ihm stehen, und wenn, weiß er mit ihr etwas anzufangen? Läuft sie ihm davon? Braust sie gar wie ein Sturmwind über ihn hin, als Tornado, die Autos ineinanderschmeißend, Züge von den Schienen fegend, Jumbo-Jets an Berge schmetternd, Städte niederbrennend? Wie rollt sich die Zeit unseres vierzigjährigen meßbaren Friedens objektiv ab, die Zeit, in der ein wirklicher Krieg, auf den hin man sich rüstet, immer undenkbarer scheint und doch bedacht wird? Hat unsere Friedenszeit, die zu erhalten Millionen demonstrieren, Transparente tragen, Pop singen und beten, nicht schon längst die Form dessen angenommen, das wir einst Krieg genannt haben, indem wir die Katastrophen, uns zu besänftigen, in unseren Frieden einbauen? Die Weltgeschichte gaukelt der Menschheit eine endlose Zeit vor, vielleicht ist sie für die Erde objektiv gemessen nur eine kurze Episode, nicht einmal das, ein Zwischenfall innerhalb einer Erdsekunde, kosmisch kaum mehr feststellbar, kaum eine schwer zu deutende Schramme hinterlassend. Die Dorer glaubten, sie seien, kaum dem Boden entsprossen, noch im Lehm steckend, über sich hergefallen: So fallen wir in Wirklichkeit über uns her, ob im Frieden oder im Krieg, kaum der Eiszeit entronnen, Männer über Frauen, Frauen über Männer, Männer über Männer, Frauen über Frauen, nicht von der Vernunft gelenkt, sondern vom Instinkt, Millionenjahre länger entwickelt als jene, undurchschaubar in seinen Motiven. So halten wir uns, indem wir mit Atom-, Wasserstoff-, Neutronenbomben drohen, das Schlimmste vom Leibe, wie Gorillas auf unsere Brüste trommelnd, die anderen Gorillahorden abzuschrekken, während wir Gefahr laufen, am Frieden einzugehen, den wir bewahren wollen, im Verrecken bedeckt von den Zweigen der gestorbenen Wälder. Müde kehre ich zu meinem Schreibtisch zurück. Zu meinem Schlachtfeld, in den Bannkreis meiner Geschöpfe, aber nicht in eine andere Wirklichkeit, außer jener, daß ihre Zeit abgelaufen ist, nicht die unsrige. Von mir erfunden, vermochte ich sie nicht zu enträtseln. Meine Geschöpfe erschufen sich ihre Wirklichkeit, die sie meiner Einbildungskraft entrissen und damit meiner Wirklichkeit, der Zeit, die ich hergab, sie zu schaffen. So sind auch sie ein Teil unser aller Wirklichkeit geworden und damit eine der Möglichkeiten, deren eine wir die Weltgeschichte nennen, auch sie eingepuppt vom Kokon unserer Fiktionen. Doch ist die Geschichte, die nur in meiner Phantasie wirklich wurde und die nun, geschrieben, von mir weicht, sinnloser als die Weltgeschichte, weniger erdbebensicher als der Boden, auf dem wir unsere Städte bauen? Und Gott? Denken wir ihn, hat er anders gehandelt als Dr. h. c. Isaak Kohler? Hatte Spät nicht die Freiheit, den Auftrag abzuweisen, einen Mörder zu suchen, den es nicht gab? Mußte er denn nicht einen Mörder finden, den es nicht gab, so wie der Mensch, als er die Frucht des Baumes der Erkenntnis des Guten und des Bösen aß, den Gott finden mußte, den es nicht gab, den Teufel? Ist dieser nicht die Fiktion Gottes, um seine mißratene Schöpfung zu rechtfertigen? Wer ist der Schuldige? Jener, der den Auftrag gibt, oder jener, der ihn annimmt? Jener, der verbietet, oder jener, der das Verbot mißachtet? Jener, der die Gesetze erläßt, oder jener, der sie bricht? Jener, der die Freiheit zuläßt, oder jener, der sie wahrnimmt? Wir gehen an der

Freiheit zugrunde, die wir gestatten und die wir uns gestatten. Ich verlasse mein Arbeitszimmer, das nun leer geworden ist, befreit von meinen Geschöpfen. Halb fünf. Am Himmel seh ich zum ersten Mal den Orion. Wen jagt er?

Friedrich Dürrenmatt
22. 9. 85

Nachschrift

Justiz wurde 1957 begonnen. Ich dachte den Roman in einigen Monaten beendet zu haben. Dann kam die Arbeit am *Frank v.* dazwischen, und die *Justiz* blieb liegen. Spätere Versuche, den Roman wiederaufzunehmen, scheiterten, zuletzt 1980, er sollte den dreißigsten Band meiner Werkausgabe abgeben. Doch ich scheiterte an der Weiterführung der Handlung, ich hatte keine Ahnung mehr, wie ich sie geplant hatte. Im Frühjahr 1985 schlug Daniel Keel die Herausgabe der *Justiz* als Fragment vor. Ich willigte zögernd ein und beschloß, noch ein Hauptkapitel zu schreiben, begann aber dann den Roman umzuschreiben und zu vollenden, wenn auch wohl in einem anderen Sinn als ursprünglich geplant. Zum Schluß noch Dank an Charlotte Kerr, meine Frau. Ihr verdanke ich wichtige dramaturgische Hinweise und ein stetes kritisches Begleiten meines Schreibens. F. D.

Friedrich Dürrenmatt im Diogenes Verlag

Stoffe I-III: Der Winterkrieg in Tibet/Mondfinsternis/Der Rebell
Leinen. Auch als detebe 21155 und 21156
Weitere Bände in Vorbereitung

Achterloo
Komödie. Leinen

Minotaurus
Eine Ballade. Mit Zeichnungen des Autors
Pappband

Justiz
Roman. Leinen

● **Das dramatische Werk**
in 17 Bänden:

Es steht geschrieben / Der Blinde
Frühe Stücke. detebe 20831

Romulus der Große
Ungeschichtliche historische Komödie
Fassung 1980. detebe 20832

Die Ehe des Herrn Mississippi
Komödie und Drehbuch. Fassung 1980
detebe 20833

Ein Engel kommt nach Babylon
Fragmentarische Komödie. Fassung 1980
detebe 20834

Der Besuch der alten Dame
Tragische Komödie. Fassung 1980
detebe 20835

Frank der Fünfte
Komödie einer Privatbank. Fassung 1980
detebe 20836

Die Physiker
Komödie. Fassung 1980. detebe 20837

Herkules und der Stall des Augias
Der Prozeß um des Esels Schatten
Griechische Stücke. Fassung 1980
detebe 20838

Der Meteor / Dichterdämmerung
Nobelpreisträgerstücke. Fassung 1980
detebe 20839

Die Wiedertäufer
Komödie. Fassung 1980. detebe 20840

König Johann / Titus Andronicus
Shakespeare-Umarbeitungen. detebe 20841

Play Strindberg / Porträt eines Planeten
Übungsstücke für Schauspieler
detebe 20842

Urfaust / Woyzeck
Bearbeitungen. detebe 20843

Der Mitmacher
Ein Komplex. detebe 20844

Die Frist
Komödie. Fassung 1980. detebe 20845

Die Panne
Hörspiel und Komödie. detebe 20846

Nächtliches Gespräch mit einem verachteten Menschen/Stranitzky und der Nationalheld/Das Unternehmen der Wega
Hörspiele und Kabarett. detebe 20847

● **Das Prosawerk**
in 12 Bänden:

Aus den Papieren eines Wärters
Frühe Prosa. detebe 20848

Der Richter und sein Henker
Der Verdacht
Kriminalromane. detebe 20849

Der Hund / Der Tunnel / Die Panne
Erzählungen. detebe 20850

Grieche sucht Griechin / Mr. X macht Ferien / Nachrichten über den Stand des Zeitungswesens in der Steinzeit
Grotesken. detebe 20851

Das Versprechen / Aufenthalt in einer kleinen Stadt
Ein Requiem auf den Kriminalroman und ein Fragment. detebe 20852

Der Sturz / Abu Chanifa und Anan Ben David / Smithy / Das Sterben der Pythia
Erzählungen. detebe 20854

Theater
Essays, Gedichte und Reden. detebe 20855

Kritik
Kritiken und Zeichnungen. detebe 20856

Literatur und Kunst
Essays, Gedichte und Reden. detebe 20857

Philosophie und Naturwissenschaft
Essays, Gedichte und Reden. detebe 20858

Politik
Essays, Gedichte und Reden. detebe 20859

Zusammenhänge/Nachgedanken
Essay über Israel. detebe 20860

● Das zeichnerische Werk

Bilder und Zeichnungen
Mit einer Einleitung von Manuel Gasser und Kommentaren des Künstlers. Diogenes Kunstbuch

Die Heimat im Plakat
Ein Buch für Schweizer Kinder. Zeichnungen. Mit einem Geleitwort des Künstlers kunst-detebe 26026

Außerdem liegen vor:

● *Denken mit Dürrenmatt*
Denkanstöße, ausgewählt und zusammengestellt von Daniel Keel. Diogenes Evergreens

● *Über Friedrich Dürrenmatt*
Essays, Aufsätze, Zeugnisse und Rezensionen von Gottfried Benn bis Saul Bellow. Chronik und Bibliographie. Herausgegeben von Daniel Keel. detebe 20861